AF304417

Rebecca Lehners studierte Anglistik und Geschichte. Nach dem Studium lebte sie ihre Leidenschaft fürs Schreiben zunächst als Werbetexterin aus und machte nebenbei per Fernstudium ihr Diplom als PR-Referentin. Ihre ersten Schreibversuche machte sie bereits in der Grundschule. In ihren Geschichten dreht sich alles um die Liebe, Schauplatz sind verschiedene fiktive und reale Orte im Land zwischen den Meeren. Rebecca Lehners lebt mit ihren Mann und ihren beiden Söhnen in der Nähe von Kiel.

REBECCA
LEHNERS

Winterzauber
in der
Pension
Küstentraum

Erstausgabe November 2023

Copyright © 2023 dp Verlag, ein Imprint der
dp DIGITAL PUBLISHERS GmbH
Made in Stuttgart with ♥
Alle Rechte vorbehalten

Winterzauber in der Pension Küstentraum

ISBN: 978-3-98778-695-2
E-Book-ISBN: 978-3-98778-006-6
Hörbuch-ISBN: 978-3-98778-061-5

Covergestaltung: Anne Gebhardt
Umschlaggestaltung: ARTC.ore Design
Unter Verwendung von Abbildungen von
shutterstock.com: © savitskaya iryna
stock.adobe.com: © helmutvogler, © Iriana Shiyan, © refresh(PIX),
© Volodymyr, © akinotombo
elements.envato.com: © PixelSquid360, © ivanrosenberg,
© aarleykaiven
Lektorat: Astrid Rahlfs
Satz: dp DIGITAL PUBLISHERS GmbH
Druck und Bindung: Books on Demand GmbH, Norderstedt

Kapitel 1

Sarah

Panisch blickte ich auf meine Armbanduhr. Noch zehn Minuten. Der Schweiß rann mir den Rücken hinunter. Diese Präsentation durfte ich auf keinen Fall versauen. Endlich fand ich das, wonach ich seit einer gefühlten Ewigkeit gesucht hatte: eine Parklücke. Hektisch setzte ich seitwärts hinein und versuchte, dabei an keines der Fahrräder zu stoßen, die nahe am Straßenrand an einem Fahrradständer angeschlossen waren. Geschafft! Schnell schnappte ich mir meine Laptoptasche sowie die Präsentationsmappe und hastete Richtung Eißendorfer Straße, wo sich der Firmensitz der Bäckerei Lohmeyer befand. Wenn ich jetzt einen Sprint hinlegte, würde ich es gerade so schaffen. Vielleicht hätte ich doch lieber Ballerinas statt dieser Pumps anziehen sollen. Innerlich schalt ich mich dafür, nicht die S-Bahn genommen zu haben. Andererseits würde ich es dann kaum pünktlich zu meinem Anschlusstermin schaffen, da ich dafür fast ans andere Ende der Stadt musste. Von Weitem konnte ich das große lilafarbene Logo – ein großes B sowie ein großes L – schon erkennen, das an der vorderen Seite des über einhundert Jahre alten

Backsteingemäuers prangte, als mir plötzlich schwarz vor Augen wurde. Ich nahm noch den stechenden Schmerz an meinem Knie wahr, als ich auf dem harten Stein des Fußgängerweges aufschlug. Dann verschlang mich die Dunkelheit.

Als ich wieder zu mir kam, befand ich mich nicht länger auf der Straße. Ein seltsames Geräusch brachte mich wieder ins Hier und Jetzt. Es klang wie eine Sirene. Blitzschnell riss ich die Augen auf und blickte direkt in das Gesicht eines jungen Rettungssanitäters, der mich kritisch beäugte. Ich lag auf einer Trage im Krankenwagen.

»Blutdruck 145 zu 96«, sagte eine Frauenstimme. Erst jetzt bemerkte ich seine Kollegin, die gerade meinen linken Arm von einem Blutdruckmessgerät befreite.

»Können Sie mich hören?«, fragte daraufhin der junge Mann.

»Ja, natürlich.« Es sollte energisch klingen, aber leider brachte meine Stimme nicht mehr als ein Krächzen zustande.

»Wie viele Finger sehen Sie?« Er hielt mir drei Finger seiner rechten Hand entgegen. An der Spitze seines Zeigefingers prangte ein limonengrünes Pflaster.

»Drei.«

Herrgott, was sollte das? Ich hatte ja keinen Hirnschaden. Ich war nur kurz ohnmächtig geworden, weil mich die Präsentation so gestresst hatte.

»Oh Gott, die Präsentation!« In Lichtgeschwindigkeit setzte ich mich auf, was zur Folge hatte, dass sofort Sterne vor meinen Augen funkelten. Aber darauf konnte ich keine Rücksicht nehmen.

»Wie spät ist es? Bringen Sie mich sofort in die Eißendorfer Straße zurück, ich habe einen wichtigen Termin!« Die Panik in meiner Stimme – manche Menschen würden es als Wahnsinn bezeichnen – schien dem jungen Mann und seiner Kollegin nicht aufzufallen.

»Frau Sommerfeld, wir bringen Sie jetzt ins Krankenhaus. Sie waren immerhin zehn Minuten ohne Bewusstsein.« Er sprach mit einer ruhigen, einlullenden Stimme. Als ob ich ein begriffsstutziges Kleinkind wäre!

»Zehn Minuten? Dann bin ich schon viel zu spät. Ich habe doch den Laptop und die Unterlagen bei mir!«

Um die Brisanz dieser Information noch zu verstärken, ertönte in diesem Moment die Titelmusik von *Halloween* aus meiner Handtasche. Meine Chefin Nora rief an. Die Tasche lag am unteren Ende meiner Trage auf dem Boden.

»Bitte geben Sie mir sofort mein Handy.« Ich versuchte, so viel Bestimmtheit in meine Stimme zu legen, wie mir unter diesen Umständen möglich war. Und musste feststellen, dass ich mit dem Gepiepe nicht einmal meinen fünfjährigen Neffen Leon beeindruckt hätte.

»Frau Sommerfeld, Sie sind jetzt nicht in der Verfassung, um zu telefonieren.« Mit sanfter Gewalt drückte er mich an den Schultern wieder nach unten.

Mein Telefon war inzwischen verstummt.

»Doch, das bin ich.«

Warum gaben die mir denn nicht endlich das verdammte Handy? Ohne mich konnten sie nicht anfangen. Was würde bloß Frau Lohmeyer von mir denken?

»Der Puls steigt wieder«, sagte die Sanitäterin mit besorgter Stimme.

Das hätte ich ihr auch sagen können. Mein Leben war in ernster Gefahr. Nora würde mich umbringen! Dabei hatte ich mir für diesen Auftrag den Hintern aufgerissen und die letzten Nächte um die Ohren gehauen. Plötzlich ging ein Zittern durch meinen Körper. Ich atmete nur stoßweise.

»Sie hyperventiliert!« Schnell schlossen die beiden mich mit vereinten Kräften an einen Tropf an. Konnte dieser Tag noch schlimmer werden?

Kapitel 2

Ole

»Wir befinden uns im Landeanflug auf Hamburg. Bitte legen Sie Ihre Sicherheitsgurte an.« Die Stimme der Stewardess drang durch die Lautsprecher.

Ich tat, wie mir geheißen und starrte dabei aus dem Fenster. Wir durchbrachen in diesem Moment die Wolkendecke. Ich konnte den Michel schon erkennen. Als wir in London abgehoben hatten, hatte es in Strömen geregnet. Für Hamburg war Sonnenschein angekündigt. Mir war es gleich. Meine Gedanken kreisten nur um Kate. Unsere Trennung lag nun eine Woche zurück. Hatte ich das Richtige getan? Wir waren über zwei Jahre zusammen gewesen. Sie war ein wunderbarer Mensch. Nie zuvor war ich jemandem begegnet, der selbstloser, herzlicher und engagierter war als sie. Ich empfand nach wie vor eine Menge Bewunderung für sie. Nur leider keine Liebe mehr. Das war mir so richtig bewusst geworden, als ich mit meiner Projektgruppe auf einer dreiwöchigen Exkursion gewesen war. Kate und ich hatten zwar regelmäßigen Kontakt gehabt, aber ein Gefühl der Sehnsucht hatte sich nicht eingestellt. Zumindest nicht bei mir. Also hatte ich die Konsequenzen gezogen. Das war mir in dem Moment nur fair vorgekommen. Sie verdiente jemanden, der sie auf Händen trug. Trotzdem bekam ich das Bild nicht mehr aus dem Kopf. Wie sie weinend am Tisch gesessen und mich aus ihren großen braunen Augen verzweifelt angesehen hatte.

Ich atmete tief ein. Jetzt standen mir erst einmal zwei Monate Appenkuhl bevor. Eine Aussicht, die nicht unbedingt für Heiterkeit sorgte. Für meine Familie war ich genauso eine Enttäuschung wie für Kate. Trotz des Studiums der Meeresbiologie hatten meine Eltern immer gehofft, dass ich eines Tages den Familienbetrieb übernehmen würde. Zum Verdruss meines Vaters hatte ich andere Pläne für die Zukunft, wie ich ihm während unseres letzten Skype-Termins mitgeteilt hatte. Obgleich die Qualität der Verbindung und des Bildes nicht berauschend gewesen waren, hatte ich förmlich sehen können, wie der letzte Funke Hoffnung in den Augen meines Vaters erlosch und sich stattdessen grenzenlose Enttäuschung darin spiegelte. Als ich ihnen dann eröffnet hatte, dass ich mich inzwischen vegetarisch ernährte – und das als Spross einer Metzgerfamilie – war es endgültig um seine Fassung geschehen. »Britta, was haben wir nur falsch gemacht?«

Mama war zum Glück der Meinung gewesen, dass ich meinen eigenen Weg gehen müsse. Selbst Opa Hinnerk hatte die Entscheidung gelassener hingenommen, als ich erwartet hatte. Das lag sicher an seiner neuen Liebe. Seit Kurzem war er mit Magda Körtens zusammen. Ich erinnerte mich noch gut an sie; früher hatte ich hin und wieder mit ihren Enkeltöchtern gespielt, die ein paar

Jahre älter waren als ich. Vor allem mit Sarah, der Jüngeren der beiden, habe ich damals viel Blödsinn ausgeheckt, bis sie irgendwann nichts mehr von mir wissen wollte.

Doch bevor ich mich dem nächsten Drama in meinem Leben zuwandte, würde ich erst einmal zwei Tage bei meinem Kumpel Mats in Hamburg verschnaufen. Manchmal wünschte ich mir, dass meine Vorstellungen von der Zukunft mehr den Erwartungen meiner Familie entsprechen würden. Das Leben wäre so viel weniger kompliziert. Doch ich konnte meine Träume und Überzeugungen nicht aufgeben. Selbst meinem Vater zuliebe nicht. Wenn das bedeutete, die Rolle des schwarzen Schafes der Familie Sievers zu sein, dann musste ich eben lernen, damit zu leben. Was mir als harmoniebedürftigem Menschen verdammt schwerfiel.

Kapitel 3

Sarah

»Frau Sommerfeld, Sie leiden am Burnout. Das ist auch die Ursache für Ihre Panikattacken.« Der nette, etwas ältere Arzt, laut des kleinen Schildes an seinem Arztkittel Doktor Obersdorfer, sah mich durch seine Brillengläser hindurch mit ernsten Augen an.

Mittlerweile saß ich auf einer Liege in einem Behandlungszimmer des Klinikums Eppendorf.

»Blödsinn, ich habe kein Burnout. Das Einzige, was mich stresst, ist die Tatsache, dass Sie mir mein Telefon weggenommen haben.«

Und das war noch höflich ausgedrückt. In Wahrheit hatte er es mir förmlich aus den Händen gerissen. Nur weil ich Nora angerufen hatte, um ihr von dem Unfall zu berichten, während die Sanitäter mich vom Krankenwagen in die Notaufnahme transportiert hatten. Und das, obwohl ich ihnen versichert hatte, dass ich selbst laufen könne. Zum Glück hatte Frau Lohmeyer Verständnis gehabt. Nora war wieder in die Agentur gefahren, hatte sich die Präsentation auf einen Stick gezogen und die Designentwürfe nochmals ausgedruckt. Trotz der dadurch entstandenen Verspätung war es wohl ganz gut gelaufen. Damit hatte ich eine Sorge weniger, was sich sofort positiv auf meinen Blutdruck ausgewirkt hatte. Immerhin. Trotzdem empfand ich diese ganze Misere als üble Attacke des Schicksals. Dass ich ausgerechnet heute schlapp machen musste! Es war mir so wichtig gewesen, die Kunden von meinem Können zu überzeugen. Und Nora.

Das Räuspern von Doktor Obersdorfer riss mich wieder aus meinen Gedanken. Er seufzte einmal schwer und lehnte sich dann, mir zugewandt, gegen seinen Schreibtisch. »Frau Sommerfeld.« Das klang wie der Anfang eines sehr langen Vortrags. »Darf ich einmal fragen, was Sie beruflich machen?«

»Ich bin Art Director bei einer von Hamburgs größten Werbeagenturen«, antwortete ich nicht ohne Stolz.

Obwohl es besser klang, als es sich oft anfühlte. Im Großen und Ganzen machte der Beruf mir viel Spaß, und die Bezahlung konnte sich ebenfalls sehen lassen. Dafür arbeitete ich aber sehr hart, Überstunden gehörten wie selbstverständlich dazu. Mein Privatleben war auf ein Minimum zusammengeschrumpft.

»Ich verstehe.« Doktor Obersdorfer nickte wissend. »Wann haben Sie das letzte Mal acht Stunden am Stück geschlafen?«

Bei dieser Frage wäre ich beinahe in hysterisches Gelächter ausgebrochen. Ich versuchte, eine ernste Miene aufzusetzen und grübelte angestrengt nach.

»Ich weiß es nicht«, antwortete ich wahrheitsgemäß.

»Aha. Essen und trinken Sie regelmäßig?«

»Ja.« Mehr oder weniger.

»Wie sehen Ihre Arbeitszeiten aus?«

Oha. Jetzt ging es ans Eingemachte.

»Na ja, meistens bin ich um neun im Büro. Wir haben viel zu tun und oftmals sehr enge Deadlines. Da kann es schon mal elf, zwölf Uhr abends werden.«

Tatsächlich war das während der letzten Monate eher die Regel denn die Ausnahme gewesen. Aber so ist das nun einmal in der Branche.

»Gut.« Er erhob sich von der Schreibtischkante, setzte sich wieder auf seinen Stuhl und tippte auf seiner Tastatur herum.

»Ich werde Sie vorerst für vier Wochen krankschreiben. Dann sehen wir weiter.«

Meine Augen fielen mir fast aus dem Kopf. »Vier Wochen? Das geht nicht! Haben Sie eine Ahnung, wie voll mein Schreibtisch ist? Ich kann unmöglich so lange ausfallen. Ich meine, ich bin doch noch nicht einmal krank!«

Während meiner Rede war ich von der Behandlungsliege aufgesprungen und hatte mich vor seinem Schreibtisch aufgebaut. Eine blöde Idee, wie mir in diesem Moment klar wurde. Ich war ziemlich wackelig auf den Beinen und eine Welle der Übelkeit brach über mich herein. Mit einer Hand auf dem Magen setzte ich mich auf einen Stuhl.

»Frau Sommerfeld.« Er nahm seine Brille ab, was seine grauen Augen kleiner wirken ließ. »Wie ich Ihrer Akte entnehmen kann, sind Sie gerade einmal neunundzwanzig Jahre alt. Menschen in Ihrem Alter fallen normalerweise nicht einfach so in Ohnmacht. Und Sie haben dabei noch Glück gehabt, dass Sie sich auf dem Fußgängerweg befanden und nicht auf der Straße, am S-Bahn-Steig oder hinterm Steuer Ihres PKWs. Ihr Körper hat Ihnen heute den ersten Warnschuss gegeben.

Wenn Sie das ignorieren, dann könnte es beim nächsten Mal viel schlimmer enden.«

Ich wurde auf meinem Stuhl immer kleiner.

»Ja?«, piepste ich wie eine ängstliche Maus.

Er nickte ernst. »Ich möchte Ihnen einmal die möglichen Folgen aufzählen: eine Zunahme der Panikattacken bis hin zu handfesten Angstzuständen und Depressionen, zu hoher Blutdruck, Herz-Kreislaufstörungen, bis hin zum Herzinfarkt.«

Okay, das klang in der Tat nicht gut.

»Na schön, aber zwei Wochen würden doch auch reichen, oder?« Nervös krallte ich die Hände an der Handtasche fest, die auf meinem Schoß lag.

Er nahm ein kleines Putztuch aus der oberen Schreibtischschublade und begann seine Brille zu säubern. »Die Entscheidung liegt letztendlich natürlich bei Ihnen. Ich würde Ihnen aber dringend ans Herz legen, sich diese Auszeit zu gönnen. Glauben Sie mir, kein Job dieser Welt ist es wert, sich die Gesundheit zu ruinieren. Leider gibt es in diesem Fall keine Wundermedizin, die ich Ihnen verabreichen könnte. Wenn ich Sie richtig verstanden habe, haben Sie viel Stress auf der Arbeit. Hier wäre es wichtig, dass Sie sich einmal mit Ihrem Chef zusammensetzen und sehen, wie Sie Ihre Situation verbessern können, zum Beispiel, indem Sie mehr Aufgaben an Kollegen abgeben.« An dieser Stelle schnaubte ich innerlich – als ob es irgendjemandem aus unserem Team besser als mir gehen würde! Doktor Obersdorfer fuhr ungerührt fort. »Außerdem sollten Sie sich einmal mit Entspannungstechniken wie Meditation oder autogenem Training beschäftigen. Yoga ist für viele stressgeplagte Patienten ebenfalls zu empfehlen. Nutzen Sie also diese kleine Auszeit, um sich einmal auf sich selbst zu konzentrieren und Wege zu finden, um wieder eine innere Ruhe herzustellen.«

Das Gespräch mit Doktor Obersdorfer war ernüchternd gewesen. Nach ein paar letzten Untersuchungen wurde ich entlassen. Ich stand draußen und wartete auf die S-Bahn. Mein Auto parkte ja immer noch in der Eißinger Straße. Mit zitternden Händen starrte ich auf das Attest. Vier Wochen! Nora würde alles andere als begeistert sein. Die ganze Plackerei der letzten Monate, die vielen langen Nächte – völlig umsonst.

Der Gedanke trieb mir die Tränen in die Augen. Meine Kollegin Caro war Leiterin der Grafikabteilung und stand kurz vorm Mutterschutz. Ich hatte gehofft, während ihrer Elternzeit die Leitung zu übernehmen. Das konnte ich mir sicher abschminken.

Auf der anderen Seite fühlte ich mich in letzter Zeit wirklich erschöpft. Ich hatte einiges an Gewicht verloren, sodass meine Schwester Julia sich jedes Mal genötigt sah, mir etwas zu kochen, wenn ich sie besuchte. Was ich gefühlt schon ewig nicht getan hatte. Dabei hatte ich so eine Sehnsucht nach ihr und Leon.

Ich wischte mir über die Augen, verstaute das Attest in der Handtasche und holte mein Handy hervor. In diesem Moment kam die S-Bahn an. Schnell huschte ich hinein, suchte mir einen Platz neben einer älteren Dame und wählte dann Hannos Nummer. Hoffentlich hatte er Zeit. Er war beruflich gerade in Wien. Nach fünfmaligem Klingeln nahm er endlich ab.

»Hallo, mein Schatz. Wie lief deine Präsentation?«

Hach, seine Fürsorge war Balsam für meine Seele. Schnell erzählte ich ihm, was passiert war. Um die Geräuschkulisse um mich herum auszublenden, hielt ich mir einen Finger in mein freies Ohr.

»Ach Süße, das tut mir ja leid für dich. Aber der Arzt hat schon recht, die Gesundheit ist das Wichtigste.«

»Ja, wahrscheinlich hast du recht. Wann kommst du denn das nächste Mal nach Hamburg?«

Die Sekunden vergingen.

»Hanno, bist du noch da?«

»Ja, natürlich. Es tut mir leid, Sarah, aber in den nächsten Wochen kann ich hier nicht weg. Wir stehen mit den Verhandlungen kurz vor einem Durchbruch.«

»Das freut mich für dich.«

Das tat es wirklich, trotzdem schien die Enttäuschung in meiner Stimme durch.

»Sei nicht traurig, Kleines, sobald wir den Deal hier unter Dach und Fach haben, nehme ich mir mindestens eine Woche Zeit für dich, okay?«

»Okay, das klingt gut.«

Wann immer das sein würde. Wir waren mittlerweile seit sieben Monaten zusammen. Gesehen hatten wir uns in der Zeit vielleicht insgesamt neun Wochen. Als Unternehmensberater war Hanno ständig unterwegs. Eigentlich störte mich das nicht, schließlich war ich beruflich selbst stark eingebunden. Zumindest bisher.

»Sag mal, warum verbringst du nicht ein paar Tage bei deiner Schwester? Dann kommst du mal raus aus Hamburg und kannst dich erholen. Die frische Landluft wird dir sicher guttun.«

Bei diesem Vorschlag hellte sich meine Miene wieder auf. Wieso war ich da nicht von selbst drauf gekommen?

Kapitel 4

Ole

»Verzeihung, tut mir leid.« Entschuldigend blickte ich den älteren Herrn an, den ich eben versehentlich angerempelt hatte.

Der Zug nach Kiel war brechend voll. Nach gefühlten zehn Minuten fand ich in einem der hinteren Abteile endlich einen Zweierplatz. Erleichtert hievte ich meinen Koffer auf die Ablage und setzte mich ans Fenster. Nach zwei entspannten und angenehmen Tagen mit Mats sah ich der Heimfahrt Richtung Appenkuhl mit gemischten Gefühlen entgegen. Ich freute mich zwar auf meine Familie, gleichzeitig bereitete mir das Wiedersehen mit meinem Vater Bauchschmerzen. Würden wir normal miteinander umgehen oder würde er seine Enttäuschung über meine Entscheidung offen vor sich hertragen?

Ich seufzte einmal tief und bemerkte aus den Augenwinkeln, wie sich eine junge Frau näherte und nach einem freien Platz Ausschau hielt, bis sie bei mir landete.

»Entschuldigung, ist hier noch frei?«

Erst jetzt wandte ich meinen Blick vom Fenster ab und sah sie direkt an. Die Überraschung erwischte mich eiskalt.

»Sarah?«

Stirnrunzelnd betrachtete sie mich. Ich sah förmlich, wie ihr langsam ein Licht aufging.

»Ole? Ole Sievers?«

Ich nickte, völlig perplex. Mit ihr hatte ich überhaupt nicht gerechnet. Für ein paar Sekunden starrten wir uns nur schweigend an. Dann besann ich mich und deutete auf den Sitz neben mir.

»Setz dich doch.«

Sie zögerte einen Moment, bevor sie ihre Tasche neben meine auf der Ablage verstaute und Platz nahm. »Danke.«

Kaum hatten wir zwei Worte miteinander gewechselt, entstand eine Anspannung zwischen uns, die beinahe greifbar war. Ich war noch nie ein Freund von belanglosem Smalltalk, aber sich während der ganzen Fahrt anzuschweigen, war mir zu blöd. Wir kannten uns schließlich seit Ewigkeiten. Nervös spielte sie neben mir mit dem Reißverschluss ihrer Handtasche.

»Ich dachte, du wärst in England. Besuchst du deine Eltern während der Semesterferien?«

Ihre Stimme klang gelangweilt. Wahrscheinlich fragte sie nur aus Höflichkeit. Meinetwegen musste sie kein Interesse heucheln.

Ich hielt meine Antwort kurz und knapp. »Nein, ich habe vor zwei Wochen meinen Abschluss in Meeresbiologie gemacht und bald ein Vorstellungsgespräch beim Geomar Kiel. Bis dahin verbringe ich ein bisschen Zeit in Appenkuhl.«

»Aha. Na dann ... gratuliere zum Abschluss.«

»Danke. Und was hast du vor? Besuchst du Julia?«

Bildete ich es mir nur ein oder flackerte für einen kurzen Moment so etwas wie Panik in ihren Augen auf? Dabei hatte ich ihr doch nur eine normale Frage gestellt. Aus reiner Höflichkeit, versteht sich.

»Ähm ... ja, ich hab Urlaub und verbringe ein paar Tage bei Julia.«

Bevor ich irgendwelche Nachfragen stellen konnte, widmete sie sich schnell ihrem Handy. Mir war es recht. Auf eine oberflächliche Unterhaltung mit Sarah Sommerfeld hatte ich ohnehin keine Lust. Zugegeben, sie war noch genauso hübsch wie früher. Ihr blondes Haar trug sie offen. Sie wirkte leicht blass um die Nase und ihr figurbetontes Shirt saß recht locker. Ob bei ihr alles in Ordnung war? Ach, was ging es mich an? Neben ihrem Äußeren hatte sich offenbar auch ihr Wesen nicht verändert. Sie war immer noch unnahbar und distanziert, zumindest mir gegenüber. Ich wusste, dass sie anders sein konnte. Es gab Zeiten, in denen wir als Kinder und Teenager richtig viel Spaß miteinander gehabt hatten. Zusammen hatten wir heimlich unsere erste (und in meinem Fall auch letzte) Zigarette geraucht oder am Strand rumgehangen.

Genervt von meinem eigenen Gedankenkarussell schaute ich wieder aus dem Fenster. Der Zug hatte sich inzwischen in Bewegung gesetzt. Verträumt sah ich den Häuserfassaden hinterher, die an uns vorbeirauschten. Meine Rückkehr nach Hause fing ja gut an. Hoffentlich erwarteten mich während der nächsten Tage nicht weitere unangenehme Überraschungen.

Kapitel 5

Sarah

Na toll. Da befand ich mich in einem Zug mit hunderten von Leuten und begegnete ausgerechnet Ole Sievers! Hätte ich doch nur das Auto genommen. Allerdings hatte ich während der letzten Tage immer mal wieder mit Schwindelattacken zu kämpfen gehabt. So wollte ich mich nicht hinters Steuer setzen. Demonstrativ beschäftigte ich mich mit dem Handy und scrollte durch diverse WhatsApp-Nachrichten, was meine Laune nicht gerade verbesserte. Nora hatte meine Erwartungen – oder besser gesagt schlimmsten Befürchtungen – sogar übertroffen, als ich meine Krankschreibung in der Agentur abgegeben hatte. Ich glaube, mich hat noch nie im Leben jemand so zur Schnecke gemacht. Nicht mal die Mutter meiner Freundin Lara, als ich ihr als Kind einmal die Haare abgeschnitten hatte, weil wir Friseur gespielt hatten. Sie hatte wie ein gerupftes Huhn ausgesehen und durfte für ein paar Wochen nicht mehr ohne Mütze vor die Tür. Doch das Donnerwetter von damals war nichts im Vergleich zu Nora. Ich bin ehrlich gesagt stolz auf mich, dass ich nicht vor ihr in Tränen ausgebrochen bin. Was mich ein gehöriges Maß an Selbstbeherrschung gekostet hatte. Fast hätte ich nachgegeben, das Attest in den Müll geworfen und mich wieder an den Schreibtisch gesetzt. Doch allein bei der Vorstellung hatte ein Stechen in meiner Brust eingesetzt und mich wieder zur Vernunft gebracht. Ich machte mir nichts vor: In dieser Agentur würde ich keine Karriere mehr machen. Trotz der guten Arbeit, die ich seit Monaten leistete.

Ich hoffte inständig, dass der Aufenthalt in Appenkuhl mich etwas entspannen würde. Dumm nur, dass Ole ausgerechnet jetzt auf Heimaturlaub kam. Unauffällig huschten meine Augen zur Seite. Er stierte aus dem Fenster und beachtete mich nicht weiter. Zum Glück. Ich wühlte den MP3-Player aus der Handtasche hervor und beschloss, ihn für den Rest der Fahrt einfach zu ignorieren. Im ersten Moment hatte ich ihn fast nicht erkannt. Sein kastanienrotes Haar trug er nicht mehr raspelkurz, so wie früher. Mir war gar nicht klar, dass seine Haare so lockig waren. Seine Pickelphase hatte er auch erfolgreich überwunden. Alles, was sein ebenmäßiges Gesicht jetzt zierte, war ein Dreitagebart. Im Spiegelbild des Fensters sah ich, wie er seine vollen Lippen ernst zusammenkniff und seine blauen Augen finster vor sich hinstarrten. Er trug einen enganliegenden Pullover und hatte definitiv an Muskelmasse zugelegt. Und zwar an den richtigen Stellen. Er müsste jetzt siebenundzwanzig sein. Ich schüttelte den Kopf, um die wirren Gedanken zu verscheuchen, und wählte aus meiner Playlist etwas zum Entspannen.

Während der restlichen Fahrt wechselten wir kein Wort mehr miteinander. Trotzdem war ich froh, als wir nach knapp über einer Stunde endlich in Kiel ankamen. Julia und Leon holten mich ab. Ich nahm meine Tasche von der Ablage und nickte Ole kurz zu. »Also dann, wir sehen uns.«

Ohne ein weiteres Wort reihte ich mich in die Schlange derer ein, die zur Tür drängten. Kaum war ich ausgestiegen, hielt ich Ausschau nach meiner Schwester und Leon, aber bisher konnte ich die beiden Blondschöpfe nicht sehen. Ich bahnte mir einen Weg durch das dichte Gedränge, bis ich bei der Buchhandlung in der Vorhalle ankam. Unruhig schweifte mein Blick umher, bis ich sie endlich entdeckte. Leon hielt ein Eis in der Hand und strahlte bis über beide Ohren. Erleichtert lief ich auf sie zu.

»Hey, mein Süßer, lieb, dass du mich mit Mama zusammen abholst!«

»Tante Sarah!« Kurzentschlossen drückte er Julia sein Eis in die Hand und sprang mit Anlauf in meine Arme.

»Bist du groß und schwer geworden, mein Hase.« Ich knutschte ihn einmal ab und ließ ihn dann wieder herunter, um meine Schwester zu begrüßen.

»Hey Schwesterherz, wie geht's dir?« Ich drückte ihr einen Kuss auf die Wange.

»Danke, sehr gut.« Abschätzig ließ sie ihren Blick über mich gleiten. »Ich bin froh, dass du dir endlich mal eine Auszeit nimmst. Wenn wir zu Hause sind, kannst du mir bei einem Kaffee alles genau berichten. Jetzt lass uns gehen.« Sie nahm mir meine Tasche ab, und gemeinsam schlenderten wir zum Bahnhofsausgang Richtung Parkplatz. Leon trödelte hinter uns her.

»Leon, wo bleibst du denn?« Julia blieb stehen und sah sich nach ihrem Sohn um. Plötzlich wurden ihre Augen größer, sodass ich mich ebenfalls umdrehte. Oh nein, das durfte doch nicht wahr sein!

»Mensch, Ole, bist du das? Das gibt's ja nicht, was für ein Zufall!«

»Hey, Julia, schön, dich zu sehen.« Ole lächelte sie warmherzig an und zu meinem Unmut umarmten die beiden sich. Leon hatte sich in der Zwischenzeit zu mir gesellt und starrte Ole genauso missmutig an wie ich.

»Wer ist das, Tante Sarah?«, fragte er flüsternd.

»Das ist Ole Sievers, Hinnerks Enkelsohn. Er hat die letzten paar Jahre in England gelebt«, flüsterte ich zurück.

»Oh, dann ist Oma Magda jetzt auch seine Oma?«

»Nein«, schnappte ich empört. Das wäre ja noch schöner! Der Gedanke war mir bisher gar nicht gekommen. Jetzt, wo unsere Großeltern zusammen waren, bestand die Gefahr, sich öfter zu sehen. So ein Mist! Julia machte die Situation für mich nicht angenehmer.

»Ich habe deine Eltern gar nicht gesehen. Holen sie dich nicht ab?« Bedauernd schüttelte Ole den Kopf.

»Nein, sie konnten sich leider nicht freinehmen. Ich nehme den Bus.«

Sofort winkte Julia ab. »Nichts da, ich nehm dich mit, komm!« Zu meiner Überraschung schien Ole von der Idee genauso wenig begeistert zu sein wie ich. Sein Lächeln wirkte gequält.

»Das musst du nicht, ist wirklich kein Problem.«

Stirnrunzelnd sah Julia ihn an. »Ach sei nicht albern, das macht doch keine Umstände. Außerdem brauchst du ewig mit dem Bus.«

Das war ein Argument, dem Ole nichts entgegenzusetzen hatte. Kapitulierend zuckte er einmal mit den Schultern. »Na gut, danke Julia.«

Während Julia weiterhin auf Ole einredete und nach seiner Zeit in England fragte, plauderte ich mit Leon und setzte mich im Auto zu ihm. Julia hatte anscheinend vergessen, dass ich anwesend war. Es war kindisch, aber ich wollte, dass meine Schwester sich mit *mir* beschäftigte. Nicht mit Ole.

»Was sagst du eigentlich zu der Geschichte mit Magda und Hinnerk? Ist es nicht schön, dass die beiden zusammengefunden haben?«

Ja, ganz toll.

Ole nickte zustimmend. »Ja, das hat mich echt gefreut für Opa. Aber ein bisschen überrascht war ich schon.«

Julia lächelte ihn kurz an, bevor sie sich wieder auf den Verkehr konzentrierte.

»Ja, ich auch. Ich habe die beiden quasi in flagranti beim Knutschen erwischt. Das war schon peinlich.«

Ole lachte herzlich und entblößte seine weißen Zähne. Er fuhr sich einmal mit der Hand durch seinen Lockenkopf. Er und Julia kamen wunderbar miteinander aus. Das war schon immer so gewesen. Nach einem Blick in den Rückspiegel wandte sie sich an mich. Als ob ihr auf einmal einfiel, dass ich auch noch da war. Schnell schalt ich mich innerlich für diesen Gedanken. Ich benahm mich wie ein bockiges Kleinkind.

»Hey, alles okay? Du bist so still.«

Ole starrte demonstrativ aus dem Fenster.

»Ja, geht schon. Lass uns zu Hause reden, in Ordnung?«

Für den Rest der Fahrt hörte ich mir von Leon die neuesten Geschichten aus dem Kindergarten an, und Julia klärte uns über den aktuellen Klatsch und Tratsch aus Appenkuhl auf.

Nach fünfundzwanzig Minuten Fahrt kamen wir endlich an. Das Schild der Pension Küstentraum strahlte im Sonnenlicht. Hier würde für die kommenden vier Wochen mein Zuhause sein. Meine Oma hatte angeboten, dass ich das Sofa in Beschlag nehmen konnte, aber die Aussicht war wenig verlockend. Nachher erwischte ich sie mit Hinnerk auch noch beim Knutschen ... oder Schlimmerem.

Eine Vorfreude, wie ich sie schon lange nicht mehr gespürt hatte, durchfuhr mich. Mit Anfang zwanzig hatte ich es nicht erwarten können, endlich hier wegzukommen. Hamburg schien aufregend und voller Möglichkeiten. Und das war es ja auch. Hin und wieder überkam mich aber das Heimweh. Vor allem, wenn es mir nicht gutging.

Nachdem wir ausgestiegen und unser Gepäck aus dem Kofferraum geholt hatten, verabschiedete Ole sich sofort.

»Also, danke fürs Mitnehmen, Julia.«

Die beiden umarmten sich kräftig.

»Gern geschehen. Du bist jederzeit herzlich auf einen Kaffee eingeladen.«

»Danke dir, darauf komme ich bestimmt zurück. Machts gut.« Er nickte mir einmal kurz zu und ich erwiderte das, froh, endlich mit meiner Schwester allein zu sein.

Kapitel 6

Ole

»Hallo?«, rief ich in den Flur hinein, nachdem ich die Haustür aufgeschlossen hatte und eintrat. Niemand antwortete. Genauso, wie ich es erwartet hatte. Meine Mutter hatte heute Frühschicht im Pflegeheim und würde erst am frühen Nachmittag hier sein, und mein Vater stand natürlich hinter der Fleischertheke.

Ich stellte den Rucksack und die Reisetasche an der Treppe ab und ging in die Küche. Seit meinem letzten Besuch hatte sich nicht viel verändert. Nur die glänzend rote Küchenmaschine war neu. Meine Mutter hatte das Brotbacken für sich entdeckt, wie sie mir in ihrem letzten Brief geschrieben hatte. Was das anging, war sie etwas altmodisch. E-Mails hielt sie für zu unpersönlich. Ich fand es aber ehrlich gesagt schön, echte Post von zu Hause zu bekommen. Manchmal hatte sie auch kleine Päckchen geschickt, gefüllt mit Schokoladen und Bonbons von der Bonbonkocherei aus Eckernförde. Ich schmunzelte bei dem Gedanken. Als ob es nicht genügend Süßwaren in England gäbe. Ich setzte mich an den Küchentisch, schloss die Augen und sog einen Moment den für unser Haus so typischen Geruch ein. Eine Mischung aus frisch gebackenem Brot, Kaffee, Desinfektionsmittel und dem Zitronenallzweckreiniger, den meine Mutter schon ewig benutzte. Mein Zuhause. Wenigstens früher einmal.

Seufzend stand ich wieder auf und brachte meine Sachen in mein Zimmer. Hier hatte sich seit meinem Auszug nichts geändert. Sogar die alten Star Wars-Poster hingen noch an den Wänden. Den Rucksack warf ich aufs Bett, das meine Mutter offenbar frisch bezogen hatte. Es war schon um die fünfzehn Jahre alt und hatte eine Breite von gerade einmal neunzig Zentimetern. Bequem war anders. Aber ich würde ja nicht ewig hierbleiben. Sollte es mit dem Geomar klappen, würde ich mir eine Wohnung in Kiel nehmen.

Hier stand ich in meinem alten Zimmer, das mit Erinnerungen gefüllt war, die aus einem anderen Leben zu stammen schienen. *Es gibt nur eine Sache auf der Welt, auf die du dich verlassen kannst – auf die Familie,* hatte Papa früher immer gesagt. Meine Eltern und ich, wir waren ein Team, eine Einheit. Ich hatte einhundertprozentig auf die beiden zählen können. Doch als ich mich nach dem Abi dazu entschlossen hatte, zu studieren, anstatt eine Lehre im Familienbetrieb zu starten, bröckelte dieser Zusammenhalt. Zumindest von Seiten meines Vaters. Er gab mir immer öfter das Gefühl, nur noch auf der Ersatzbank zu sitzen. Daran konnten auch die Aufmunterungsversuche meiner Mutter nichts ändern. Ich war Einzelkind, was mich bis dahin nie gestört hatte. Inzwischen bedauerte ich es, keine Geschwister zu haben. Vielleicht hätten sie mir diese Bürde ja gerne abgenommen. Ich war trotzdem meinen eigenen Weg gegangen und werde ihn weiterhin beschreiten. Auf das schlechte Gewissen und das Gefühl, ein mieser Sohn zu sein, hätte ich aber gut verzichten können.

»Na dann los«, murmelte ich zu mir selbst.

Ich straffte die Schultern und warf einen letzten Blick in den Spiegel, bevor ich den Weg zur Fleischerei antrat.

»Das wird schon.«

Mann, jetzt führte ich schon Selbstgespräche. Papa würde sich trotz allem freuen, mich zu sehen. Ich war immerhin sein Sohn, und seit meinem letzten Besuch waren einige Monate vergangen. Frostiger als der Empfang durch Sarah konnte es außerdem gar nicht werden. Dass ausgerechnet sie auf so einem hohen Ross saß. Ich habe nie verstanden, was sie für ein Problem mit mir hatte. Dabei hatte ich sie einmal sehr gern, war sogar heimlich in sie verknallt gewesen. Doch wie heißt es so schön? Nicht alles, was glänzt, ist Gold. Auf weitere Begegnungen mit ihr konnte ich gut verzichten. Aber da unsere Großeltern jetzt ein Paar waren, würde ich da wohl nicht drum herum kommen.

Ich war so in meine Grübeleien vertieft, dass ich erschrocken zusammenzuckte, als plötzlich ein kleiner weißer Wolfsspitz wie aus dem Nichts auftauchte und kläffend an meinem Bein hochsprang.

»Hey, du alter Räuber. Du bist ja immer noch so frech.« Ich kraulte den kleinen Gangster hinter den Ohren, sodass er zufrieden die Nase in die Luft streckte und ein wohliges Grummeln von sich gab. Sogleich kam eine ältere Dame mit rotem Lockenkopf und luftiger Tunika auf mich zugeeilt. Ihre vielen goldenen

Armbänder klapperten bei jedem Schritt. Wilma, unsere örtliche Blumenhändlerin und Klatschtante, hatte sich nicht verändert.

»Fiffi, bei Fuß!«, brüllte sie. Leider interessierte das Fiffi nicht die Bohne. An mich gewandt, fuhr sie fort: »Es tut mir so leid, Fiffi ist mir einfach ausgebüxt.«

»Kein Problem, ist ja nichts passiert, Wilma.«

Erst als ich mich wieder erhoben hatte, ging ihr ein Licht auf. »Ole Herzchen, das bist ja du!«

Überschwänglich schlang sie ihre dünnen Arme um mich. Der Duft von 4711 stieg in meine Nase. Unbeholfen erwiderte ich die Umarmung. Sie ging mir gerade einmal bis zur Brust. Jetzt fehlte nur noch, dass sie mir durchs Haar wuschelte und mir sagte, wie groß ich doch geworden sei. Als sie mich wieder aus ihrem Griff entlassen hatte, tätschelte sie mir die Wange.

»Ach Junge, aus dir ist ja ein richtiger Mann geworden. Nur rasieren müsstest du dich mal wieder«, sagte sie mit tadelnder Miene.

»Das trägt man heute so, Wilma.« Ich grinste auf sie hinab und schob mir die Hände in die Hosentaschen, weil ich sonst nicht wusste, wohin mit ihnen.

»Hinnerk hatte beim letzten Skattreffen erwähnt, dass du bald kommst, aber er hat nicht gesagt, wann genau. Wie lange bleibst du denn?«

»Das weiß ich noch nicht genau. Ich bin gerade auf dem Weg zur Fleischerei«, sagte ich schnell. Sonst würde Wilma ihr Verhör stundenlang fortsetzen.

»Na dann … bestell den anderen Sievers-Männern mal einen Gruß von mir. Komm, Fiffi.«

»Tschüss.« Ich sah Wilma und Fiffi eine kurze Weile hinterher, bis sie um die nächste Ecke verschwunden waren.

Schmunzelnd setzte ich meinen Weg fort. Manche Dinge änderten sich wirklich nie. Ich kannte keine neugierigere Person als Wilma. Aber sie hatte auch ihre guten Seiten. Als ich fünfzehn gewesen war, hatte sie mich und Birte Ahrens mal am Strand beim Knutschen erwischt – während wir eigentlich im Deutschunterricht hätten sitzen müssen. Sie hatte nur gezwinkert und gemeint, wir sollten uns von ihr nicht stören lassen. Wir wären am liebsten im Boden versunken! Aber sie hatte uns nicht verpfiffen und es nicht, entgegen ihrer sonstigen Art, herum getratscht. Das rechnete ich ihr bis heute hoch an.

Je näher die Fleischerei kam, desto nervöser wurde ich. *Ach komm, Ole, dafür gibt es doch gar keinen Grund.* Ich hatte ja nichts falsch gemacht. Sicher hatte Papa sich inzwischen wieder beruhigt. Als ich vorm Eingang stand, atmete ich einmal tief durch und trat ein. Kaum hatte die Türglocke geläutet, drehten sich sämtliche Köpfe im Raum zu mir um. Auch die von Papa und Opa Hinnerk.

»Ole, mein Junge! Du bist ja schon da.« Freudestrahlend zog Opa sich die Handschuhe aus, warf Frau Köhler ein entschuldigendes Lächeln zu und umrundete die Theke. »Komm her, du.« Seine braunen Augen strahlten geradezu und er zog mich in eine Bärenumarmung.

»Hallo, Opa. Schön, dich zu sehen.« Ich erwiderte die Umarmung herzlich und warf gleichzeitig einen Blick über seine Schulter hinweg zu meinem Vater. Er lächelte mich verhalten an, überreichte Frau Köhler ihr Paket und kam dann ebenfalls auf mich zu.

»Hallo Ole, schön, dass du wieder da bist.«

»Hey, Papa.«

Unbeholfen, als wüsste er nicht, ob er mich in den Arm nehmen konnte oder nicht, tätschelte er mir die Schulter. Also war offenbar noch immer sauer auf mich. Sein Lächeln erreichte seine Augen nicht. Aber immerhin gab er sich Mühe, seinen Ärger herunter zu schlucken.

»Gut hergekommen?« Hinnerk musterte mich einmal von oben bis unten.

»Ja, danke, lief wie am Schnürchen.«

»Sehr gut, min Jung. Weißte was? Wir machen heute einfach mal früher Mittagspause, und du erzählst uns bei einem Kaffee, was es Neues bei dir gibt. In Ordnung?«

»Klingt gut, Opa.«

Papa klappte das Schild an der Tür um, sodass *Mittagspause* von außen zu lesen war. Gemeinsam gingen wir in den Aufenthaltsraum, der im hinteren Teil der Fleischerei gelegen war. Das lief bisher doch besser, als ich dachte.

Kapitel 7

Sarah

»Hereinspaziert.« Julia hielt mir mit strahlender Miene die Tür zum Zimmer *Treibgut* auf, damit ich die Tasche und den Trolley hindurchwuchten konnte. Ich kannte jedes einzelne Zimmer der Pension in- und auswendig, weil ich Julia damals bei der Renovierung der Scheune geholfen hatte. Trotzdem war ich immer wieder aufs Neue begeistert, wie schön alles geworden war. Das Zimmer beherbergte, wie der Name andeutete, jede Menge Accessoires, die aus Treibgut hergestellt wurden, zum Beispiel einen Couchtisch mit Glasplatte und ein kleines Regal in Form eines Bootes. Highlight war die Lampe im Badezimmer. Sie bestand aus einem langen Stück Holz und war mit kleinen Lichtspots versetzt. Insgesamt war die Einrichtung maritim in den Farben Weiß und Blau gehalten. Ich liebte es.

»Dieses Zimmer ist einfach ein Traum, Julia. Aber bist du sicher, dass du es wirklich an mich verschwenden möchtest und nicht lieber für die Gäste freihältst?«

Die Großzügigkeit meiner Schwester kannte keine Grenzen, vor allem nicht, wenn es um Familie und

Freunde ging. Auch wenn ich mich riesig auf den Aufenthalt hier freute, hatte ich ein schlechtes Gewissen.

»Was heißt hier verschwenden? Für meine kleine Schwester nur das Beste! Hauptsache ist doch, dass du dich endlich mal erholst und wieder was auf die Rippen bekommst.« Liebevoll kniff sie mir in die Seite.

»Klein? Ich werd bald dreißig«, lachte ich. »Aber egal, was du sagst: Ich zahle selbstverständlich.«

Julias empörter Gesichtsausdruck brachte mich zum Lachen.

»Kommt gar nicht in Frage!«

»Doch, Julia. Ich habe schließlich auch meine Prinzipien«, sagte ich mit Nachdruck. Abgesehen davon brauchte sie das Geld, sie hatte schließlich einiges an Krediten abzubezahlen. Der Umbau der Scheune war teuer gewesen. Hinzu kam, dass sie ihren Ex, Clemens, hatte auszahlen müssen, nachdem er aus dem gemeinsamen Haus ausgezogen war.

»Von mir aus, wenn du unbedingt darauf bestehst ... aber du erhältst einen Familienrabatt von achtzig Prozent. Keine Widerrede!«

Liebevoll schaute ich meinen Dickkopf von Schwester an und nahm sie dann kräftig in den Arm.

»Danke, Julia. Ich hab dich unendlich doll lieb, weißt du das?«

Sie lachte. »Ja, ich dich auch, meine Süße.«

Ich gab sie wieder frei und wischte mir über die Augen.

»So, genug geredet. Du packst jetzt erst einmal aus, und dann sehen wir uns gleich bei mir auf einen Kaffee, einverstanden?« Ich nickte nur und fing sofort an, mich einzurichten. Kurz hatte ich überlegt, meinen Laptop mitzunehmen, um zur Not ein wenig zu arbeiten. Aber Julia hatte es erfolgreich geschafft, mir diesen Plan wieder auszureden. *Du sollst dich hier erholen und nicht schuften,* hatte sie gesagt. Da hatte sie natürlich recht. Trotzdem machte es mich nervös, so ganz ohne mein Arbeitsequipment. Von einhundertzehn Prozent auf null runterzufahren, fiel mir, dem fleischgewordenen Workaholic, alles andere als leicht. Seit meinem Zusammenbruch hatte ich mich im Internet zum Thema Burnout einmal schlaugemacht. Es war erschreckend, wie viele Menschen die Diagnose bekamen. Darunter waren einige Horrorgeschichten von Leuten, die sich nicht einmal mehr aus ihrer Wohnung getraut hatten.

So weit wollte ich es bei mir auf keinen Fall kommen lassen. Zum Glück hatte ich Julia. Sie war fünf Jahre älter als ich. Wir hatten schon immer eine enge Verbindung, obwohl wir uns während unserer Jugend gar nicht so oft gesehen hatten, weil sie nach ihrer Ausbildung als Köchin und ihrer Weiterbildung zur Hotelfachfrau viel unterwegs gewesen war. Eine Zeit lang hatte sie sogar in der Schweiz und in Frankreich gelebt. Doch spätestens seit dem Tod unserer Mutter vor fast sechs Jahren war sie zu meinem Fels in der Brandung geworden, zusammen mit unserer Oma Magda.

Ich räumte meine Klamotten in den Schrank und brachte die Kulturtasche ins Badezimmer. Ich hatte sogar Sportsachen dabei, weil ich mir fest vorgenommen hatte, endlich mal wieder aktiver zu werden. In Hamburg hatte ich auf der Arbeit kaum Zeit zum Essen gehabt, geschweige denn dass ich es ins Fitnessstudio geschafft hätte.

Nachdem ich mich so weit eingerichtet hatte, zog ich zu guter Letzt die Zeichenmappe sowie mein Bleistiftetui aus dem Trolley. Zeichnen war mein liebstes Hobby, das ich viel zu lange vernachlässigt hatte. Dabei machte es mir nicht nur Spaß, es hatte auch eine ungeheuer beruhigende Wirkung.

Ich setzte mich aufs Bett und öffnete die Mappe. Der sieben Monate alte Leon blickte mir entgegen. Dieses Porträt hatte ich damals nach einem Foto gezeichnet. Es wurde wirklich Zeit für ein neues.

In dem Moment brummte es in meiner Handtasche. Schnell holte ich mein Handy hervor. Es war Hanno.

»Hallo, meine Süße. Ich wollte nur einmal hören, wie es dir geht.«

»Oh, wie lieb von dir.« Wahrscheinlich grinste ich gerade wie eine Idiotin vor mich hin. Zum Glück konnte Hanno mich nicht sehen. »Ich bin gut in Appenkuhl angekommen, habe eben meine Sachen in meinem wunderschönen Zimmer verstaut und gehe gleich rüber zu Julia auf einen Kaffee.«

»Das klingt doch gut, mein Schatz. Dann wünsche ich dir einen tollen Aufenthalt und erhol dich gut. Hast du schon Pläne für die nächste Zeit?«

»Nichts Konkretes. Ein bisschen Sport, ein bisschen zeichnen und ganz viel Nichtstun. Außerdem feiert meine Oma in ein paar Wochen ihren achtzigsten Geburtstag. Es wäre toll, wenn du auch dabei wärst. Ich würde dich unheimlich gerne meiner Familie vorstellen«, sagte ich mit honigsüßer Stimme. Ich vermisste Hanno und konnte es kaum erwarten, ihn wiederzusehen. Beim Thema Familie blockte er aber immer ab, was mich leicht verunsicherte.

»Ich versuche es auf jeden Fall. Wann war noch mal der genaue Termin?«

»Am zehnten November«, haspelte ich aufgeregt. Es wäre so schön, ihm einmal alle vorzustellen. Ich hörte, wie er nebenher auf seiner Tastatur herumtippte.

»Das passt. Ich würde dann für ein paar Tage zur dir nach Appenkuhl kommen. Ostsee im Winter klingt gemütlich.«

Am liebsten wäre ich vor Freude auf dem Bett herumgehüpft. *Ruhig bleiben, jetzt nicht ausflippen,* redete ich mir zu. Hanno sollte mich nicht für unreif halten.

»Oh wie toll, ich freue mich riesig! Die Pension wird dir bestimmt gefallen.«

»Ich freue mich auch, Schatz. Hör zu, ich muss jetzt weiterarbeiten. Lass es dir gut gehen. Wir hören uns.«

»Bis dann.«

Beschwingt stand ich auf und lief die Treppe hinunter. Hanno war ein toller Mann. Endlich hatte ich jemanden gefunden, der genau wusste, was er wollte. Sicher lag das an seinem Alter – er war zehn Jahre älter als ich. Das störte mich kein bisschen. Männer in meinem Alter waren einfach kein geeignetes Beziehungsmaterial, wie ich aus leidlicher Erfahrung wusste. Trotzdem beschlich mich manchmal die Angst, ihm zu kindisch zu sein. Ich liebte es, mit meiner Schwester oder meinen Freundinnen ordentlich herumzualbern. Ich lache eben gern und viel. Wenn ich mit Hanno zusammen war, versuchte ich zumindest, mich erwachsener und ernster zu verhalten.

Als ich aus der Pension trat, pfiff ein ordentlicher Wind ums Haus. Fröstelnd zog ich meine Strickjacke enger um mich und klingelte bei Julia. Leon öffnete die Tür.

»Komm rein, Tante Sarah. Mama hat schon den Kuchen in die Küche gestellt«, sagte er schmatzend.

»Ja, das sehe ich, mein Schatz, dein Mund ist ja voller Krümel«, lachte ich und strich ihm einmal durchs Haar.

»Da bist du ja! Na, hast du dich eingerichtet?« Julia war dabei, zwei Latte macchiato für uns zuzubereiten, während Leon sich Mund und Hände wusch und vergnügt in sein Zimmer hüpfte. Ich setzte mich an den massiven Tisch der Landhausküche und umklammerte mit beiden Händen das warme Kaffeeglas.

»Ja, danke. Ich kann noch gar nicht fassen, dass ich vier Wochen hier verbringen werde.«

Julia nahm neben mir Platz. »Ich hoffe, du erholst dich hier ein bisschen. Jetzt erzähl mal, was genau ist passiert?«

Ich seufzte einmal schwer. »Ach, die Arbeit in der Agentur nimmt einfach kein Ende. Das macht mir eigentlich auch nichts aus, aber ... das Problem ist, dass ich irgendwie nicht weiterkomme. Ich arbeite jetzt schon seit fünf Jahren da, und demnächst geht meine Kollegin Caro in Elternzeit. Sie ist Teamleiterin in der Grafik und ich hatte gehofft, dass ich den Posten während ihrer Abwesenheit übernehmen kann.«

Ich fand, diese Beförderung hatte ich mir mehr als verdient.

»Verstehe, aber du bekommst die Teamleitung nicht?«

Ich zuckte mit den Schultern. »Keine Ahnung, meine Chefin Nora hat sich dazu bisher noch nicht geäußert.

In den letzten Wochen hat sie immer mal wieder Andeutungen gemacht, von wegen wenn ich diesen oder jenen Auftrag gut abschließe, stünden meine Chancen gut. Weißt du, ich fühle mich, als ob ich in einem reißenden Fluss gegen die Strömung Richtung Ufer schwimme, und jedes Mal, wenn ich glaube, ich habs gleich geschafft, entfernt sich das Ufer wieder für einige Meter.« Es klang theatralisch, aber genauso fühlte ich mich.

Julia strich mir über den Arm. »Ach Süße, das kann ich gut verstehen. Kein Wunder, dass du so ausgebrannt bist. Vielleicht solltest du die Zeit hier nutzen, um einmal darüber nachzudenken, dich beruflich umzuorientieren. Such dir eine andere Agentur, in der du mehr geschätzt wirst. Hamburg hat da doch genug Stellen zu bieten.«

»Ja, aber da fang ich dann wieder von vorne an und muss mich erst einmal beweisen.«

Ich hatte schon hin und wieder die Stellenanzeigen im Internet durchforstet. Doch so richtig hatte ich mich noch nicht dazu durchringen können, mich woanders zu bewerben.

»Genug von mir. Was gibt es bei euch Neues? Wann heiratet ihr endlich?«

Sofort erstrahlte ein Lächeln auf Julias Gesicht. Im vergangenen Jahr hatte sie ihre große Liebe Sebastian kennengelernt. Ihre Beziehung hatte anfangs unter keinem glücklichen Stern gestanden, denn Sebastian war Clemens' Anwalt gewesen. Zum Glück war für die beiden aber alles gut ausgegangen. Mittlerweile wohnte Sebastian sogar hier und hatte Julia vor ein paar Wochen einen Heiratsantrag gemacht.

»Tja, eigentlich wollten wir im Sommer heiraten, vielleicht eine Strandhochzeit. Aber das müssen wir wohl verschieben.«

»Wieso das denn?« Nach Ärger im Paradies sah es nicht aus, wenn man sich Julias Grinsen ansah.

»Weil ich bis dahin wahrscheinlich eine ziemlich runde Kugel haben und in kein Kleid mehr passen werde.«

Mein Gehirn brauchte einen Moment, um diese Information zu verarbeiten. Dann sprang ich wie eine Verrückte von meinem Stuhl auf und umarmte meine Schwester.

»Wow, ich werde noch einmal Tante? Oh Julia, ich freue mich so!« Endlich mal wieder gute Nachrichten. Aufgeregt hüpfte ich wie ein Flummi auf und ab.

»Danke, mein Schatz. Wir sind auch sehr glücklich.« Ja, das sah man Julia aus jeder Pore an.

»Ich wusste gar nicht, dass ihr Nachwuchs geplant hattet«, sagte ich, nachdem ich wieder Platz genommen hatte.

Meine Schwester lächelte mich verlegen an. »Na ja, das hatten wir auch nicht, zumindest nicht so bald. Aber dieses kleine Überraschungsei wollte wohl unbedingt zu uns«, sagte sie und streichelte dabei liebevoll über ihren noch flachen Bauch.

»Wie weit bist du denn?«

»In der achten Woche, also noch sehr früh. Bis auf dich, Esther, Magda und Sebastian weiß es noch niemand, also behalte es bitte noch für dich.«

»Auf jeden Fall. Freut Sebastian sich?«

»Und wie! Ich bin sehr erleichtert darüber. Du weißt ja, dass er aufgrund der schlechten Beziehung zu seinem Vater immer Zweifel hatte, selbst Kinder zu bekommen. Als ich es ihm gesagt habe, brauchte er ein paar Sekunden, aber dann er hat er mich durch das halbe Haus gewirbelt«, lachte sie.

Wie romantisch! So eine Beziehung hätte ich auch gerne.

»Das klingt toll. Ich freue mich schon, ihn heute Abend zu sehen.«

»Apropos heute Abend: Magda hat uns zum Essen eingeladen. Es gibt Zwiebelkuchen.« Genießerisch nahm sie einen Schluck von ihrem Kaffee.

»Nur uns vier?«

»Nein, Ole kommt auch.« Sofort gingen meine Mundwinkel nach unten.

»Wieso das denn?«, rutschte mir genervter heraus, als ich beabsichtigt hatte.

Julia zog eine Augenbraue hoch. »Weil er Hinnerks Enkel ist und Magda das als gute Gelegenheit angesehen hat, dass die beiden ein bisschen Zeit miteinander verbringen.«

»Können sie dann nicht zusammen ... keine Ahnung, zum Angeln gehen oder so?«

Julia stellte ihr Glas ab und sah mich ungewöhnlich ernst an. »Soweit ich weiß, angelt keiner der beiden. Sag mal, was hast du eigentlich gegen Ole? Du hast dich vorhin auf der Fahrt schon so komisch verhalten. Ist mal was zwischen euch vorgefallen? Ihr habt euch doch früher immer prima verstanden.«

Ich atmete tief aus. Sofort dachte ich an den Nachmittag am Strand vor dreizehn Jahren. Es war der mit Abstand demütigendste Moment meines Lebens. Ich hatte bisher niemandem davon erzählt, nicht einmal Julia oder meiner Mutter. Und ich würde heute sicherlich nicht damit anfangen. Daher zuckte ich nur mit den Schultern. »Ach, ich finde ihn halt ziemlich unsympathisch, das ist alles.«

Jetzt prustete Julia doch tatsächlich los. »Entschuldige mal, Sarah, aber wie kann man Ole unsympathisch finden? Er ist einer der nettesten, hilfsbereitesten Menschen, die ich kenne. Kann es sein, dass du einfach nur ein bisschen eifersüchtig bist?«

Jetzt war es an mir, zu prusten. »Eifersüchtig? Wieso sollte ich?«

»Vielleicht weil es dir nicht schmeckt, dass sich wegen Ole heute Abend nicht alles um dich drehen wird?« Julia grinste wissend, was mir total gegen den Strich ging.

»Was soll das denn heißen? Hältst du mich etwa für ein verwöhntes Prinzesschen, das immer im Mittelpunkt stehen muss?« Der Gedanke versetzte mir einen Stich.

»Nein, mein Schatz, natürlich nicht.« Sie strich mir einmal über den Rücken. »Aber so ein bisschen genießt du es schon, dich mal von Magda verwöhnen zu lassen, oder?«

»Ja, ein bisschen«, gab ich kleinlaut zu. Auch wenn das nicht der Grund war, es war eine willkommene Ausrede für mich. Julia warf mir einen belustigten und zugleich liebevollen Blick zu. »Ach Maus, einen Abend wirst du schon überleben. Abgesehen davon ist Ole ja eher ein ruhiger und zurückhaltender Mensch. Und wie gesagt: Eigentlich kann man ihn nur mögen. Übrigens ...«, an dieser Stelle grinste sie mich süffisant an, »... ich finde, aus ihm ist wirklich ein attraktiver Mann geworden, meinst du nicht?«

Ja, das hatte ich bereits selbst festgestellt. Doch lieber hätte ich mir die Zunge abgebissen, als das zuzugeben. »Schwesterherz, ich glaube, deine Hormone gehen langsam mit dir durch.« Sie lachte herzhaft.

»Das könnte sein. Neulich bin ich in Tränen ausgebrochen, nur weil ich einen Fleck auf meinem Shirt entdeckt hatte.« Jetzt musste ich lachen.

»Alles klar, dann fasse ich dich ab sofort nur noch mit Samthandschuhen an.«

Julia hatte recht: Einen Abend mit Ole Sievers würde ich schon überstehen. Auch wenn der Gedanke daran leichte Panik in mir aufstiegen ließ.

Kapitel 8

Ole

»Moin allerseits.« Genau wie in der Fleischerei meiner Eltern, hatte Wilma ein Glöckchen an der Tür, das mein Ankommen ankündigte. In Appenkuhl war eben die Zeit ein wenig stehengeblieben. Sofort richteten Wilma und Dörte, unsere örtliche Postbotin, ihre Aufmerksamkeit auf mich.

»Ole, Herzchen, wie schön, dich zu sehen. Wir haben gerade über dich geschnackt«, sagte Wilma augenzwinkernd.

»Ach ja?«, fragte ich perplex.

»Ja, ich meinte gerade zu Dörte, dass ich mich glatt in dich verlieben könnte, wäre ich doch nur fünfzig Jahre jünger. Aus dir ist wirklich ein hübscher Mann geworden.«

Oh Gott! Am liebsten hätte ich sofort den Rückzug angetreten. Irgendwie fühlte mein Kopf sich verdächtig heiß an. Ich hatte keine Ahnung, was ich darauf erwidern sollte.

»Danke«, stammelte ich verlegen.

»Hast recht, Wilma. Und dabei is es noch gar nich lange her, da biste im Sommer noch mit blankem Mors durch euren Garten geflitzt«, sagte Dörte in ihrer gewohnt trockenen Art.

»Schau mal, Dörte, jetzt is der Junge schon ganz rot geworden. Lassen wir ihn lieber mal in Ruhe.«

Wow, und ich dachte, dass es nicht mehr peinlicher werden konnte. Scham und Taktgefühl waren wohl nicht jedem gegeben.

»Äh … ja. Eigentlich hätte ich gerne einen Strauß Blumen gekauft.«

Dörte klopfte einmal auf den Verkaufstresen. »Ich muss eh mal wieder. Bis morgen, Wilma. Machs gut, Ole.«

»Tschüss, Dörte.« Ich schaute ihr hinterher, wie sie sich auf ihr Postrad schwang und davonradelte.

»Also, Ole, was kann ich denn für dich tun? Für welche Herzensdame sind denn die Blumen? Birte Ahrens ist ja inzwischen schon verheiratet, wie du sicher weißt.« Geheimnisvoll zwinkerte sie mir zu.

Ich ignorierte die Anspielung. »Die Blumen sind für Magda. Sie und Hinnerk haben mich heute zum Essen eingeladen. Weißt du vielleicht, welche ihr gefallen könnten?«

»Natürlich, min Jung. Ich bin schließlich eine ihrer ältesten Freundinnen!« Sie klang empört.

»Das habe ich mir gedacht. Könntest du mir einen schönen Strauß zusammenstellen?«

»Schon dabei.« Zielsicher zog sie verschiedene Blumen aus den Kübeln, die in ihrem kleinen Laden verteilt waren, und band alle zu einem riesigen Strauß.

»Bitte sehr, macht zwanzig Euro.«

Ich legte ihr das Geld passend auf den Tresen. »Danke, Wilma, sieht gut aus.« Ich hob einmal die Hand zum Abschied und machte mich aus dem Staub, bevor Wilma mich noch in ein längeres Gespräch verwickeln konnte.

»Bestell Hinnerk und Magda liebe Grüße von mir!«, rief sie mir hinterher.

Ich reckte den Daumen, zum Zeichen, dass ich verstanden hatte und stiefelte wieder nach Hause. Ich freute mich ehrlich auf den Abend. Im Gegensatz zu Wilma und Dörte würde Magda mich nicht in Verlegenheit bringen. Sie achtete sehr darauf, dass man sich wohlfühlte. Genau wie Julia. Sarah hingegen … ihre abweisende Art nervte mich und war das Einzige, was die Vorfreude auf den heutigen Abend ein bisschen trübte. Eigentlich konnte es mir ja egal sein, was sie über mich dachte. Dennoch ärgerte mich die Art und Weise, wie sie mich behandelte. Früher hatte ich es auf ihre Jugend geschoben. In der Pubertät benimmt man sich mitunter ja schon bescheuert. Aber jetzt waren wir erwachsen, da konnte man doch ein Mindestmaß an Anstand und Benehmen erwarten. Stattdessen tat sie so, als hätte ich die Pest. Ich hatte eine dunkle Ahnung, warum sie sich in meiner Gegenwart so benahm. Vermutlich wegen dieser Sache damals am Strand. Es war ihr bestimmt unangenehm, dass ich das alles mitbekommen hatte. Ich schüttelte gedankenversunken den Kopf. Das war doch schon Jahre her. Machte ihr diese Geschichte noch so zu schaffen? Das konnte ich mir nicht vorstellen. Eine andere Erklärung für ihre Abneigung gegen mich fiel mir allerdings nicht ein.

Bei meinem Vater wusste ich wenigstens genau, weshalb er mir gegenüber etwas reserviert war, was es nur bedingt besser machte. Er gab sich seit meiner Ankunft Mühe, sich nichts anmerken zu lassen. Doch unser Umgang war nicht mehr so entspannt wie früher. Er ging langsam auf die sechzig zu, die Rente war gar nicht so weit. Damit wuchs die Sorge um die Zukunft der Fleischerei. Es gab nur wenige, die sich überhaupt für diesen Beruf interessierten, zumal Appenkuhl für junge Leute nicht sehr anziehend war. Ich dagegen hatte mich nach Jahren in Southampton nach dem ruhigen Landleben hier zurückgesehnt. Alles, was ich zum Glücklichsein brauchte, war das Meer. Nur leider hatte ich so gar kein Interesse daran, demnächst als Metzger das Beil zu schwingen.

»Ole, schön, dass du da bist! Komm rein, die anderen sitzen bereits am Tisch.« Hinnerk öffnete mir die Tür, dicht gefolgt von Magda. Er klopfte mir auf die Schulter. Bevor Magda mich in ihre Arme nehmen konnte, überreichte ich ihr die Blumen.

»Für mich? Vielen Dank, Ole, sie sind wunderschön.« Sie schnupperte einmal mit geschlossenen Augen an den Blüten. »Ich stelle die mal schnell in eine Vase. Hinnerk, du führst den Jungen an seinen Platz«, kommandierte sie.

Gehorsam dackelte ich Hinnerk hinterher ins Wohnzimmer, wo der Kaminofen schon knisterte. Es war draußen bitterkalt geworden.

»Hallo zusammen«, grüßte ich einmal in die Runde.

An der großen Tafel saßen Julia, Leon, ein Mann, den ich als Julias Verlobten Sebastian identifizierte, und Sarah, die mich keines Blickes würdigte.

»So, min Jung, neben Sarah ist noch ein Plätzchen für dich frei.«

Na toll ...

Ich lächelte Opa dankbar an und setzte mich neben den eiskalten Engel.

»Ole, wie schön, dass du auch da bist. Darf ich dir Sebastian vorstellen?« Julia deutete zu ihrer Rechten.

»Moin Ole, schön, dich kennenzulernen.« Seine braunen Augen schauten mich freundlich an. Im Gegensatz zu Sarah.

»Freut mich auch, danke.« Magda kam aus der Küche geeilt und brachte eine Platte mit Zwiebelkuchen mit. Es duftete köstlich.

»Iih, ich mag keine Zwiebeln.« Leon rümpfte die Nase und fing sich daraufhin einen missbilligenden Blick von seiner Mutter ein.

Magda seufzte. »Ich weiß, mein Schatz. Deswegen habe ich für dich auch eine Ecke nur mit Speck und Käse belegt. Bitteschön. Ole ...«, sprach sie mich direkt an, »... für dich habe ich extra eine große Portion ohne Speck gemacht. Hinnerk erzählte mir, dass du kein Fleisch mehr isst.«

»Danke, Magda, das ist wirklich lieb von dir«, lächelte ich sie an. Zu Hause vergaß meine Mutter ständig, dass ich Vegetarier war und tat jedes Mal aufs Neue überrascht, wenn ich sie darauf hinwies.

»Wieso isst du kein Fleisch mehr?«, fragte Leon schmatzend.

»Na ja, weil ich nicht möchte, dass für mich Tiere sterben müssen«, erklärte ich achselzuckend, ohne mir etwas dabei zu denken.

»Das ist aber kein Grund, anderen ihr Essen zu vermiesen«, giftete Sarah mich an.

»Das habe ich doch gar nicht. Ich habe nur auf Leons Frage geantwortet«, verteidigte ich mich sofort.

»Sarah, was soll denn dieser patzige Ton? Bist du heute mit dem falschen Fuß aufgestanden?« Verwundert schaute Magda ihre Enkelin an.

Diese zuckte nur mit den Schultern. »Ist doch so.«

Stille am Tisch. Am liebsten wäre ich sofort aufgestanden und gegangen. Ich hatte es echt nicht nötig, mich von Sarah Sommerfeld blöd anmachen zu lassen.

»Ole, erzähl mal ... Julia sagte, du hast in England studiert. Wo denn genau? Ich war zum Jurastudium auch zwei Semester da, in Cambridge.« Interessiert schaute Sebastian mich über seinen Teller hinweg an.

Froh über den Themenwechsel sprang ich sofort darauf an.

»Ähm ... ja, ich habe Meeresbiologie in Southampton studiert.«

Der Rest des Abends verlief ohne größere Zwischenfälle. Letztendlich hatte ich mich mit allen gut unterhalten, vor allem mit Sebastian. Er war mir gleich sehr sympathisch gewesen. Sarah hatte hingegen kein Wort mehr mit mir gewechselt, sie war überhaupt äußerst schweigsam gewesen.

Gegen zwanzig Uhr verabschiedete ich mich und machte mich auf den Heimweg. Es war dunkel und sehr kalt. Mein Atem hinterließ weiße Wölkchen in der Luft. Da ich keine Mütze dabei hatte, setzte ich die Kapuze meines Hoodies auf. Mit den Gedanken war ich bei Sarah. Ich wusste von Hinnerk, dass sie gerade eine schwierige Zeit durchmachte. Das tat mir auch leid, aber ich hatte es satt, von ihr wie ein Fußabtreter behandelt zu werden. Deshalb nahm ich mir fest vor, bald ein Gespräch unter vier Augen mit ihr zu führen. Wenn sie ein Problem mit mir hatte, dann sollte sie es eben offen ansprechen. Ich fühlte mich ohnehin schon mies genug, weil ich den Laden nicht übernehmen wollte und mein Vater deswegen schlaflose Nächte hatte. Und dann war da noch die Trennung von Kate. Dass Dinge sich richtig und gleichzeitig so schlecht anfühlen konnten. Sie hatte mir morgens eine Nachricht gesendet. Wie es mir ginge und ob wir nicht noch mal reden wollten. Ich hatte ein schlechtes Gewissen, weil ich ihr nicht geantwortet hatte. Ich wusste nicht, was ich ihr sagen sollte. Die bittere Wahrheit war: Ich liebte sie nicht mehr. Zumindest nicht so, wie es bei einem Paar sein sollte ... eher wie eine Schwester oder gute Freundin. Und ja, am liebsten hätte ich sie angerufen und mit ihr über all die Dinge gesprochen, die mich hier so beschäftigen. Aber das wäre nicht fair ihr gegenüber gewesen. Ich wollte ihr keine falschen Hoffnungen machen oder ihr das Gefühl geben, ausgenutzt zu werden. Abgesehen von Mats in Hamburg hatte ich hier niemanden, mit dem ich über alles reden konnte. Meine Freunde von früher waren alle weggezogen. Julia hätte bestimmt auch ein offenes Ohr für mich. Sie war schon damals wie eine große Schwester für mich gewesen. Aber ich konnte kaum mit ihr über Sarah sprechen.

Was solls, dann musste ich eben alleine mit allem fertig werden. Bald stand das Bewerbungsgespräch beim Geomar an. Die Stelle war unglaublich interessant, aber so langsam kamen mir Zweifel, ob es eine gute

Idee wäre, wieder in die Nähe meiner Familie zu ziehen.

»Oh Mama, deine selbstgemachte Marmelade habe ich echt vermisst«, schwärmte ich, als wir alle am nächsten Morgen beim Frühstück saßen. Mein Vater versteckte sich hinter der Zeitung. Wie immer.

»Na, dann lass es dir schmecken. Möchtest du noch ein Brötchen? Och, was brabbelst du denn wieder vor dich hin, Malte!« Etwas genervt blickte sie meinen Vater an, der hin und wieder ein leises *überall das Gleiche* und *die Jugend von heute* von sich gab. Jetzt ließ er die Zeitung sinken und schaute meine Mutter an.

»Ach nichts, Britta. Ich lese nur gerade einen Artikel, dass immer mehr Landwirte aufgeben müssen, weil sie keinen Nachfolger für den Betrieb finden. Überall dasselbe.« Sein Blick richtete sich auf mich. »Vielleicht sollte ich mich mit den Herren mal in Verbindung setzen. Dann können wir einen Club aufmachen.« Er sagte es in einem Ton, der vermutlich witzig sein sollte, aber seine Augen verrieten ihn.

»Malte, jetzt lass es doch endlich mal gut sein!« Meine Mutter schüttelte den Kopf und widmete sich wieder ihrem Brötchen. Ich biss die Zähne zusammen, sodass mein Kiefer spannte.

»Das sagt sich so leicht, Britta. Es ist ja nicht dein Lebenswerk, das demnächst den Bach runtergeht. Ich führe den Laden immerhin schon in der dritten Generation, das sind siebzig Jahre Fleischerei Sievers in Appenkuhl! Leider halten die jungen Leute von heute offenbar nicht viel von Familientraditionen. Pflichtgefühl scheint für viele ein Fremdwort zu sein.« Jetzt reichte es mir. Wütend stand ich von meinem Platz auf und stieß dabei gegen den Tisch, sodass etwas von meinem Kaffee überschwappte.

»Was soll das, Papa? Wieso kannst du meine Entscheidung denn nicht einfach akzeptieren?«

Jetzt erhob er sich ebenfalls und schaute mich ernst an. »Weil ich einfach nicht begreifen kann, dass dir die Rettung irgendwelcher seltenen Fischarten wichtiger ist als das eigene Familienunternehmen. Immerhin hat die Fleischerei uns jahrelang ernährt und uns ein gutes Leben ermöglicht. Auch dir, mein Lieber!« Während seines Vortrags war er immer lauter geworden.

»Malte, jetzt hör endlich auf damit! Ole möchte eben seinen eigenen Weg gehen und das ist auch völlig in Ordnung.« Meine Mutter starrte meinen Vater wütend an.

»Siehst du, *seinen eigenen Weg gehen*«, äffte er sie nach. »Das ist genau das, was ich meine. Jeder denkt nur noch an sich selbst. Ich wäre damals auch gerne Kfz-Mechaniker geworden. Aber ich wusste um meine Pflichten und die Verantwortung gegenüber der Familie. Hast du auch mal an deinen Opa gedacht?«, wandte er sich direkt an mich. »Hast du eine Ahnung, wie er sich dabei fühlt?«

»Opa hat mir selbst gesagt, dass es für ihn in Ordnung ist! Immerhin ist er nicht die ganze Zeit damit beschäftigt, mir ein schlechtes Gewissen zu machen! Und wenn wir schon beim Thema Pflichten und Verantwortung sind: Ich dachte immer, Eltern möchten, dass ihre Kinder glücklich sind. Du willst mich aber zu etwas zwingen, was mich absolut nicht glücklich machen würde. Nur weil du damals nicht den Mut hattest, deinen Eltern zu widersprechen«, brüllte ich zurück.

Meinem Vater hatte es offenbar die Sprache verschlagen. Wütend starrte er mich an, bevor er aus der Küche stürmte. »Ich muss in den Laden«, brummte er.

Meiner Mutter standen die Tränen in den Augen.

»Es tut mir leid, Mama.« Mit zerknirschtem Gesicht begann ich damit, den Tisch abzuräumen. Der Appetit war mir vergangen.

Mama stand auf und fasste mich am Arm.

»Ach Schatz, er meint es nicht so«, sagte sie mit sanfter Stimme.

»Doch, das tut er. Ich glaube, es ist das Beste, wenn ich vorerst woanders wohne.«

Ich spürte, wie meine Mutter sich verkrampfte. Mir war klar, dass ich sie damit verletzte. Mit meinem Vater länger unter einem Dach zu wohnen, kam jedoch nicht mehr infrage. Zu meiner Überraschung nickte sie aber.

»Ja, mein Schatz. Ich kann verstehen, wenn du dich hier nicht mehr wohlfühlst. Oder soll ich noch mal mit Papa reden?«

Ich schüttelte nur den Kopf und ging hoch in mein Zimmer, um die Sachen zu packen. Fieberhaft dachte ich nach, wohin ich gehen konnte. Sicher hatten Hinnerk und Magda einen Platz für mich frei. Opa würde dann versuchen, die Wogen zwischen uns zu glätten. Darauf hatte ich im Moment keine Lust. Ich wollte einfach allein sein, um in Ruhe nachdenken zu können. Ich beschloss, einmal im Küstentraum anzufragen, ob ein Zimmer für mich frei wäre.

Kapitel 9

Sarah

»Ich wünsche mir Blau«, sagte ich und legte die Uno-Karte mit den vier Farben auf den Stapel.

»Kannst du haben«, grinste Leon und legte eine Plus Zwei-Karte vor mir ab. Ich grinste zurück und zückte dann meine eigene.

»Hahaha.«

Leon zog eine Schnute. »Oh Mann, Tante Sarah ... das war voll gemein von dir!«

»Hey, du hast schließlich angefangen«, lachte ich.

»Na warte, dafür kitzel ich dich durch!« Sofort sprang er von seinem Stuhl auf und ließ seine kleinen Finger über meinen Hals tanzen.

Schnell zog ich die Schultern hoch. »Nein, Leon, hör auf bitte.« Ich quiekte und zappelte herum. Vor Lachen kamen mir die Tränen. Zum Glück klingelte es in dem Moment an der Tür.

»Sarah, könntest du mal aufmachen? Meine Hände stecken gerade im Kuchenteig«, rief Julia aus der Küche.

»Okay«, rief ich zurück, froh, endlich von dem unbequemen Kinderstuhl in Leons Zimmer aufstehen zu können.

»So, Waffenstillstand. Ich muss mal nachschauen, wer an der Tür ist.«

Endlich ließ er von mir ab. Ich war schon kurz davor gewesen, mir in die Hosen zu machen. Er hatte leichtes Spiel mit mir, es gab quasi keine Stelle an meinem Körper, an der ich nicht kitzelig war. Ich rieb mir kurz über den schmerzenden Hintern und ging, immer noch vor mich hin kichernd, zur Haustür.

Kaum hatte ich geöffnet, gefror mir das Lächeln. Vor mir stand Ole. Panisch registrierte ich, dass er einen Rucksack sowie eine Reisetasche bei sich trug.

»Hallo«, sagte ich überrascht.

Sein Gesicht blieb regungslos. »Hallo, Sarah, entschuldige bitte die Störung. Ist Julia da?«

»Ich komme schon!« Julia kam aus der Küche gewirbelt. Ihre noch feuchten Hände rieb sie mit einem Geschirrtuch trocken.

»Entschuldige, Ole, ich war noch beim Backen. Komm doch rein. Kann ich dir etwas anbieten?«

Aber Ole bewegte sich keinen Zentimeter. »Danke, Julia, das ist wirklich nett, aber eigentlich wollte ich nur mal fragen, ob du vielleicht noch ein Zimmer für mich frei hättest?«

Oh nein, das durfte doch nicht wahr sein!

Julia schaute ihn für einen Moment entgeistert an, bevor sie nickte. »Ja, das Zimmer *Meeresbrise* ist noch frei. Komm mit. Nimmst du mal kurz?«, fragte sie an mich gewandt und drückte mir das Geschirrtuch in die Hand. Dann langte sie zu dem Schlüsselkasten in Form eines kleinen Strandhauses, der an der Wand im Flur hing, und nahm den Schlüssel heraus.

Ole lächelte sie dankbar an, drehte sich um und folgte Julia dann zur Pension.

Toll.

Da wollte ich Ole so weit wie möglich aus dem Weg gehen und nun wohnte ich unter einem Dach mit ihm! Schlimmer, das Zimmer *Meeresbrise* lag genau neben meinem. Stöhnend drehte ich mich um und brachte das blöde Geschirrtuch in die Küche.

»Hey, Sarah, spielen wir noch weiter?« Leon kam aus seinem Zimmer geflitzt, setzte sich an den Tisch und fing an, mit den Fingern die Teigreste aus der Kuchenschüssel zu kratzen und genüsslich abzulecken.

Ich setzte mich zu ihm und tat es ihm gleich. »Nein, ich hab keine Lust mehr, mein Schatz.«

Meine Laune war im Keller. Er wusste es nicht, aber jedes Mal, wenn Ole mich ansah, war es, als ob eintausend kleine Nadelstiche mich piksten, um mich an den demütigsten Moment meines Lebens zu erinnern. Damals hatte ich mich lange Zeit klein und wertlos gefühlt und ich fragte mich, ob Ole mich genauso sah.

Trotzdem war ich schon ein bisschen neugierig, weshalb er nicht mehr bei seinen Eltern wohnen wollte. Ich wusste ehrlich gesagt gar nicht mehr viel von ihm. Bei Magda neulich hatte er kaum geredet, außer über sein Studium.

»Na gut, dann frage ich eben Max, ob er Zeit hat«, sagte Leon schmatzend und holte mich damit ins Hier und Jetzt zurück.

»Ich werde hier also einfach so ausgetauscht, was?«, tat ich gespielt empört und kitzelte ihn in die Seiten.

Kichernd wand er sich auf seinem Stuhl. »Hey, lass das, Tante Sarah!«

»Na, ihr beiden habt Spaß miteinander, was?« Julia gesellte sich wieder zu uns in die Küche und fing an, klar Schiff zu machen.

»Mama, darf ich Max anrufen und fragen, ob er mit mir spielen möchte?«

»Klar, mein Schatz. Aber vorher wäschst du dir die Hände.« Während Leon ins Bad schlenderte, holte Julia das Telefon vom Sideboard im Flur, wählte Max' Nummer und reichte es Leon, als er wieder in der Küche auftauchte. Der verschwand damit sofort in sein Zimmer. Die Frage nach Ole brannte mir auf der Zunge, also ergriff ich die Chance.

»Sag mal, was ist denn mit Ole los? Warum will er denn plötzlich in der Pension wohnen?«, fragte ich patziger als beabsichtigt.

»Das musst du ihn schon selbst fragen.« Julia pustete sich eine Strähne aus dem Gesicht und verstaute die inzwischen tadellos ausgeleckte Kuchenteigschüssel im Geschirrspüler.

»Ach, so sehr interessiert es mich dann doch nicht.« Betont lässig schaute ich aus dem Fenster Richtung Garten. Die Blätter an den Bäumen leuchteten zum Teil in Gelb-, Orange- und Rottönen. Es sah wunderschön aus. Auch auf dem Rasen lag einiges an Laub. Ich beschloss, später einmal den Laubbesen in die Hand zu nehmen. Ich wollte nicht, dass Julia sich in ihrem Zustand zu sehr anstrengte.

»Nein, natürlich nicht.« Sie warf mir einen verschmitzten Blick zu.

»Mama, Max hat Zeit. Wir wollen heute bei ihm spielen, er hat neues Lego bekommen. Bringst du mich hin?« Leon war zurück in die Küche gestürmt und sah seine Mutter erwartungsvoll an. Julia warf einen nervösen Blick auf die Uhr an der Wand. »Ich weiß nicht, Schatz, ich erwarte heute noch neue Gäste, die demnächst ankommen müssten.«

»Ich könnte Leon doch zu Max bringen«, bot ich schnell an. »Dann würde ich danach gleich kurz bei Oma vorbeischauen.«

Zwanzig Minuten später war ich auf dem Weg zu Magda. Leon hatte ich inzwischen bei Max abgesetzt. Kaum war uns die Tür geöffnet worden, war ich abgeschrieben gewesen. Leon hatte nur noch ein schnelles Tschüss für mich übrig gehabt. Ich schmunzelte.

Nun war ich schon vier Tage in Appenkuhl, und der Erholungseffekt, der sich innerhalb dieser kurzen Zeit eingestellt hatte, war erstaunlich. Den Gedanken an die Agentur verdrängte ich geflissentlich – aus Angst, dann in Panik zu verfallen. Die Vorstellung, dass jemand anderes die Grafikteamleitung während Caros Elternzeit übernahm, obwohl ich so unglaublich hart dafür gearbeitet hatte, tat weh. Fröstelnd steckte ich die Hände in die Taschen meines Mantels. Der Wind war merklich aufgefrischt. Mittlerweile hatten wir November und bisher war das Wetter ungewöhnlich mild. Es waren noch nicht einmal alle Bäume kahl. So langsam war der Winter aber auf dem Vormarsch, und ich freute mich schon darauf, es mir heute Abend mit einem Buch im Kaminzimmer der Pension gemütlich zu machen.

Als ich endlich bei Oma ankam, klingelte ich entgegen meiner Gewohnheit. Aber man konnte ja nie wissen, ob sie nicht wieder mit Hinnerk knutschte.

»Ach, hallo, mein Schatz. Wieso nimmst du denn nicht einfach deinen Schlüssel? Du musst doch nicht klingeln.« Magda stand in der Tür, drückte mir einen Kuss auf die Wange und scheuchte mich ins Haus. Sofort wurde ich von einer wohligen Wärme empfangen.

»Ich war gerade dabei, mir einen Tee zu machen. Möchtest du auch?«

»Oh ja, gerne.« Ich hing meinen Mantel an der Garderobe im Flur auf und folgte Oma in ihre urige Küche.

»Na, erzähl, was gibt es Neues? Hältst du es noch aus in Appenkuhl oder vermisst du Hamburg schon?« Neugierig blickte sie mich an, bevor sie eine weitere Tasse hervorholte und heißes Wasser aufgoss. Der Duft von Hagebutte stieg mir in die Nase.

»Hamburg vermisse ich ehrlich gesagt überhaupt nicht. Aber irgendwann muss ich ja doch zurück, und bis dahin sollte ich mir überlegen, wie es für mich weitergeht.«

Das war die Wahrheit. Andererseits war ich ja noch nicht lange hier. In ein paar Wochen könnte meine Meinung eine ganz andere sein.

»Müssen tust du gar nichts, mein Kind. Wenn es dir in Hamburg nicht mehr gefällt, kannst du dir jederzeit woanders eine Arbeit suchen.«

Ich schnaubte und nahm ihr die Teetasse ab. »So einfach ist es dann doch nicht, Omi. Gute Stellen liegen schließlich nicht auf der Straße.«

Sie setzte sich und umklammerte ihre Tasse. »Stimmt, aber mit deinem Beruf könntest du dich doch auch selbstständig machen, oder?«

»Theoretisch schon«, murmelte ich. Darüber hatte ich bisher noch nie nachgedacht.

»Was gibt es denn Neues aus der Pension? Hast du schon irgendwelche interessanten Gäste kennengelernt?«

An dieser Stelle verdrehte ich die Augen. »Nein, aber dafür wohnt Ole seit heute in der Pension.«

»Was?« Magda sah mich erschrocken an. »Wieso das denn?«

Ich zuckte nur mit den Schultern. »Keine Ahnung, hat er nicht gesagt.« Schlürfend nippte ich von dem heißen Tee. Die Wärme breitete sich umgehend in meinem Bauch aus, und mich überzog eine Gänsehaut.

»Der arme Junge«, murmelte Magda.

Ich zog eine Augenbraue in die Höhe. Offenbar wusste sie mehr als ich. »Wieso armer Junge?«, fragte ich ganz unschuldig. Aber sie durchschaute mich sofort. »Wieso fragst du ihn nicht einfach selbst?«

»Genau das hat Julia auch gesagt.« Missmutig starrte ich in meine Teetasse. Dennoch entging mir Magdas Kopfschütteln nicht.

»Warum tust du es dann nicht?«

»Weil ich eigentlich nicht mit Ole rede. So nah stehen wir uns nicht mehr.«

Magda schnaubte nur. »Das habe ich beim Abendessen neulich gemerkt. So giftig habe ich dich zuletzt im Kindergarten erlebt. Was hast du nur gegen Ole? Immerhin habt ihr eure halbe Kindheit miteinander verbracht.«

Ich atmete einmal tief ein und aus. Der Besuch lief überhaupt nicht so, wie ich ihn mir vorgestellt hatte. Ole brachte nichts als Unruhe in meine Familie. Jetzt hackte meine eigene Großmutter auf mir herum.

Magda bemerkte, dass ich den Tränen nahe war und griff nach meiner Hand. »Hör zu, mein Schatz. Du weißt, ich liebe dich und deine Schwester über alles. Aber ich finde dein Verhalten Ole gegenüber einfach falsch und kindisch. Ich habe Verständnis für deine Situation. Uns allen war aufgefallen, wie ausgebrannt du in den letzten Monaten wirktest, und man sieht dir ja auch an, dass du Kummer hast. Du bist viel zu dünn geworden.«

Ich nickte nur und versuchte, den dicken Kloß in meinem Hals herunterzuschlucken.

»Aber bei aller Liebe, min Deern, du bist nicht die Einzige auf der Welt, die Probleme hat. Ole steht unter großem Druck. Malte ist enttäuscht von ihm, weil er die Fleischerei nicht übernimmt. Bestimmt möchte er deswegen nicht mehr bei seinen Eltern wohnen. Hinnerk hat mir erzählt, dass Malte es Ole gerade sehr schwer macht. Wahrscheinlich merkt er gar nicht, wie sehr er seinen Sohn damit verletzt. Aber ...«, an dieser Stelle legte sie ihren ausgestreckten Zeigefinger an den Mund, »... das bleibt unter uns.«

»Okay. Ich wusste gar nicht, dass die beiden solchen Stress miteinander haben.«

Magda verschränkte ihre Arme vor der Brust. »Woher auch? Du interessierst dich ja nicht für Ole.«

Gott, ich konnte mich nicht erinnern, wann ich zuletzt so eine Standpauke erhalten hatte. Doch Magda war noch nicht fertig. »Du musst ihn ja auch nicht mögen«, sagte sie besänftigend. »Aber ich erwarte von dir, dass du ihn in Zukunft mit Respekt behandelst und dich nicht mehr wie ein eingeschnappter Backfisch aufführst. Ole ist schließlich ein netter Junge und außerdem Hinnerks Enkel. Er ist mir genauso willkommen wie ihr, und ich möchte, dass er sich hier wohlfühlt. Selbstverständlich werde ich ihn auch zu meiner Geburtstagsfeier einladen, und ich möchte da keine schlechte Stimmung. Das wäre mein Geburtstagswunsch an dich.«

»Okay, Oma«, antwortete ich kleinlaut.

Dann wechselten wir endlich das Thema, und Oma klärte mich über den aktuellen Klatsch aus Appenkuhl auf: Kai vom Reiterhof hatte mal wieder eine neue Flamme, Frau Vollmer von der Bäckerei war Oma geworden und Omas beste Freundin Florentine hatte eine neue Hüfte bekommen.

Irgendwann verabschiedete ich mich und machte mich auf den Rückweg. Spontan beschloss ich, am Strand entlangzugehen, um meine Gedanken zu sortieren. Der Wind zauste an meinen Haaren, und die Wellen rauschten in meinen Ohren. Herrlich! Ich warf immer wieder einen Blick aufs Wasser und beobachtete die Möwen, die laut kreischend ihre Runden zogen. Das Meer hatte eine beruhigende Wirkung. Es tat mir gut, eine Auszeit von der Agentur zu haben. Nur beim Gedanken an Nora bekam ich ein flaues Gefühl im Magen. Aber irgendwann musste ich zurück, das Leben finanzierte sich nicht von selbst. Und es loderte immer noch ein Funken Hoffnung in mir, dass ich doch Caros Posten bekommen könnte. Vielleicht merkte Nora während meiner Abwesenheit ja endlich einmal, was sie an mir hatte.

Außerdem geisterten die Worte meiner Oma noch in meinem Kopf herum. Ich hatte keine Ahnung von dem angespannten Verhältnis zwischen Ole und Malte. Klar war es schwer für ihn, die Fleischerei irgendwann in fremde Hände zu geben oder sogar schließen zu müssen. Trotzdem: An Oles Stelle hätte ich auch mein Ding durchgezogen. Allerdings hatten unsere Eltern uns immer darin bestärkt, das zu tun, was wir wollten. Mir war klar, dass ich mich Ole gegenüber unmöglich benahm, aber irgendwie konnte ich nicht aus meiner Haut. Das nervte mich selbst. Ich war doch gar nicht so.

Ole hatte nichts falsch gemacht. Weder damals noch heute. Sein einziges Vergehen war, dass er alles mitbekommen hatte und damit der einzige Mensch auf der Welt war, der davon wusste. Und jedes Mal, wenn ich in sein – zugegebenermaßen verdammt hübsches – Gesicht schaute, erinnerte ich mich daran.

Ich seufzte einmal laut auf, was in dem Lärm, den das Wasser und die Möwen veranstalteten, vollkommen unterging. Na gut. In Zukunft würde ich mich zusammenreißen und nett zu Ole sein.

»Hey, da bist du ja wieder. Dörte hat vorhin ein Paket für dich abgegeben. Du hast ja ganz rote Wangen«, lachte Julia, als ich eine halbe Stunde später wieder bei ihr vor der Tür stand. Sie drückte mir ein kleines Päckchen in die Hand.

»Oh, es ist von Hanno!« Endlich ein kleiner Lichtblick an diesem bisher eher bescheidenen Tag. »Weißt du was? Ich nehm das Päckchen mit in den Küstentraum und mach es mir ein bisschen gemütlich, okay?«

»Na klar, wie du möchtest. Heute gibt es übrigens Tortelliniauflauf, falls du Lust hast.«

Mmmmh, und wie ich Lust hatte! »Klingt lecker, ich bin dabei.« Ich wollte gerade gehen, da fasste Julia mich noch einmal am Arm.

»Ist noch etwas?«

»Ich ... ich würde auch gerne Ole fragen, ob er mit uns essen möchte und ...« Offenbar suchte sie nach den richtigen Worten.

»Alles klar, ich kann ihn ja gleich fragen, wenn du magst.« Julia sah mich an, als hätte ich ihr eröffnet, dass ich mir die Brüste auf Doppel E vergrößern lassen möchte. Überrascht und ungläubig. Fast hätte ich losgelacht.

»Äh ... ja, das wäre nett. Es wäre toll, wenn du heute ein wenig ... freundlicher zu ihm sein könntest.«

Ich seufzte. »Ist schon gut, Oma hat mir eben schon den Kopf gewaschen. Ich werd ganz brav sein, versprochen.« Ich hob die rechte Hand, um meine Worte zu unterstreichen.

Sofort stahl sich ein Lächeln auf Julias Gesicht, die es am liebsten immer harmonisch hatte.

Mit dem Päckchen unterm Arm marschierte ich zur Pension.

»Hallo, Herr Heider«, grüßte ich einen Gast, der sich im Frühstücksraum, der sich gleich im Erdgeschoss befand, einen Tee zubereitete. Das würde ich später auch tun. Kaffee, Wasser sowie verschiedene Teesorten standen allen Gästen zur freien Verfügung.

»Na, Frau Sommerfeld, alles klar bei Ihnen?« Der Wasserkocher stellte sich mit einem Klick selbst ab. Als Herr Heider die zwei Becher füllte, beschlugen seine Brillengläser kurzzeitig vom Wasserdampf.

»Alles bestens, danke.«

Gemeinsam gingen wir in den zweiten Stock, wo sich die sechs Gästezimmer befanden. Herr Heider und seine Frau bewohnten das Zimmer *Strandperle*.

»Ich wünsche Ihnen einen schönen Nachmittag«, rief ich ihm über die Schulter zu, bevor ich in meinem Zimmer verschwand. Schnell zog ich Mantel und Schal aus und warf beides auf den gemütlichen Sessel. Anschließend verzog ich mich mit dem Päckchen aufs Bett. Ich riss es auf, als wäre es ein lang ersehntes Weihnachtsgeschenk.

Als Erstes holte ich eine *Gute Besserung*-Karte hervor, auf der ein kleiner Teddybär vor einem Strauß Blumen saß. Mit einem verliebten Lächeln klappte ich sie auf.

Liebe Sarah,
ich hoffe, du genießt die Zeit mit deiner Familie in Appenkuhl und wünsche mir, dass du dich ein wenig erholen kannst. Ich freue mich schon darauf, dich dort zu besuchen und endlich wieder in deinen Armen zu liegen.
In Liebe
Dein Hanno

Mit einem verzückten Seufzer drückte ich die Karte an meine Brust. Endlich hatte ich einen Mann gefunden, der wusste, was er wollte und es wirklich ernst mit mir meinte. Neugierig holte ich den restlichen Inhalt aus dem Paket hervor: eine Packung Badesalz mit der Aufschrift *Lass es dir gut gehen*, eine CD mit Entspannungsmusik, eine Packung *Innere Ruhe*-Tee, eine kleine Dose Bachblütenpastillen und ein Schlüsselanhänger in Form eines Ankers. Hach! Ich nahm das Handy und wählte Hannos Nummer.

»Hallo, meine Süße«, begrüßte er mich flüsternd, als er endlich abnahm.

»Hallo, mein Schatz. Ich wollte mich nur für das tolle Paket bedanken. Das war wirklich sehr lieb von dir, ich freue mich riesig«, sprudelte es aus mir heraus.

»Gern geschehen, Kleines. Hör zu, bei mir passt es gerade nicht so gut. Ich melde mich morgen wieder bei dir, in Ordnung? Machs gut.«

»Tschüss«, antwortete ich perplex.

Währenddessen hatte er schon aufgelegt.

Ich warf einen Blick auf die Uhr – es war kurz nach vier Uhr nachmittags. Wahrscheinlich war er noch im Büro und hatte viel zu tun. Bisher hatten wir meistens abends miteinander telefoniert, weil ich ja auch immer mit der Arbeit beschäftigt gewesen war. Trotzdem war er ungewöhnlich kurz angebunden gewesen, was meiner Freude über sein Päckchen einen gehörigen Dämpfer versetzte. Seufzend ließ ich mich nach hinten aufs Bett fallen und starrte frustriert an die Decke.

»Sicher hatte er gerade einfach keine Zeit«, sagte ich in die Stille. »Oh!« Schnell setzte ich mich auf, um vom Bett aufzustehen. Ich hatte Julia ja versprochen, Ole zum Abendessen einzuladen. Das hatte ich fast vergessen.

»Okay, du schaffst das. Sei einfach ganz normal«, sprach ich mir selbst Mut zu. Oh Mann, hoffentlich würde er mich nicht für schizophren halten.

Ich straffte die Schultern, verließ mein Zimmer und klopfte an die Tür mit der Aufschrift *Meeresbrise*. Es dauerte eine kleine Weile, aber ich konnte hören, wie er sich der Tür näherte.

»Oh. Hallo, Sarah.« Stünde jetzt ein Marsmännchen vor ihm, hätte sein Gesicht nicht überraschter sein können. Vermutlich würde er dann aber etwas freundlicher schauen.

»Hallo, Ole, Julia hat mich gebeten, dich zum Abendessen einzuladen. Heute gibt es Tortelliniauflauf. Also wenn du Lust hast, dann komm einfach um achtzehn Uhr vorbei.« Ich versuchte mich an einem Lächeln.

Seine blauen Augen fixierten mich einen Moment unsicher, bevor er sich mit verschränkten Armen gegen den Türrahmen lehnte. »Richte Julia bitte liebe Grüße von mir aus und danke für das Angebot. Aber ich hatte für heute schon genug Drama und keine Lust, mir von dir wieder irgendwelche Spitzen anzuhören.«

Wow, das war direkt. Vermutlich hatte ich es nicht besser verdient. Jetzt war es an der Zeit, mich offiziell bei Ole zu entschuldigen.

»Darf ich kurz reinkommen?« Ich wollte das Ganze nicht zwischen Tür und Angel besprechen.

Sein intensiver Blick bescherte mir eine Gänsehaut. Wortlos drehte er sich zur Seite, sodass ich an ihm vorbei ins Zimmer treten konnte. Er schloss die Tür und sah mich abwartend an. So unauffällig wie möglich wischte ich mir die Hände an der Jeans ab und wunderte mich selbst, dass ich so nervös war.

»Hör zu, Ole, ich wollte mich bei dir für mein Verhalten in den letzten Tagen entschuldigen. Das war total blöd von mir und ... es tut mir leid.« So, jetzt war es über meine Lippen.

Ole lehnte immer noch mit verschränkten Armen an der Tür. Seine Miene war unergründlich. Gott, wieso sagte er denn nicht einfach *Okay* und fertig?

Endlich stieß er sich von der Tür ab und kam auf mich zu. Ich wich einen Schritt zurück, bis ich an das Bett stieß. Erst als nur wenige Zentimeter Abstand zwischen uns waren, blieb er stehen. Der herbe Geruch seines Duschgels drang in meine Nase, was es mir schwermachte, mich zu konzentrieren. Ich starrte auf seinen Mund. Mir war vorher nie aufgefallen, wie voll Oles Lippen waren. Das machte das Zuhören nicht gerade einfacher.

»Ganz ehrlich, Sarah, das nehme ich dir nicht ab. Du machst das doch nur Magda zuliebe und nicht, weil du es ernst meinst.«

Wow, so gnadenlos geradeheraus war er früher nicht gewesen. Trotzig kniff ich die Augen zusammen. »Das hat überhaupt nichts mit Magda zu tun.« Oder nur ein ganz kleines Bisschen. »Mir ging es in letzter Zeit nur nicht besonders gut und ...«

»Das tut mir ja auch leid für dich«, fuhr er mir dazwischen. »Aber mir ist nicht aufgefallen, dass du deine Laune an anderen ausgelassen hättest. Nur mich hast du wie den letzten Arsch behandelt, und ich würde gerne wissen, wieso. Ich habe genug eigene Probleme und keine Lust, für dich den Fußabtreter zu spielen.«

Seine Worte trafen mich wie giftige Pfeilspitzen. Dass er die ganze Zeit über ruhig geblieben war, machte es sogar noch schlimmer. Erst jetzt wurde mir so richtig bewusst, wie mies ich mich ihm gegenüber verhalten hatte. Ich ließ meine Schultern sinken, wagte kaum, ihm in die Augen zu sehen und fühlte mich wie ein begossener Pudel.

»Du hast recht, ich hatte kein Recht, so fies zu dir zu sein. Du hast mir nie einen Grund gegeben, es ist nur ...« Mann, das war schwieriger, als ich gedacht hatte.

Ole fuhr sich einmal mit der Hand durchs Haar. »Hat es vielleicht mit dem Vorfall damals am Strand zu tun?«

Wie vom Blitz getroffen, zuckte ich zusammen. Er erinnerte sich also noch genauso gut daran wie ich.

»Ja«, hauchte ich, da ich meiner Stimme nicht mehr traute. Ich versuchte, die aufkommenden Tränen so gut wie möglich zurückzudrängen. »Es mag für dich vielleicht lächerlich klingen, aber für mich war das einer der schlimmsten Momente meines Lebens. Ich habe mich wochenlang klein und wertlos gefühlt. Ich habe nie jemandem davon erzählt, und es hat wirklich lange gedauert, bis ich darüber hinwegkam und ... «

»Und ich erinnere dich daran«, beendete er meinen Satz.

Ich zuckte mit den Schultern. »Es ist mehr als das. Du bist der einzige Mensch, der davon weiß, und jedes Mal, wenn du in der Nähe bist, fühle ich mich wieder so klein und wertlos. Und ich habe Angst, dass du mich genauso siehst.«

»Was?« Seine Stimme klang ehrlich überrascht. Mit schockierter Miene sah er mich an und schüttelte dabei heftig den Kopf. »Nein, Sarah, ich habe dich nie so gesehen, hörst du? Nie!« Jetzt war es um meine Fassung geschehen. Die Tränen bahnten sich gnadenlos ihren Weg. Ich wollte mich von Ole abwenden, doch er hielt mich an meinen Schultern zurück. Dann legte er mir seine rechte Hand an die Wange und wischte mit seinem Daumen die Tränen fort.

Diese Berührung ließ eine Welle der Wärme und Dankbarkeit durch meinen Körper strömen, und endlich hatte ich den Mut, Ole in die Augen zu sehen. Alle Härte war aus seinem Blick verschwunden. Stattdessen sah er mich freundlich an. Seine rechte Hand lag auf meiner Wange, mit der anderen strich er mir die Haare hinters Ohr. Seine Fürsorge brachte mich völlig durcheinander.

»Hey«, sagte er sanft. »Sarah, bitte glaube mir, ich habe nie schlecht von dir gedacht. Niemals. Nur von Lasse Börnsen. Er ist der Arsch, der sich klein und schäbig vorkommen sollte, aber doch nicht du. Komm her.« Und dann nahm er mich in den Arm und hielt mich ganz fest.

Ich ließ es geschehen, schmiegte mich eng an seine Brust und sog den typischen Ole-Geruch tief ein. Es tat so unheimlich gut. Gleichzeitig wunderte ich mich über diese Wendung, während ich leise vor mich hin schluchzte. Seit meiner Ankunft hatte Oles Anwesenheit bei mir für Unbehagen gesorgt, und nun … fühlte ich mich bei ihm so geborgen wie schon lange nicht mehr. Seltsam. So behütet kam ich mir nicht einmal bei Hanno vor.

Hanno! Sofort löste ich mich aus Oles Umarmung, was ein Teil von mir bedauerte. Aber ich konnte doch nicht mit einem anderen Mann einen so innigen Moment haben, während mein Freund in Wien saß und mich vermisste. Vorsichtig löste ich mich aus Oles Umarmung und wischte mir einmal über die Augen.

»Also, kommst du zum Essen?« Schniefend blickte ich zu ihm auf. Er war mindestens einen Kopf größer als ich.

»Ja, Auflauf klingt gut.«

Etwas verlegen lächelten wir uns an. Und dann verließ ich das Zimmer.

Kapitel 10

Ole

Eine Woche war schon vergangen, seit ich in die Pension eingezogen war. Und zu meiner Überraschung gefiel es mir hier wirklich gut. Seitdem Sarah und ich uns ausgesprochen hatten, war sie wie ausgewechselt und erinnerte mich wieder mehr an das Mädchen, mit dem ich früher auf Bäume geklettert war und dort oben Kirschen genascht hatte. Obwohl sie zwei Jahre älter war, hatten wir damals viel miteinander gespielt, da wir Nachbarskinder waren. Ich war erschüttert, dass sie dachte, ich könnte sie für wertlos halten. Nie hätte ich geglaubt, dass ihr abweisendes Verhalten mir gegenüber daher rührte. Als ich sie dann so verletzlich gesehen hatte, war meine Wut wie weggeblasen gewesen. In diesem Moment hatte sich der innere Impuls in mir geregt, sie einfach in den Arm zu nehmen. Wenn ich jetzt darüber nachdachte, musste ich mir eingestehen, dass sich das wahnsinnig gut angefühlt hatte. Die Tatsache, dass sie die Umarmung erwidert und mich nicht von sich gestoßen hatte, hatte für ein warmes Gefühl in meiner Magengegend gesorgt.

Julia und Magda hatten ebenfalls immer ein Lächeln für mich übrig. Mein Vater zeigte mir hingegen nach wie vor die kalte Schulter.

Die Tage verbrachte ich damit, mich auf das Bewerbungsgespräch beim Geomar vorzubereiten und bei den Vorbereitungen zu Magdas achtzigstem Geburtstag zu helfen, zu dem sie mich eingeladen hatte. Eigentlich hatte ich darauf überhaupt keine Lust. Was, wenn mein Vater dort eine Szene machte? Das wäre mir total unangenehm und außerdem respektlos gegenüber Magda. Kurz hatte ich darüber nachgedacht, wieder aus Appenkuhl zu verschwinden. Aber wohin? Jetzt, wo das Studium beendet war, wollte ich nicht zurück nach Southampton. Mats konnte ich in Hamburg nicht ewig auf den Geist gehen, immerhin hatte er nur eine kleine Zweizimmerwohnung. Und solange ich keine feste Arbeit hatte, machte es keinen Sinn, mir etwas Eigenes zu suchen. Abgesehen davon wäre Mama dann am Boden zerstört. Ich besuchte sie öfters mal zu Hause, wenn mein Vater im Laden stand.

»Er meint es nicht so«, hatte sie immer wieder beteuert. Sie konnte es nicht ertragen, dass zwischen uns Streit herrschte.

»Na, grübelst du vor dich hin?« Sarah stand vor mir und grinste mich an.

Ich hatte es mir im Kaminzimmer bequem gemacht, während draußen der Wind ums Haus pustete. Sie trug einen marineblauen Parka und ihre blonden Haare lugten unter einer rosafarbenen Wollmütze hervor. Wie sie so dastand, mit ihren Sommersprossen auf der Nase, sah sie einfach ... süß aus.

Energisch klappte ich das Buch zu, das auf meinem Schoß lag. Es war ein Bildband über die Ostsee, aber ich hatte mich ohnehin nicht darauf konzentrieren können.

»Ja, erwischt«, gab ich zu.

»Ich wollte gerade einen Spaziergang am Strand machen. Hast du vielleicht Lust, mitzukommen?«

»Ja, wieso nicht? Ich hole nur schnell meine Jacke.«

»Alles klar, ich warte solange draußen.«

Schnell sprintete ich ins Zimmer und schnappte mir meine Daunenjacke, Schal und Mütze. Draußen herrschten bestimmt nur um die acht Grad, und am Strand war es durch den Wind gefühlt immer etwas kälter. Trotzdem liebte ich es, bei diesem Wetter dort zu sein. Schade, dass es zum Kitesurfen zu kalt war. Sollte ich mich beruflich aber hier niederlassen, hätte ich wieder mehr Gelegenheit, mein Hobby auszuleben.

Sarah wartete wie versprochen vor der Pension, vertieft in ein Gespräch mit Wilma. Fiffi schnüffelte derweil an den Pflanzen des Friesenwalls herum, der die Pension umgab.

»Moin, Wilma«, grüßte ich und stellte mich neben Sarah. »Na, worüber schnackt ihr hier so geheimnisvoll?«

»Nur über Magdas Geburtstag, min Jung. Ich habe auch schon mit Esther, Dörte, Flo, Julia und Frau Vollmer von der Bäckerei gesprochen. Das wird ja ganz schön voll werden im Dorfkrug und fast jeder bringt einen selbstgebackenen Kuchen mit. Na ja, und unsere Sarah macht irgendwas Schönes mit den alten Fotos von Magda. Nicht wahr, Herzchen?«

»Jo, Wilma, so machen wir das.«

Wilma nickte zufrieden. »Sehr schön. Hach, das wird eine tolle Feier.« Begeistert und mit verträumtem Gesicht klatschte sie in die Hände, bevor sie sich mir zuwandte. »Und wo willst du hin, Ole? Deine Mutter besuchen?« Neugierig musterte sie mich von Kopf bis Fuß.

»Nein, Sarah und ich wollen nur eine Runde am Strand spazieren gehen.«

Nun breitete sich ein süffisantes Lächeln auf ihrem Gesicht aus. Sie wirkte wie ein Jagdhund, der die Fährte seiner Beute aufgenommen hatte.

»Ach, ein Strandspaziergang, hm? Wie romantisch.«

Nun dämmerte es wohl auch Sarah, in welche Richtung der Kommentar ging. Lachend verdrehte sie die Augen. »Ach, Wilma, was du schon wieder denkst ... Dass ein Mann und eine Frau einfach nur befreundet sein können, kommt in deiner Welt wohl nicht vor, was?«

»Nur Freunde, ja ja, das haben Magda und Hinnerk auch immer behauptet.«

Da hatte sie recht. Hier lag sie jedoch vollkommen falsch. Die Vorstellung von Sarah und mir als Paar war lächerlich. Dafür waren wir viel zu verschieden. Oder?

»Mag sein, aber du vergisst, dass ich schon einen Freund habe«, merkte Sarah an.

Wilma schnaubte nur. »Ach ja, dieser ominöse Hanno. Wann lernen wir den denn endlich mal kennen, hm?«

»Also erstens ist er nicht ominös«, antwortete Sarah leicht genervt. »Er ist beruflich nur sehr stark eingebunden. Und zweitens kommt er zu Omas Geburtstag«, schloss sie triumphierend.

»Na, dann bin ich ja mal gespannt, was dein Hanno für ein Kerl is«, antwortete Wilma unbeeindruckt.

Ich war ebenfalls auf ihn gespannt. Bisher hatte Sarah nicht allzu viel von ihm erzählt.

»Na gut, dann will ich euch zwei nicht länger aufhalten. Meine Mittagspause ist ja auch fast vorbei. Komm, Fiffi, wir gehen wieder in unseren Blumenladen.«

Sarah und ich sahen dem Gespann einen Moment hinterher, bevor wir uns zum Strand aufmachten. Eine Weile gingen wir schweigend nebeneinander her, bis Sarah die Stille irgendwann durchbrach.

»Was ist dir vorhin im Kaminzimmer eigentlich durch den Kopf gegangen? Man hat dir regelrecht angesehen, wie tief du in Gedanken versunken warst.«

Du. Das würde ich ihr sicher nicht verraten. Also erzählte ich nur die halbe Wahrheit. »Ich dachte an meinen Vater.«

»Ist er immer noch so abweisend zu dir?«

Inzwischen waren wir am Strand angekommen. Der Sand war durch den vielen Regen, der in den letzten Tagen gefallen war, ungewohnt fest.

»Ja. Das heißt, wir geben uns beide Mühe, uns aus dem Weg zu gehen.«

»Das tut mir leid.« Sie warf mir ein mitfühlendes Lächeln von der Seite zu. »Ich finde es aber richtig von dir, dein eigenes Ding durchzuziehen.«

»Ehrlich? Danke, es tut gut, das mal von einer objektiven Person zu hören. Manchmal frage ich mich, ob ich ein schlechter Sohn bin, wenn ich meinen Vater mit dem Laden hängenlasse.«

»Ach Quatsch!«, widersprach sie mir energisch. »Malte stellt sich bestimmt auch nicht die Frage, ob er ein schlechter Vater ist, oder? Ich meine, unsere Eltern wollten immer nur, dass wir glücklich sind. Egal wie.«

Obwohl Sarah nicht Unrecht hatte, spürte ich den Drang, meinen Vater zu verteidigen.

»Er ist kein schlechter Vater. Immerhin waren meine Eltern immer für mich da. Und die Fleischerei bedeutet ihm sehr viel. Kein Wunder, sie ist ja auch schon seit einigen Generationen in unserer Familie. Und ich trete dieses Familienerbe mit Füßen.«

So kam es mir zumindest vor. Und es fühlte sich ziemlich beschissen an. Allerdings nicht halb so furchtbar wie die Vorstellung, bis zur Rente täglich hinter dem Tresen zu stehen und totes Tier zu verkaufen. Dafür war ich einfach nicht gemacht, von der Tatsache, dass ich Vegetarier war, mal ganz abgesehen.

»Was hast du noch mal genau studiert?«, fragte Sarah interessiert.

»Biological Oceanography. In Southampton.«

»Aha. Klingt ja auf den ersten Blick beeindruckend. Und was machst du jetzt damit? Möchtest du die Welt retten?« Frech grinste sie mich an.

»Ja ja, lach du nur. Aber wenn ich eines Tages den Nobelpreis für Umweltschutz bekommen habe ...«

»Den gibt es doch gar nicht, du Schnacker«, lachte sie.

»Ja, aber bis es soweit ist, wird es ihn geben. Und dann wird dir dein Spott leidtun.« Ich zog eine gespielt beleidigte Schnute, was Sarah nur noch mehr zum Lachen brachte. Es war, als würde man seiner Lieblingsmelodie lauschen.

»Aber jetzt mal im Ernst: Was möchtest du machen?«

»Ich habe mich beim Geomar in Kiel beworben. Das Bewerbungsgespräch findet nächste Woche statt. Es geht um eine Stelle im Bereich der Polar- und Meeresforschung. Ich würde viel auf einem Schiff in der Kieler Förde und der Eckernförder Bucht unterwegs sein, um ökologische Forschung zu betreiben.«

»Und was erforscht ihr da so?«

Ihre ehrliche Neugier freute mich. Dieses Interesse hätte ich mir von meinem Vater auch gewünscht.

»Na ja, es geht darum, das Ozeansystem zu verstehen, es zu schützen und für die kommenden Generationen zu erhalten.«

»Wow, das klingt ja verdammt wichtig. Dagegen komme ich mir als Grafikdesignerin regelrecht bedeutungslos vor.«

Niedergeschlagen schaute sie zum Horizont. Na toll. Jetzt fühlte sie sich meinetwegen mies.

»Da würde dir aber jedes Unternehmen widersprechen. Magda hat mir außerdem ein paar von den Magazinen und Flyern gezeigt, die du entworfen hast. Sie sammelt ja fleißig alles, was du je gemacht hast. Du hast wirklich ein Auge für Gestaltung.«

»Danke.« Sie lächelte schwach. Der Wind zauste ordentlich an ihren Haaren.

»Wie geht es dir eigentlich? Hattest du mal Kontakt zur Agentur?«

Sie seufzte schwer. »Jein, nicht zu meiner Chefin. Meine Kollegin Susi schrieb mir gestern eine Nachricht, dass ein Kollege von mir die Leitung der Grafikabteilung als Elternzeitvertretung übernimmt. Eigentlich hatte ich gehofft, diese Position zu bekommen. Obwohl ich mir schon gedacht habe, dass dank meiner

Krankschreibung nichts daraus wird.« Niedergeschlagen beobachtete sie ein paar Möwen, die auf der Jagd nach Krebsen waren.

»Das tut mir leid für dich. Geht es dir gesundheitlich wenigstens schon besser?«

»Ich weiß es nicht. Ich habe mich zwar schon etwas erholt, aber es ist seltsam, den ganzen Tag nicht zu arbeiten. In der Pension fühle ich mich gut aufgehoben ... irgendwie sicher, verstehst du? So, als ob all meine Probleme mir hier nichts anhaben könnten. Aber das ist nur eine Illusion, denn irgendwann muss ich schließlich in mein altes Leben nach Hamburg zurück. Und allein bei dem Gedanken, wieder in dieses Hamsterrad zu steigen, bekomme ich Panik.«

»Dann solltest du das vielleicht nicht tun. Hängst du denn so sehr an der Agentur?«

»Eigentlich nicht. Zumindest nicht mehr. Meine Chefin ist eine ziemliche Egozentrikerin. Mein Problem ist ehrlich gesagt, dass ich gerade nicht weiß, wie es überhaupt beruflich für mich weitergehen soll. In meinen alten Job zurückkehren möchte ich eigentlich gar nicht. Ach, ich hab einfach keine Ahnung. Wenn ich an meine Zukunft denke, sehe ich momentan nur ein großes Fragezeichen.«

»Hey ...« Freundschaftlich gab ich ihr mit meiner Hüfte einen kleinen Schubs. »Das wird schon. So eine Phase hat bestimmt jeder mal. Jetzt erzähl mir mal lieber, wie du diesen *ominösen* Hanno eigentlich kennengelernt hast.«

Offen gestanden wollte ich das gar nicht wissen, weil das Thema *mich* seltsamerweise total runterzog. In diesem Moment war es mir jedoch wichtiger, sie von ihren trüben Gedanken abzulenken. Und es funktionierte, denn sofort lächelte sie. Dieses Mal erreichte das Lächeln ihre Augen.

»Lach nicht, aber wir haben uns bei Tinder kennengelernt.«

»Wieso sollte ich darüber lachen? Ist ja heutzutage fast schon normal, jemanden übers Internet kennenzulernen.«

»Das stimmt wohl. Außerdem habe ich immer so viel gearbeitet, dass ich überhaupt keine Zeit hatte, um auf irgendwelche Partys oder in Clubs zu gehen. Na ja, jedenfalls haben wir uns über diese App kennengelernt. Wir sind jetzt seit ein paar Monaten zusammen. Allerdings sehen wir uns nicht sehr häufig. Er ist Unternehmensberater und beruflich gerade in Wien.«

»Verstehe. Und wie ist er so?«

Sie zuckte mit den Schultern. »Er ist eben ein richtiger Mann, weißt du? Er weiß, was er will, er ist klug, ehrgeizig und wirklich sehr fürsorglich. Das liegt bestimmt an seinem Alter, er ist bereits neununddreißig.«

Sie sagte das nicht ohne Stolz in der Stimme. Trotzdem ... so richtig auf Wolke sieben wirkte sie nicht auf mich. Zumindest nicht, wenn ich mir Julia und Sebastian zum Vorbild nahm, die sich ständig verliebte Blicke zuwarfen und bei jeder Gelegenheit Küsse austauschten.

»Wenn er so fürsorglich ist, warum hat er dich dann noch nicht hier besucht? Er weiß doch sicher, dass es dir nicht so gutgeht.«

Ihrer grimmigen Miene nach zu urteilen hatte ich eben etwas Falsches gesagt.

»Ich habe doch gesagt: Er ist beruflich sehr einge-
spannt, soll er jetzt in Wien alles stehen und liegen lassen, um mit mir Händchen zu halten?«

»Ich würds tun«, entgegnete ich schulterzuckend.
Und das war die Wahrheit. Wenn ich in einer Beziehung war, dann richtig.

»Deine Freundin wäre dir also wichtiger als dein Beruf? Das glaube ich dir nicht.«

»Wieso nicht? Nur weil das bei deinem ach so erwachsenen Hanno anders ist, muss das doch nicht für alle
Menschen gelten.« Mist! Diese Spitze hätte ich mir verkneifen können. Ich hatte keine Lust, mich mit Sarah
zu streiten. Sie wirkte eingeschnappt.

»Dass ausgerechnet du einen Menschen vorverur-
teilst, den du noch nicht einmal kennst! Warte doch
einfach mal ab, bis du Hanno bei Magdas Geburtstag
triffst und bilde dir dann dein Urteil.«

»Was meinst du mit *ausgerechnet du*?«

»Na ja, eben du mit deinem Heiligenschein.«

Jetzt prustete ich los. »Bitte was? Heiligenschein? So
ein Schwachsinn.«

»Ach ja? Wer ist denn früher in Appenkuhl durch die
Gegend gelaufen, um den alten Damen die Einkäufe
nach Hause zu tragen oder den Nachbarn den Rasen zu
mähen? Und egal, ob es um den Weihnachtsbasar, das
Krippenspiel, den Frühlingsmarkt oder sonst irgend-
eine wohltätige Sache in der Gemeinde ging: Du warst
doch immer mit dabei.« Ihre Stimme klang ein wenig
vorwurfsvoll.

»Also erstens: Es ist doch nichts Schlechtes dabei, seinen Mitmenschen zu helfen und etwas zurückzugeben.
Zweitens betreibt meine Familie im Ort einen Laden.

Deshalb hat man es von mir auch erwartet, dass ich mich einbringe, verstehst du? Jeder wusste doch, wer ich bin.«

»Natürlich, wir sind hier ja auch in Appenkuhl. Hier weiß jeder über jeden Bescheid. Und wenn nicht, dann geht man eben zu Wilma und lässt sich aufklären.«

Ich lachte. »Stimmt. Aber bei mir konnten die Leute eben immer beim Einkauf meinem Vater oder Opa petzen, wenn ich mal irgendeinen Blödsinn gemacht hatte. Außerdem sagte Papa immer, es sei gut fürs Geschäft, wenn ich mich bei den Leuten ein wenig nützlich mache.«

Was rückblickend betrachtet eine ganz schön clevere Kundenbindungsmaßnahme war. Allerdings auf meine Kosten. Der Garten der alten Frau Rabe war endlos gewesen, sodass ich Stunden zum Mähen gebraucht hatte. Und zum Dank hatte es jedes Mal nur trockene Kekse gegeben.

»Du meinst, wenn du dich einschleimst«, neckte sie mich grinsend.

»Nein«, gluckste ich. »Ich meine einfach helfen.«

Wir lächelten uns einen Moment an. Dann war er vorbei, und sie schaute wieder nach vorn.

Ich steckte die Hände in meine Jackentaschen und ließ den Blick über die Ostsee schweifen, die vom Wind ordentlich Richtung Strand gedrückt wurde.

»Hey, weißt du noch, wie wir früher immer am Ufer standen und darauf gewartet haben, dass die Wellen unsere Schuhspitzen erreichen?«

»Und wie wir dann schnell zurückgesprungen sind, um uns keine nassen Füße zu holen. Das hat immer Spaß gemacht.« Sarah lächelte.

»Denkst du dasselbe, was ich denke?«

»Ja, wer als Letzter beim Wasser ist, muss eine heiße Schokolade ausgeben.«

Und ehe ich wusste, wie mir geschah, sprintete sie los. Lachend nahm ich die Verfolgung auf. »Na warte, ich hole dich schon noch ein.«

»Träum weiter, Sievers!«, rief sie mir über ihre Schulter hinweg zu.

Ausgelassen wie kleine Kinder tobten wir am Strand umher. Sarah quiekte vergnügt, wenn ich versuchte, sie zu fangen und sie mir jedes Mal wieder entwischte. Sie war flink wie ein Wiesel. Irgendwann bekam ich aber doch die Kapuze ihres Parkas zu fassen. »Hab ich dich!«

»Na schön, du hast gewonnen. Ich gebe mich geschlagen.«

Obwohl wir beide schon etwas aus der Puste waren, mussten wir die ganze Zeit über immer wieder kichern.

»Also, wir gegen die Wellen?« Erwartungsvoll sah sie mich an.

Kaum hatte ich genickt, nahm sie meine Hand, und zusammen gingen wir so nah ans Meer, dass das herannahende Wasser unsere Schuhe fast berührte. Konzentriert sahen wir auf die tobende Ostsee. Der Wind blies uns ordentlich ins Gesicht. Ich spürte sogar hin und wieder einen Tropfen Wasser auf meiner Haut. Doch das machte mir nichts aus. Die nächste Welle war besonders groß.

»Achtung!«, rief Sarah vergnügt.

Sofort liefen wir in Trippelschritten rückwärts, um dem Wasser auszuweichen. So froh und unbekümmert hatte ich mich schon ewig nicht gefühlt.

Kapitel 11

Sarah

»Danke für den lustigen Vormittag. Ich werd mich jetzt erst einmal aufwärmen.«

Ole und ich waren inzwischen wieder in der Pension angekommen und standen vor unseren Zimmertüren.

»Ich fands auch sehr lustig. Was hast du heute noch vor?«

»Ich werd nachher zusammen mit Julia und Tante Esther alte Fotos von Oma durchgehen und daraus ein kleines Zeitreisevideo basteln. Und du?«

Ole zog sich seine Mütze vom Kopf und strubbelte sich einmal durchs Haar. »Ich besuche nachher Hinnerk; sicher werden wir Schach spielen, und er wird versuchen, mich mit Grog abzufüllen. Anders hat er nämlich keine Chance gegen mich«, zwinkerte er mir zu.

Wieder stahl sich ein Grinsen auf meine Lippen. Ich hatte vollkommen vergessen, wie viel Spaß man mit Ole haben konnte. Mit einem letzten Nicken verschwand ich in meinem Zimmer, schälte mich aus den klammen Sachen und kuschelte mich unter die Bettdecke. Die Zeit mit Ole hatte sich leicht und unbeschwert angefühlt. Ein bisschen so wie früher, als wir noch Kinder waren. Bevor ich Lasse Börnsen kennengelernt und Ole aus meinem Leben verbannt hatte. Warum ich das getan hatte? Keine Ahnung. Dafür war ich happy, dass wir zu unserem alten, ungezwungenen Verhältnis zurückgefunden hatten.

Das Vibrieren meines Handys riss mich aus meinen Erinnerungen. Es war Hanno. Sofort setzte ich mich auf und nahm ab.

»Hallo, meine Süße, wie geht es dir? Vermisst du mich genauso wie ich dich?«, flötete er gut gelaunt am anderen Ende der Leitung.

»Hallo, Schatz, klar vermisse ich dich. Ich kann es kaum erwarten, dich nächstes Wochenende zu sehen. Kommst du mit dem Zug?« Sicher würde Julia mir ihr Auto leihen, damit ich ihn vom Bahnhof abholen konnte.

»Nein, ich werde mir am Flughafen einen Leihwagen nehmen, ich möchte schließlich einen guten Eindruck auf deine Familie machen.«

»Ach, da mache ich mir keine Sorgen. Wie läuft es denn in Wien? Kommst du gut voran mit deinem Projekt? Ich würde mich sehr freuen, wenn du endlich wieder öfters in Hamburg wärst.« Das Projekt zog sich schon ein paar Monate hin. Irgendwann mussten sie doch zu einem Abschluss kommen. Ich hatte keine Lust, ewig eine Fernbeziehung zu führen.

»Ich fürchte, eine Weile werde ich noch brauchen«, sagte er bedauernd.

»Verstehe.« So ganz konnte ich die Enttäuschung in meiner Stimme nicht verbergen, aber ich wollte ihm kein schlechtes Gewissen machen. Es war eben, wie es war.

»Hey, sei nicht traurig, mein Schatz. Freu dich lieber auf unser Wiedersehen. Ich muss jetzt auch weiter, also ... bis nächsten Freitag, Kleines.«

Kleines. Ich hasste es, wenn er mich so nannte. Und das hatte ich ihm schon mehrfach durch die Blume gesagt. Offenbar nicht deutlich genug.

»Bis dann, Hasi.« Hanno verabscheute diesen Kosenamen. Vielleicht begriff er es dann. Schnell legte ich auf und starrte die Wand an. Mein Hochgefühl von eben war innerhalb von ein paar Minuten einer leichten Melancholie gewichen. Und ich wusste nicht einmal, wieso.

»Komm rein, Schwesterherz.« Julia drückte mir einen Kuss auf die Wange, die selbst vom kurzen Weg von der Pension zum Haus schon ganz gerötet war, wie der Spiegel im Hausflur mir verriet. Kein Wunder, inzwischen war es schon so kalt, dass man draußen seinen Atem in der Luft sehen konnte.

»Tante Sarah!« Leon kam angelaufen und schwang seine kleinen Arme einmal um mich herum. Ich beugte mich zu ihm herunter und gab ihm einen Kuss auf seinen Haarschopf. »Hallo mein Süßer, na, möchtest du uns gleich helfen?« Er ließ wieder von mir ab und schüttelte den Kopf.

»Nein, Sebastian und ich bauen in meinem Zimmer eine coole Hot Wheels Bahn, und dann lassen wir die Autos gegeneinander krachen.«

»Genau so machen wir das. Hi Sarah, schön, dich zu sehen.« Sebastian kam aus der Küche geschlendert, einen Teller mit Apfel, Mandarine und Lebkuchen in der Hand.

»Hallo, Sebastian. Hey, was sehe ich denn da? Lebkuchen! Lecker.«

»Ja, was soll ich sagen? Ich habe das ganze Weihnachtsgebäck im Supermarkt wochenlang ignoriert – aber Ende November darf man mal schwach werden«, lachte Julia.

»Los, Großer, wir verziehen uns in dein Zimmer und lassen die Mädels mal machen.«

»Jaa!« Leon lief jubelnd voran.

Beim Anblick der beiden ging mir das Herz auf. Als Außenstehender würde man nie auf die Idee kommen, dass Sebastian *nur* Leons Stiefvater war. Ich sah ihnen hinterher, bis sie in Leons Zimmer verschwunden waren, bevor ich Jacke und Schal an die Garderobe hing.

»Na, komm mit in die Küche, die anderen sind auch schon da.«

»Wie, die anderen? Ist denn noch jemand außer Esther da?« Ich folgte Julia in die gemütliche Landhausküche, in der es nach Tee und Lebkuchen roch. Am Tisch saßen zwei bekannte Gesichter.

»Hallo, Esther.«

»Hallo, mein Schatz.« Ich umarmte meine Tante einmal, bevor ich mich an Florentine wandte. Sie war schon seit vielen Jahren die beste Freundin meiner Oma.

»Hallo Flo, schön, dass du auch da bist.«

»Natürlich, Kind. Ich kannte deine Oma schließlich schon, da war an euch noch gar nicht zu denken. Und ich kann so einige Bilder aus unserer Jugend beisteuern«, zwinkerte sie verschmitzt. Auch ihr schenkte ich eine Umarmung, bevor ich mich an den großen Tisch setzte. Julia war dabei, mir leckeren Himbeer-Vanille-Tee einzuschenken.

»Danke. Na da bin ich aber mal gespannt. Also, wollen wir loslegen?«

Wir breiteten die verschiedenen Fotografien auf dem Tisch aus und überlegten gemeinsam, welche wir auf jeden Fall verwenden wollten. Es war sehr interessant, das Leben meiner Oma Revue passieren zu lassen. Sie war schon immer eine unglaublich hübsche Frau gewesen.

»Schaut mal, ihr Hochzeitsbild. Ach, Papa war auch ein ziemlich gutaussehender Kerl. Ich vermisse ihn.« Liebevoll strich Esther über das Bild.

Julia fuhr ihr einmal über den Rücken. »Ja, ich vermisse Opa auch. Wisst ihr noch, wie er auf den Familienfeiern immer Mundharmonika gespielt hat, sobald er einen kleinen Schwips hatte?« Alle am Tisch lachten wehmütig.

»Ja, der Heiner konnte schon was vertragen. Als eure Großeltern geheiratet haben, hätte Magda ihn fast nicht nach Hause bekommen«, kicherte Flo.

So ging es bestimmt eine Stunde lang. Nebenbei aßen wir Lebkuchen und tranken Tee. Nur Florentine genehmigte sich einen kleinen Schluck Likör. Es gab so vieles aus dem Leben meiner Großeltern, das ich nicht gewusst hatte. Zum Beispiel, dass beide in ihrer Jugend Handball gespielt hatten.

Der Stapel mit den Fotos, die mit in die Bildgalerie sollten, war schon mindestens zwei Zentimeter hoch.

Inzwischen war es draußen stockfinster. Zwischendurch kam Leon im Schlafanzug in die Küche getapst, um uns gute Nacht zu sagen. Irgendwann holte Julia die Bilder aus der Box, auf denen Esther und unsere Mutter als Kinder zu sehen waren.

»Wahnsinn, Leon sieht ja genau aus wie Mama als Kind«, flüsterte ich ergriffen und versuchte, den Kloß in meinem Hals herunterzuschlucken. Unsere Mutter war vor fast fünf Jahren an Brustkrebs gestorben. Ich vermisste sie schrecklich und konnte noch immer nicht über sie reden – geschweige denn, mir Bilder von ihr ansehen, ohne dass mir die Tränen kamen. Ich schaute verstohlen zu Julia, die ebenfalls glasige Augen hatte. Seit ihrer Schwangerschaft war sie ohnehin recht nahe am Wasser gebaut.

»Das fand ich auch schon immer«, meinte Esther, die mir das Bild vorsichtig aus der Hand nahm. »Da waren wir gerade bei unserer Tante Liesbeth zu Besuch. Sie lebte auf einem Bauernhof nahe Eckernförde, und jeden Morgen durften wir im Hühnerstall die Eier einsammeln. Irgendwie hatte eure Mutter immer mehr Eier im Korb als ich.« Esther war tief in ihren Erinnerungen versunken, und auch wir anderen hielten einen Moment inne.

Bis Flo die Stille unterbrach. »So, ihr Lieben, es ist schon spät. Zeit für mich, nach Hause zu gehen.« Ächzend erhob sie sich von ihrem Stuhl.

»Weißt du was? Ich begleite dich ein Stück«, bot Esther an. Ich umarmte beide zum Abschied und blieb eine Weile am Tisch sitzen, um mir die Bilder noch einmal anzusehen.

»Und du? Möchtest du auch schon gehen?«, fragte Julia, nachdem sie Esther und Flo zur Tür begleitet hatte.

»Klar, du bist bestimmt schon müde und möchtest noch ein bisschen Zeit mit Sebastian verbringen.«

Sie wiegelte ab. »Ach, Sebastian sitzt oben im Arbeitszimmer und brütet noch ein bisschen über den Akten. *Anwälte haben nie Feierabend*, sagt er. Hast du vielleicht Lust auf einen Lumumba?«, fragte sie verlockend und wackelte mit den Augenbrauen.

»Mit Schlagsahne?« Diese Aussicht verdrängte sogar die langsam aufkeimende Müdigkeit in mir.

»Na klar. Für dich mit Schuss und für mich gibts die jungfräuliche Variante.« Lachend strich sie einmal sanft über ihren Bauch. Die kleine Kugel ließ sich nur erahnen.

Nachdem Julia uns zwei Becher mit der leckeren Flüssigkeit gefüllt hatte, wechselten wir auf das Sofa im Wohnzimmer und kuschelten uns zusammen unter eine Wolldecke. Vorsichtig nippte ich an der Sahne, die mit einem Hauch Zimt bestreut war. Genießerisch schloss ich meine Augen.

»Hmm, einfach köstlich. Der Winter hat eben auch seine guten Seiten.«

»Da hast du recht. Ich mag diese Zeit auch sehr gerne, obwohl die Auslastung in der Pension natürlich während der Sommermonate höher ist«, fügte sie hinzu.

»Hast du Probleme? Läuft es nicht mit der Pension?« Abrupt setzte ich mich aufrecht hin, sodass ich beinahe etwas Kakao auf der Decke verschüttet hätte. Vorsichtig stelle ich den heißen Becher auf dem Couchtisch ab und sah meine Schwester an.

Sie schüttelte den Kopf. »Nein, nicht wirklich, mach dir keine Sorgen. Im Oktober und November herrscht immer ein bisschen Flaute. Aber für Dezember ist das Haus wieder voll. Ute und Konrad werden dieses Jahr übrigens Weihnachten hier verbringen.« Freudestrahlend schlürfte sie von ihrem alkoholfreien Lumumba. Ute und Konrad waren Stammgäste, die mittlerweile zu guten Freunden geworden waren.

»Wie schön! Das wird bestimmt lustig.«

Julia nickte zustimmend. »Ja, das glaube ich auch. Ich überlege, ein gemütliches Beisammensein im Kaminzimmer zu organisieren. Mit Punsch, Mutzen und gebrannten Mandeln. Vielleicht könnte ich die Leinwand aufstellen, und wir schauen alle gemeinsam einen weihnachtlichen Film? Was meinst du?«

»Kommt auf den Film an. Bei *Tatsächlich Liebe* wäre ich dabei, aber *Drei Haselnüsse für Aschenbrödel* tue ich mir nicht an.«

Julia zog eine Schnute. »Wie kannst du diesen Film nicht mögen? Das ist doch *der* Weihnachtsklassiker schlechthin. Schon wenn ich die ersten Klänge der Titelmusik höre, bin ich in Stimmung.«

Ich prustete los. »Das weiß ich, du hast den Film ja früher schon mindestens zehnmal im Dezember geguckt. Das war echt nicht auszuhalten.«

»Du alte Nudel, so schlimm war es auch wieder nicht.« Prustend warf sie ein Kissen nach mir. »Außerdem musste ich auch viel aushalten. Wenn ich da an den kleinen Vampir denke ... den hast du dir ja beinahe täglich angesehen.«

Unbekümmert zuckte ich mit den Schultern. »Na und? Rüdiger von Schlotterstein war eben meine erste große Liebe.« Wir kicherten wie zwei kleine Schulmädchen.

»Was hast du heute eigentlich so getrieben?«, lenkte Julia das Gespräch wieder in seriösere Gewässer.

»Nicht viel. Ich habe heute Vormittag ein bisschen gezeichnet und war mit Ole am Strand spazieren.«

»Mit Ole, hm? Scheint ja in letzter Zeit ganz gut mit euch zu laufen. Es freut mich, dass ihr euer Kriegsbeil begraben habt.«

»Ja, mich auch.«

»Du, Sarah, darf ich dich mal was fragen?« Julias ungewöhnlich ernster Tonfall ließ mich aufhorchen.

»Ja?«

»Was ist eigentlich zwischen euch vorgefallen? Wieso warst du bei Oles Ankunft so abweisend zu ihm?«

Ich seufzte tief. Dann war jetzt wohl der Moment der Wahrheit gekommen.

»Erinnerst du dich noch an Lasse Börnsen?«

Julia runzelte die Stirn, während sie in ihrem Gedächtnis kramte. »Dunkel. Ich glaube, er war mindestens zwei Klassen unter mir.«

»Drei, um genau zu sein. Jedenfalls ... als ich sechzehn war, war ich ungefähr fünf Wochen mit ihm zusammen.«

Überrascht hob Julia eine Augenbraue. »Tatsächlich? Das wusste ich ja gar nicht.«

»Na ja, damals warst du schon von zu Hause ausgezogen. Ich war total verknallt in Lasse. Wie so ziemlich die meisten Mädchen unserer Schule. Er war ja zwei Klassen über mir, also habe ich ihn lange nur aus der Ferne angehimmelt. Irgendwann ist er zu unserer Theater-AG dazugestoßen, und da haben wir uns näher kennengelernt. Eines Tages fragte er mich dann, ob ich mit ihm gehen wollte. Ich konnte mein Glück damals kaum fassen.«

Heute wusste ich es besser. Ich spürte, wie mir allein bei der Erinnerung ganz heiß vor Scham wurde.

»Tja, du warst eben schon immer ein Jungenschwarm. Aber was hat das mit Ole zu tun?«

»Warts ab. Lasse war zwar nicht mein erster Freund, aber der erste Junge, mit dem ich geschlafen habe.«

»Oh, ich glaube, ich ahne, was jetzt kommt. Wenn ihr nur fünf Wochen zusammen wart, hat er bestimmt bald danach Schluss gemacht, oder?«

Ich nickte traurig, unfähig, Julia anzusehen. »Ja. Wir hatten uns am Strand verabredet. Eigentlich wollte ich ihn mit einem Picknick überraschen. Ich hatte extra Brote mit Omas selbstgemachter Stachelbeermarmelade gemacht, weil er die so gerne mochte. Ich dachte, wir würden einen ganz romantischen Nachmittag verbringen. Stattdessen hat er mit mir Schluss gemacht. Er … er sagte, er wollte mich eigentlich nur ins Bett kriegen. Und nachdem er das geschafft hatte, war ich uninteressant geworden.«

Es heißt ja immer, die Zeit würde alle Wunden heilen. Doch obwohl schon fast vierzehn Jahre ins Land gezogen waren, tat diese Wunde immer noch verdammt weh, wenn ich daran zurückdachte.

Julia schüttelte mit bösem Blick den Kopf. »So ein elender Mistkerl! Aber ich verstehe immer noch nicht, wie das mit Ole zusammenhängt.«

Ich nahm einen Schluck von meinem Lumumba, bevor ich antwortete. »Er war an dem Tag auch am

Strand. Du weißt ja, er ist seit seiner Jugend ein begeisterter Kitesurfer. Als Lasse mit mir Schluss machte, war er gerade dabei, aus dem Wasser zu steigen und seine Sachen zu packen. Er hat einfach alles mitbekommen. Lasse ist dann bald abgehauen und hat mich da sitzenlassen. Ich hab natürlich geheult. Nicht unbedingt wegen Lasse, sondern eher, weil ich so dumm gewesen war und mich nach nur drei Wochen auf ihn eingelassen hatte. Ich kam mir wie ein billiges Flittchen vor. Und es war mir total peinlich, dass Ole das alles mitangesehen hatte.« Jetzt begann ich doch zu schniefen.

Julia sah mich einen Moment lang fassungslos an. Dann nahm sie mich in den Arm. »So ein Blödsinn, mein Schatz. Du warst eben verliebt. Außerdem, wenn Männer ihre Frauen wie Unterwäsche wechseln, denkt doch auch keiner schlecht von ihnen. Du hast absolut nichts falsch gemacht, und du bist eine der tollsten Frauen, die ich kenne. Wenn sich jemand in Grund und Boden schämen sollte, dann dieser Idiot Lasse.«

Mein Schluchzen wurde von einem kurzen Lachen unterbrochen. »So was Ähnliches hat Ole auch gesagt. Ich hatte Angst, dass er wegen damals schlecht von mir denken könnte. Glaub mir, es war nicht leicht, mir nach der Erfahrung wieder ein gesundes Maß an Selbstbewusstsein zuzugestehen.«

Wie in Trance streichelte Julia mir immer wieder über den Kopf. Einmal große Schwester, immer große Schwester. »Das kann ich mir vorstellen. Aber Ole ist nicht wie Lasse. Er würde eine Frau niemals so behandeln oder deswegen schlecht von dir denken. Da bin ich mir sicher.«

»Das weiß ich jetzt auch. An dem Tag, als du ihn zum Abendessen eingeladen hast, wollte ich mich bei ihm entschuldigen. Das hat er genutzt und mich für mein Verhalten zur Rede gestellt. Na ja, und so haben wir eben über den Vorfall von damals geredet und er war … er war so verständnisvoll und hat mich sofort getröstet. Und hat ziemlich übel über Lasse hergezogen.«

An dieser Stelle lachte Julia. »Richtig so. Weißt du, ich habe euch zwei während der letzten Tage ein wenig beobachtet, wenn ihr zusammen zum Essen hier wart oder wir bei Magda und Hinnerk eingeladen waren. Ich habe den Eindruck, dass er dir guttut.«

Das stimmte zwar, doch ich würde das niemals zugeben. Schließlich war ich vergeben und glücklich mit Hanno zusammen. Schön, die Beziehung war nicht perfekt, aber dennoch. Abgesehen davon war Ole zwei Jahre jünger als ich. Sicher hatte er keine Ahnung, was er in Sachen Frauen überhaupt wollte. Welche Männer in dem Alter hatten das schon?

»Wir sind nur Freunde. Mal ganz abgesehen davon bin ich mit Hanno zusammen, wie du weißt.«

So langsam war ich genervt darüber, dass man mit einem Mann nicht mal etwas Zeit verbringen konnte, ohne dass gleich etwas Romantisches hineininterpretiert wurde.

»Ja, ich weiß. Ich bin auch schon sehr gespannt darauf, ihn kennenzulernen. Ich finde nur …«

»Was?«

»Ich finde nur, dass du nicht sonderlich verliebt auf mich wirkst.«

»Natürlich bin ich verliebt!«, schnaubte ich empört. »Es ist nur nicht so einfach, eine Fernbeziehung zu führen. Aber ich vermisse ihn schrecklich.«

»Okay, wenn du es sagst ...« Julia gähnte einmal herzhaft neben mir.

»Entschuldige, du gehörst ins Bett. Ich hab dich schon viel zu lange aufgehalten.«

»Ach was, alles gut. Es war schön, mal wieder ganz in Ruhe mit dir zu quatschen. Aber du hast recht, ich bin hundemüde.«

»Gut, dann mache ich mich mal auf die Socken. Schlaf gut.« Nachdem wir uns verabschiedet hatten, ging ich zur Pension und dachte über unser Gespräch nach. Ich hatte nicht nur Julia von meinen Gefühlen für Hanno überzeugen wollen, sondern auch mich selbst. Die Wahrheit war, dass ich während der letzten Tage kaum an ihn gedacht hatte. Dafür hatte ich eine viel zu schöne Zeit – mit Ole. Doch ich war mir sicher, sobald ich Hanno wiedersehen und ihn endlich meiner Familie vorstellen konnte, würden die Gefühle wieder aufflammen. Okay, es war nicht Liebe auf den ersten Blick gewesen – zumindest nicht bei mir. Doch die Erfahrung, wohin blinde Verliebtheit führen konnte, hatte ich schon einmal gemacht. Das würde mir nicht noch mal passieren. Hanno war fürsorglich (wenn er denn mal da war), gebildet, erfolgreich, zielstrebig und reif. Er war eine sichere und pragmatische Wahl. Besonders romantisch klang das zugegebenermaßen nicht. Und obwohl ich meiner Schwester vor einiger Zeit den Rat gegeben hatte, in Hinblick auf Sebastian ihrem Herzen zu folgen und alle Bedenken in den Wind zu schlagen, konnte ich selbst nicht über meinen Schatten springen.

Ich brauchte ein Gefühl von Sicherheit. Und Hanno gab
mir das.

Kapitel 12

Sarah

»Ihr Lieben, ich freue mich sehr, dass ich heute meinen achtzigsten Geburtstag mit euch feiern darf.«

Magda strahlte in die große Runde. Sie hatte sich zur Feier des Tages besonders herausgeputzt. Ihr silbergraues Haar hatte sie zu einem eleganten Knoten aufgesteckt, dazu trug sie eine schwarze Jeans, die ihre schlanke Linie betonte, einen grauen kurzärmeligen Strickponcho und darunter eine Bluse, deren weißer Kragen ordentlich darunter herausragte. Blickfang war die lange silberne Kette mit großem rundem Anhänger. Dass diese Frau heute ihren achtzigsten Geburtstag feierte, war ihr definitiv nicht anzusehen. Schnell konzentrierte ich mich wieder auf ihre Rede.

»Es ist nicht selbstverständlich, so alt zu werden, und es ist auch nicht selbstverständlich, so viele gute und treue Freunde zu haben. Viele von euch begleiten mich nun fast schon mein Leben lang ...«, an dieser Stelle warf Magda Florentine einen liebevollen Blick zu, »... und dafür bin ich unendlich dankbar. Deswegen möchte ich mit euch gerne das Glas erheben: Auf gute Freunde und das Leben!«

Alle erhoben sich und ihre Gläser. »Auf gute Freunde und das Leben«, wiederholten wir im Chor.

»Damit ist das Kuchenbuffet eröffnet«, schloss Magda ihre Rede, wofür sie allseitigen Beifall erntete.

»Jaa!« Leon sprang sofort von seinem Stuhl auf. Er, Julia, Sebastian und Ole teilten sich den Tisch mit uns. Tante Esther und ihr Mann Michael saßen bei Oma, Hinnerk, Flo und Wilma. Insgesamt standen im riesigen Saal des Dorfkrugs zwölf runde Tische, festlich eingedeckt und mit strahlend weißen Tischdecken, Kerzen und hübschen Blumengestecken geschmückt, die Wilma beigesteuert hatte. Ich schätzte, es waren um die achtzig Gäste anwesend. Der Andrang an der Kuchentafel im Nebenzimmer war riesig.

»Tante Sarah, kommst du mit? Wir wollten uns doch heute durch alle Kuchen futtern.«

Julia lachte. »Du schaffst doch sowieso nie mehr als zwei Stücke, mein Schatz.«

Auch Sebastian erhob sich und strich Julia zärtlich über den Rücken. »Soll ich dir etwas mitbringen? Vielleicht ein Stück Käsekuchen?«

»Ja, das wäre lieb, mein Schatz.«

Mit einem Lächeln küsste er sie einmal auf den Mund. Ich stand ebenfalls auf, um ihm und Leon zu folgen.

»Kommst du mit?«, fragte ich Hanno, der nicht reagierte, da er damit beschäftigt war, auf sein Handy zu starren. »Kannst du das Ding nicht mal weglegen? Du hast doch heute frei«, raunte ich ihm genervt zu.

»Entschuldige, aber die Arbeit ruht nun einmal nicht, und ich verpasse doch gerade nichts. Ich nehme übrigens gerne ein Stück Schokoladenkuchen.« Damit wandte er sich von mir ab und tippte unbeirrt weiter.

»Ich komme mit«, sagte Ole und stand auf.

Wir reihten uns in die Schlange ein, und als ich einen Blick auf die vielen Kuchen und Torten warf, quiekte ich kurz vor Entzücken.

Ole grinste mich an. »Manche Dinge ändern sich wohl nie, oder? Ich hab früher schon kaum was abbekommen, wenns bei deiner Mutter oder Magda mal Kuchen gab.«

Unschuldig zuckte ich mit den Schultern. »Was soll ich machen? Ich bin nun einmal süchtig nach dem Zeug.«

»Das sieht man dir überhaupt nicht an. Aber Julia hat bereits gute Arbeit geleistet, du wirkst nicht mehr ganz so dünn wie bei deiner Ankunft.«

»Ja, das stimmt, ich hab schon zwei Kilo zugenommen«, freute ich mich.

Zuzunehmen war schon immer ein Problem gewesen. Wenn die Mädchen aus meiner Klasse früher ihre Diättipps ausgetauscht haben, hatte ich daneben gesessen und ordentlich gefuttert, in der Hoffnung, wenigstens ein paar Rundungen zu bekommen.

Ich schaute mich einmal zu unserem Tisch um. Zu meiner Erleichterung hatte Hanno sein blödes Smartphone inzwischen eingesteckt und unterhielt sich mit Julia. Gott sei Dank. Sein offenkundiges Desinteresse war mir etwas peinlich. Weil Hanno gestern Abend so spät angekommen war, hatte ich ihm Julia und Sebastian erst heute Morgen beim Frühstück vorgestellt. Viel Zeit war uns wegen der Vorbereitungen für Magdas Geburtstag nicht geblieben. Zum Glück saßen wir, abgesehen von Magda und Hinnerk, alle an einem Tisch, sodass Hanno die Gelegenheit haben würde, meine Familie besser kennenzulernen.

Als ich den Blick zurückschweifen ließ, entdeckte ich Britta und Malte, die gerade den Saal betraten. Sie hatten angekündigt, dass sie es wegen des Ladenschlusses nicht pünktlich schaffen würden. Magda und Hinnerk, die mit ihrem Kuchen am Platz saßen, standen auf, um die beiden zu begrüßen. Ole hatte sie offenbar auch gesehen, denn sofort versteifte er sich neben mir.

»Alles in Ordnung bei dir?«, flüsterte ich ihm zu.

»Ja, ist schon okay. Ich bin froh, dass wir heute genügend Abstand zueinander haben.«

»Ja, ich auch.« Seine Nervosität konnte er nicht überspielen. Mit den Fingern trommelte er gegen seinen Oberschenkel. Vorsichtig griff ich nach seiner Hand und drückte sie kurz. Er sah mich an und verhakte dann seine Finger mit meinen, ohne den Blick von mir abzuwenden. Die Zeit blieb einen Moment stehen und aus irgendeinem Grund fühlte ich eine tiefe Verbundenheit zu Ole.

»Du bist nicht allein«, flüsterte ich. Es war mir wichtig, dass er das wusste.

Dann waren wir endlich an der Reihe, uns unseren Kuchen abzuholen, und der Moment war vorüber.

Am Nachmittag hatte ich drei Stücke Kuchen und Torte verputzt. Um uns ein wenig die Beine zu vertreten, waren wir nach der Kaffeerunde am Strand spazieren.

»Sarah, baust du mit mir eine Sandburg?«

»Klar, mein Süßer.« Obwohl ich die Hände bei dem Wetter lieber in den warmen Jackentaschen gelassen hätte. Leon und ich knieten uns in den kalten Sand und fingen an, einen Burggraben zu buddeln. Sebastian half kräftig mit, und Hanno unterhielt sich unterdessen mit Julia.

»Also, Sebastian ... du, Sarah erzählte, dass du dich vor Kurzem mit einer Kanzlei selbstständig gemacht hast?«

Sebastian stand auf und klopfte sich den Sand von der Hose. »Ja, ein alter Studienfreund hat mir die Partnerschaft angeboten, und da habe ich die Chance ergriffen.«

Hanno verzog anerkennend den Mund. »Das klingt doch gut. Hätte ich genauso gemacht. Als Anwalt hast du deine Schäfchen im Trockenen und kannst der Familie etwas bieten.«

»Na ja, ich habe den Beruf nicht wegen des Geldes ergriffen«, schnaubte Sebastian. »Und wie ist das Leben eines Unternehmensberaters?«

Oh nein, auf diese Frage würde sicher ein ellenlanger Monolog folgen. Nicht, dass mich Hannos Job nicht interessieren würde. Er neigte nur leider dazu, sehr ausschweifend zu werden.

»Ich arbeite als Consultant bei einer Dienstleistungsfirma und helfe Unternehmen dabei, ihre Prozesse zu optimieren und damit die Produktivität zu steigern. Wenn du willst, Julia, kann ich ja auch mal deine Pension unter die Lupe nehmen.«

Ich hasste dieses großspurige Lächeln.

Julia, die uns inzwischen mit der Sandburg half, zuckte kurz zusammen. »Das ist nett von dir Hanno, aber nicht nötig. Ich habe mit der Pension eine ordentliche Auslastung und ...«

An dieser Stelle fiel er ihr einfach ins Wort. »Das hat damit nichts zu tun. Die meisten Unternehmen, für die ich bisher gearbeitet habe, waren vollkommen liquide. Meine Aufgabe ist es, dafür zu sorgen, dass das auch so bleibt.«

»Guck mal, Sebastian, sieht die nicht super aus?« Stolz zeigte Leon auf vier Sandtürme, die von einem Burggraben umgeben waren.

»Ja, das habt ihr klasse gemacht, mein Großer. Lasst uns jetzt mal wieder zur Feier gehen.«

»Das ist ein großartiger Vorschlag.« Ächzend erhob ich mich und ging mit Julia und Leon voraus. Mir war vorher nie aufgefallen, wie anstrengend Hanno in Gesellschaft sein konnte. Meistens waren wir ja unter uns.

»Seit wann hast du denn einen solchen Appetit?«, flüsterte Hanno mir ins Ohr. Wir waren inzwischen beim Abendessen angelangt. Mit hochgezogener Augenbraue starrte er auf den Teller, der beladen war mit Kartoffeln, Kaisergemüse und Schnitzel. Sein Ton ließ meinen Puls steigen.

»Wieso, hast du ein Problem damit?«, fragte ich patzig.

Abwehrend hob er seine Hände. »Nein, ich meine ja nur ...«

Julia und Sebastian warfen sich einen vielsagenden Blick zu, während Ole mit der Gabel lustlos in seinem Gemüse herumstocherte.

Ich nahm einen Schluck aus meinem Weinglas. Hanno hatte einiges intus. Beschwipst hatte ich ihn bisher nie erlebt. Der Alkohol kehrte den besserwisserischen Großstädter aus ihm heraus.

»Also, Ole.« Energisch legte Hanno sein Besteck auf den Tellerrand und schob diesen von sich. »Was machst du eigentlich so beruflich?«

Oh nein, jetzt ging das wieder los …

Ole, der die ganze Zeit zu seinen Eltern geschielt hatte, drehte sich zu uns um. »Entschuldige, wie war die Frage?«

Hannos süffisantes Lächeln ließ nichts Gutes erahnen. »Ich wollte wissen, was du so beruflich machst. Sarah sagte, du hättest in England studiert.«

»Das stimmt, ich habe vor Kurzem meinen Master in Biological Oceanography gemacht, in Southampton.«

Hanno verzog einen Moment anerkennend seinen Mund. »Verstehe. Und was machst du jetzt damit?«

»Ich würde gerne in die Forschung gehen.«

Ich saß genau zwischen den beiden und verfolgte die Unterredung mit den Augen wie bei einem Tennismatch.

»Forschung? Klingt nicht so, als würde man da viel Geld machen.«

Ole runzelte die Stirn. »Das mag sein, aber Geld ist schließlich nicht alles.«

»Ach, du möchtest lieber die Welt verbessern?« Jeder am Tisch nahm den spöttischen Unterton wahr.

Genervt sah ich Hanno an. Ole ließ sich hingegen nicht aus der Ruhe bringen. »Ja, mir ist es wichtig, einen Beruf zu haben, den ich als sinnstiftend empfinde.«

»Wie du meinst. Ich würde mich immer wieder für ein BWL-Studium entscheiden. Obwohl dieser Studiengang natürlich ziemlich anspruchsvoll ist. Nicht umsonst ist die Durchfallquote so hoch.«

Oh Gott, seit wann war Hanno so arrogant?

»Wirklich? Das überrascht mich, gefühlt studiert das doch jeder Zweite. Ich dachte immer, BWL ist für Leute, die sonst nicht wissen, was sie machen wollen.« Ole blieb nach wie vor ruhig, an seinem zuckersüßen Lächeln erkannte ich aber, dass er die Retourkutsche genoss. Und ich offen gestanden ebenso.

Hanno schluckte.

»Hast du nicht bald dein Bewerbungsgespräch im Geomar?« Interessiert sah ich Ole an, in der Hoffnung, den Hahnenkampf so zu beenden.

»Ja, am Mittwoch.«

»Dann drücken wir dir die Daumen«, sagte Julia und lächelte Ole freundlich zu.

»Bist du schon satt, Schatz?« Liebevoll strich Sebastian Julia einmal über die Wange.

»Ja, hier passt absolut nichts mehr rein.« Lachend zeigte sie auf ihren Bauch.

»Übrigens, was ich dir noch sagen wollte, Julia ... deine Pension ist wirklich ein Traum, mein Kompliment!« Anerkennend nickte Hanno zu Julia.

Sofort strahlten ihre eben noch müde dreinblickende Augen. Ich war erleichtert, dass er Ole endlich in Ruhe ließ und Interesse an meiner Familie zeigte. Schließlich war ich ebenso stolz auf meine große Schwester.

»Danke, Hanno, es freut mich, wenn du dich wohlfühlst.«

»Absolut. Dieses Haus kann sich wirklich sehen lassen. Die Einrichtung ist einfach stimmig; du hättest auch Innenarchitektin werden können.«

Julia lachte. »Im nächsten Leben vielleicht.«

»Aber sag mal: Ist das nicht ein bisschen zu high class für so ein kleines Provinznest?«

Oh Mann, es hatte so gut angefangen …

»Äh … nein, wie vorhin schon gesagt, läuft es ziemlich gut. Weißt du, viele Gäste sehnen sich nach Ruhe und frischer Landluft. Außerdem liegt Appenkuhl verkehrstechnisch sehr günstig, man ist ja fix in Kiel oder Eckernförde, wenn man mal etwas erleben möchte.«

Ich bewunderte Julia für ihren diplomatischen Ton und nahm mir fest vor, mit Hanno noch ein Hühnchen zu rupfen, sobald wir unter vier Augen waren. Sicher hatte er es nett gemeint, aber ich nahm es gar nicht gut auf, wenn man über Appenkuhl lästerte. Das war mein Dorf und für mich der schönste Ort auf Erden. Obwohl ich es mit Anfang zwanzig nicht hatte erwarten können, endlich in die große weite Welt zu ziehen. Manchmal merkte man eben erst mit ein bisschen Abstand, was einem etwas bedeutete.

»Mama, können wir bald nach Hause?« Leon hatte sich mit zwei kleinen Spielzeugautos die Zeit vertrieben, aber so langsam machte sich die Müdigkeit in ihm breit. Kein Wunder, es war schon fast acht Uhr. Normalerweise ging es für ihn um sieben ins Bett.

»Ich kann mit ihm nach Hause, wenn du noch ein bisschen bleiben möchtest«, bot Sebastian gleich an.

Die beiden waren goldig miteinander. Nach dem heutigen Abend bezweifelte ich, dass es zwischen mir und Hanno jemals so sein würde. Doch wer weiß, vielleicht lag das ja nur am Alkohol.

»Das ist lieb, aber ich würde auch gerne langsam gehen. Ich kann kaum noch meine Augen aufhalten. Diese ständige Müdigkeit ist wirklich anstrengend.«

Die drei verabschiedeten sich von uns und Magda und gingen nach Hause. Dafür nutzte Wilma die Chance und schnappte sich den Platz.

»Hallo zusammen. Wir hatten ja noch gar nicht die Gelegenheit, miteinander zu sprechen.« Dabei schielte sie vor allem in Hannos Richtung.

»Sarah, Herzchen, möchtest du uns nicht vorstellen?«

»Natürlich. Hanno, das ist Wilma, eine sehr gute Freundin meiner Oma und unsere örtliche Blumen-händlerin. Wilma, das ist Hanno Neumann.«

»Freut mich, Sie kennenzulernen«, spulte Hanno her-unter und schüttelte Wilmas beringte Hand.

»Ebenso, ich habe ja schon viel von Ihnen gehört«, säuselte sie. Offensichtlich war sie auch nicht mehr ganz nüchtern.

»Hoffentlich nur Gutes.« Er warf ihr sein charmantes-tes Lächeln zu, aber sie zuckte nur mit geheimnisvoller Miene mit den Schultern.

Ein mulmiges Gefühl beschlich mich. Garantiert hatte sie sich mit Oma schon über Hanno unterhalten. Es war frustrierend, dass er sich ausgerechnet an dem Wochenende so komisch aufführte, an dem er meine Familie kennenlernte. Dabei war es mir so wichtig, dass die Menschen, die ich am meisten auf der Welt liebte, meinen Freund mochten. Ich weiß noch, wie Oma mit ihren Freundinnen immer über Julias Ex Cle-mens hergezogen hatte. Natürlich nie vor Julia – zu-mindest nicht vor der Trennung.

»Also, Sie sind beruflich ja immer viel unterwegs. Wie schön, dass Sie mal die Zeit gefunden haben, Sarah hier zu besuchen. So einen dermaßen fürsorglichen Mann wünscht sich doch jede Frau.«

Obwohl ich bereits ein paar Gläser Wein getrunken hatte, nahm ich sofort die riesige Portion Sarkasmus wahr. Hanno ließ sich davon aber nicht beeindrucken. »Nun ja, zum Glück ist Sarah eine Frau, die auch sehr gut auf sich allein aufpassen kann. Außerdem weiß sie, wie wichtig mir meine Karriere ist, nicht wahr, Schatz?« Warmherzig blickte er mich an.

»Natürlich, schließlich ist meine Karriere mir genauso wichtig.«

»Dann seid ihr euch ja einig. Entschuldigt mich, ich schleife Kai jetzt mal auf die Tanzfläche.« Und damit rauschte sie davon.

Inzwischen waren die meisten mit dem Essen fertig, und Schlagermusik drang aus den Boxen. Nicht gerade etwas, womit man mich hinter dem Ofen hervorlocken konnte.

»Wie sieht es aus, Schatz, wollen wir auch nach Hause? Ich würde gerne noch ein bisschen Zeit mir dir allein verbringen.« Besitzergreifend fasste er mir ans Kinn und zog meinen Kopf in seine Richtung. Sein Ton ließ eindeutig erkennen, woran er dachte.

»Meinetwegen«, antwortete ich kurz angebunden, bevor ich mich an Ole wandte.

»Ist das okay für dich? Ich möchte dich nicht hängenlassen.« Oles Blick war in Richtung seiner Eltern gerichtet, die bei Magda und Hinnerk am Tisch saßen. »Ja, geh ruhig. Ich setze mich mal zu meinen Eltern, dann habe ich es wenigstens hinter mir. Außerdem habe ich Wilma versprochen, später noch einen mit ihr zu heben«, zwinkerte er mir zu.

»Okay, dann lass uns gehen.« Wir verabschiedeten uns von Magda, die sich nochmals für die Bildercollage bedankte, und machten uns auf den Weg.

»Sag mal, musstest du heute Abend so angeben? Und wie du Ole angegangen bist, das war echt das Letzte!« Genervt hing ich meine Jacke an die Garderobe, setzte mich aufs Bett und zog mir die Stiefel aus.

»Ich habe nicht angegeben, Sarah! Ich mache meinen Beruf eben mit Leidenschaft. Da kannst du ja nicht mitreden.«

»Was soll das denn heißen?« Mit zusammengekniffenen Augen sah ich ihn an. Er zuckte mit den Schultern und ließ sich dann in den Sessel fallen.

»Nimms mir nicht übel, aber ich finde, du lässt dich etwas gehen.«

»Wie bitte?« Meine Augen fielen mir in diesem Moment förmlich aus dem Kopf.

»Na ja, du verkriechst dich hier in dieser, zugegeben sehr schönen Pension. Du meldest dich nicht in der Agentur, obwohl du mir wochenlang die Ohren vollgejammert hast, dass du endlich mal die Karriereleiter erklimmen möchtest. Dafür muss man aber auch etwas tun, Sarah. Mag ja sein, dass deine Chefin dich nicht gerade mit Samthandschuhen anfasst, aber da musst du eben durch. Vielleicht solltest du lernen, dir mal ein dickeres Fell zuzulegen.«

Fassungslos starrte ich ihn an. Genauso gut hätte er mir eine Ohrfeige geben können.

»Du denkst also, ich bin einfach nur eine Heulsuse?« Meine Stimme zitterte. Ich fühlte mich verraten. Verraten vom eigenen Freund, der mich eigentlich unterstützen sollte.

»So hab ich das nicht gemeint, Sarah. Vielleicht reagierst du nur manchmal etwas empfindlich. Weglaufen war noch nie eine Lösung.«

»Ich stand kurz vor einem Burnout«, zischte ich.

Abwehrend hob er die Hände. »Nur meine Meinung. Ich will mich aber jetzt nicht mit dir streiten.« Seufzend fuhr er sich durch seine dunklen Haare. »Ich gehe jetzt duschen, und danach reden wir in Ruhe, okay, Kleines?«

Arrgh!

Er strich mir im Vorbeigehen über die Wange und verschwand im Badezimmer. Das war unser erster Streit. Nach dem heutigen Abend war ich mir nicht mehr sicher, ob wir überhaupt zueinander passten. Und dass er mich für labil und schwach hielt – denn anders waren seine Worte nicht zu interpretieren – verletzte mich so sehr, dass mir die Tränen kamen.

Reiß dich zusammen, Sarah.

Ich wollte nicht total verheult aussehen, wenn Hanno zurückkam, also machte ich mich vor dem Spiegel im Flur ein wenig zurecht. Kaum hatte ich den verschmierten Mascara von meinen Augen entfernt, klingelte Hannos Telefon. Unglaublich, um diese Uhrzeit! Im ersten Moment wollte ich es klingeln lassen, aber was, wenn es wichtig war? Vielleicht gab es ja Neuigkeiten zu seinem Deal in Wien? Kurzerhand nahm ich den Anruf entgegen.

»Hallo, hier ist der Apparat von Hanno Neumann.«

Stille am anderen Ende der Leitung.

»Hallo?«

»Hallo. Könnte ich bitte mit Hanno sprechen?« Es war eine weibliche Stimme, die ungehalten klang. Meine Alarmglocken schrillten.

»Er ist gerade verhindert. Kann ich ihm vielleicht etwas ausrichten?«

»Ja, er möge bitte einmal seine Frau Veronika zurückrufen. Unser Sohn ist krank.« Und damit legte sie auf.

Bei dem Wort *Frau* war es, als ob ein Blitzschlag mich getroffen hätte. Er war verheiratet und hatte mindestens ein Kind! Wie hatte ich nur so blöd sein können! Geschockt starrte ich auf das Telefon in meiner Hand. Dann stürmte ich wütend ins Badezimmer. Hanno hatte gerade den Wasserhahn abgestellt und sah mich überrascht an.

»Sarah, was ist …«

»Du sollst einmal deine Frau zurückrufen.« Wütend warf ich ihm sein Handy vor die Füße. Mit einem unschönen Geräusch landete es auf dem Fußboden, doch das war mir völlig egal.

Hannos Gesicht hatte inzwischen die Farbe eines Bettlakens angenommen, doch er fing sich schnell wieder.

»Was hast du an meinem Telefon zu suchen?«

»Ist das gerade dein größtes Problem? Du bist verheiratet und Vater, du Mistkerl!«, brüllte ich. »Was war ich eigentlich für dich, hä? Eine nette Nummer für zwischendurch, wenn du mal eine Pause vom stressigen Familienalltag brauchtest?«

Wütend stapfte ich aus dem Bad und hörte nur, wie Hanno hinter mir seine Sachen schnappte und sich in Windeseile anzog.

»Warte, Sarah, so war das nicht! Ich habe mich in dich verliebt.«

Schnaubend drehte ich mich zu ihm um. »Lüg mich doch nicht an! Du bist verheiratet und warst trotzdem auf Tinder! Wahrscheinlich auf der Suche nach Frischfleisch!« Während ich sprach, raffte ich die wenigen Dinge, die Hanno gehörten, zusammen und stopfte sie in seine Tasche.

»Bitte, Sarah, wir hatten so viel Spaß, jetzt lass es doch nicht so enden! Meine Frau hat kein Problem damit, wenn ich mich hin und wieder auswärts vergnüge.«

Sprachlos hielt ich in meiner Bewegung inne und starrte ihn entsetzt an. *Brich jetzt bloß nicht in Tränen aus,* mahnte ich mich selbst. Mit Dackelblick schaute er mich an.

»Wie schön für deine Frau. Aber ich bin mir für eine Affäre zu schade. Hier.« Ich hielt ihm seine Tasche entgegen. »Pack deine restlichen Sachen und verschwinde. Wenn ich wiederkomme, bist du weg. Ich will dich nie mehr wieder sehen.« Damit verließ ich das Zimmer.

Kaum war ich ihm Flur der Pension, atmete ich einmal langsam ein und aus. Unfassbar! Ich war schon wieder auf so ein Arschloch hereingefallen. Wie damals bei Lasse Börnsen. Anscheinend lernte ich einfach nicht dazu.

Kapitel 13

Ole

»Möchtest du nicht doch wieder nach Hause kommen, Ole? Papa hat sich doch schon längst wieder beruhigt.« Flehend sah meine Mutter mich an.

Um uns herum war der Geräuschpegel deutlich angestiegen. Viele Gäste amüsierten sich inzwischen auf der Tanzfläche, nicht wenige waren schon etwas beschwipst.

»Den Eindruck hatte ich heute Abend nicht. Er hat doch kaum ein Wort mit mir gewechselt. Außer einem *Hallo* und einem *Machs gut* hat er gar nicht mit mir geredet. Abgesehen davon fühle ich mich in der Pension sehr wohl.«

Meine Mutter winkte verärgert ab. »Ach, das ist doch die reinste Geldverschwendung. Ich bin mir sicher, dass es Papa inzwischen sehr leidtut. Seitdem du weg bist, ist er irgendwie sehr in sich gekehrt und still. Das ist eigentlich gar nicht seine Art. Vielleicht solltest du ihm ein Stück entgegenkommen.«

Ich schloss für einen Moment die Augen, um meinen Ärger hinunterzuschlucken. Sie meinte es ja nur gut. Trotzdem fühlte ich mich in die Ecke gedrängt.

»Nein, Mama. Es ist an ihm, einen Schritt auf mich zuzugehen, ich habe schließlich nichts falsch gemacht.«

»Wie du meinst.« Missbilligend schnalzte sie mit der Zunge, bevor sie ihr Weinglas leerte. »Na gut, ich seh schon, du bist genauso stur wie dein Vater. Wie auch immer, für mich wird es jetzt auch Zeit, nach Hause zu gehen. Ich verabschiede mich nur noch schnell von Magda. Machs gut, mein Schatz. Und lass dich bitte bald mal wieder bei uns blicken – mir zuliebe, okay?«

Ich nickte und rang mir ein Lächeln ab. »Gute Nacht, Mama.« Kaum hatte sie sich erhoben, kam Wilma mit zwei Kurzen in der Hand an meinen Tisch.

»Du siehst aus, als ob du es brauchen könntest. Prost, min Jung.« Wilma leerte ihr Glas in einem Zug, und ich tat es ihr nach. Der Aquavit rann heiß meine Kehle hinunter, sodass es mich schüttelte.

»Danke, Wilma.«

Sie tätschelte mir den Arm. »Das wird schon wieder, Ole. Dein Vater war schon immer ein Dickkopf, der am liebsten mit dem Kopf durch die Wand gerannt wäre.«

»Hm.« Mehr fiel mir dazu nicht ein. Ich zweifelte daran, dass wir zu unserem früheren Verhältnis zurückfinden würden. Andererseits hätte ich auch nie gedacht, dass Sarah und ich uns wieder so gut verstehen würden.

Als hätte Wilma meine Gedanken gelesen, kam sie gleich auf sie zu sprechen. »Was hältst du eigentlich von diesem Hanno?«

Ich zuckte mit den Schultern. »Ich halte ihn für einen arroganten Schnösel, der so gar nicht zu Sarah passt. Sie ist lebenslustig, witzig und liebenswürdig. Er dagegen ...«

Wilma nickte eifrig. »Sehe ich auch so. Hat sich aufgeführt, als wäre er was Besseres. Behandelt unsere Sarah wie ein kleines Schulmädchen. Ich verstehe nicht, dass sie sich das gefallen lässt.«

»Redet ihr von Sarah?« Dörte setzte sich neben uns, ein Glas Bier in der Hand.

»Von wem sonst? Es bestätigt sich eben immer wieder: Liebe macht blind.«

»So verliebt wirkte sie gar nicht auf mich. Sie wird diesen Kerl schon früh genug in die Wüste schicken«, sagte Dörte in ihrer herrlich ruhigen, trockenen Art.

»Wollen wirs hoffen, Dörte. Ah, wenn man vom Teufel spricht ...« Überrascht drehte ich mich zum Eingang um. Sarah stand in der Tür. Ihr Blick glitt suchend durch den Raum und blieb dann an mir haften. Sie hatte völlig glasige Augen. Irgendetwas stimmte nicht.

»Entschuldigt mich bitte.«

»Sicher doch, min Jung.« Dörte und Wilma warfen sich einen vielsagenden Blick zu.

Ich beachtete sie nicht weiter und ging auf Sarah zu. Sie hatte eindeutig geweint. »Was ist passiert?«

Sie schnaufte einmal, nahm meine Hand und zog mich mit in den Biergarten. »Lass uns rausgehen, ich will nicht, dass Oma mir irgendwelche Fragen stellt.«

Ich warf beim Gehen einen Blick über die Schulter. Magda tanzte mit Hinnerk. Tatsächlich schaute sie in diesem Moment besorgt in unsere Richtung. Der Festsaal besaß eine separate Eingangstür, die direkt in den Biergarten des Lokals führte. Normalerweise war dieser ab Oktober geschlossen, aber für den heutigen Anlass hatte man extra zwei Heizstrahler aufgestellt und ein paar Tische und Stühle, inklusive kuscheliger roter Fleecedecken draußen platziert.

»Also?« Ich strich ihr ihre vom Wind zerzausten Haare nach hinten und sah sie abwartend an.

»Hanno ist verheiratet und hat ein Kind. Ich bin schon wieder auf so ein Arschloch reingefallen.« An dieser Stelle brach ihre Stimme und sie fing an, unkontrolliert zu weinen.

»Hey, komm her.« Ich zog sie fest in meine Arme.

So standen wir eine ganze Weile draußen in der Dunkelheit. Dieser Dreckskerl! Am liebsten wäre ich sofort zur Pension gerannt und hätte ihm eine reingehauen. Als ich sie wieder aus der Umarmung entließ, warf sie mir ein zartes, verheultes Lächeln zu, bevor sie sich einmal schnäuzte.

»Wie hast du es rausgefunden?«

»Als er unter der Dusche stand, hat seine Frau angerufen. Ich dachte, es wäre vielleicht ein wichtiger geschäftlicher Anruf und bin rangegangen.« Sie knüllte ihr Taschentuch wieder in ihre Jackentasche und wischte sich mit dem Ärmel einmal über die Augen. »Ich hab ihn rausgeschmissen. Er ist jetzt auf dem Weg zum Flughafen.« Langsam schien sie sich zu beruhigen. »Gott, du hast ja gar keine Jacke an! Lass uns schnell reingehen, ich brauche jetzt sowieso was Starkes zu trinken.«

»Ist schon gut, ich friere nicht so schnell.« Im Gegenteil, mir war sogar ziemlich heiß, seitdem ich Sarah in den Armen gehalten und den Pfirsichduft ihrer Haare eingesogen hatte. Ich legte ihr einen Arm um die Schultern, und wir schlenderten wieder in den Saal, wohlwissend, dass viele neugierige Augenpaare auf uns gerichtet waren, was Sarah nicht verborgen blieb.

»Los, wir setzen uns an den Tresen im anderen Gastraum, da stehen wir nicht so unter Beobachtung«, flüsterte sie mir zu. Wir betraten den öffentlichen Bereich des Dorfkrugs und setzten uns an den rustikalen, eichefarbenen Tresen. Bis auf ein paar Stammgäste, die mit leerem Blick an ihren Gläsern nippten, war hier nicht viel los. Aus den Lautsprechern in den Ecken dudelte Musik von Andrea Berg.

»Na, ihr zwei, was darfs sein?« Abwartend sah Rita, die Inhaberin des Dorfkrugs, uns an.

»Ich nehme ein Hefeweizen.«

Sofort machte sie sich daran, mir mein Bier zu zapfen. Mit ihrer Kurzhaarfrisur und den grauen Locken erinnerte sie mich immer ein bisschen an die Queen.

»Und du, min Deern?«

»Ich nehme einen Caipirinha.«

Rita prustete los. »Tut mir leid, sowas Gediegenes haben wir hier nicht. Wie wärs für den Anfang mit 'nem Korn?«

»Soll mir recht sein.« Nachdem Rita auch Sarah versorgt hatte, wandte sie sich wieder den übrigen Gästen zu.

»Also, hattest *du* wenigstens einen schönen Abend? Konntest du dich noch mit deinem Vater aussprechen?«

Nervös schob ich das Bierglas hin und her. »Nö, kaum hatte ich mich zu meinen Eltern gesetzt, ist er geflohen und nach Hause gegangen.«

Sie lächelte mir kurz aufmunternd zu und hob dann ihren Kurzen. »Na dann: auf miese Abende!«

»Auf miese Abende!«

Kaum hatten wir angestoßen, leerte sie ihr Glas in einem Zug. »Rita, ich hätte gerne noch einen.«

»Hey, nicht übertreiben. Die Geschichten über dich und den Vorfall während eures Abiballs sind legendär.«

Sofort wurde Sarah rot, fing sich aber schnell wieder. »So schlimm wird es diesmal nicht. Erstens ist kein Klavier in der Nähe, auf dessen Tasten ich kotzen könnte. Und zweitens bin ich inzwischen viel trinkfester.« Damit kippte sie den nächsten Korn hinunter wie Wasser.

»Es tut mir übrigens sehr leid wegen Hanno. Ich weiß, wie weh Liebeskummer tut.« Ich wusste nicht, ob es klug war, das Thema anzuschneiden. Aber sie sollte wissen, dass ich immer für sie da sein würde.

»Weißt du, es ist gar nicht wirklich Liebeskummer, der die Situation für mich so schrecklich macht. Es ist eher die Tatsache, dass ich schon wieder auf so einen falschen Fünfziger reingefallen bin. Ich komme mir einfach unendlich dumm vor, so, als ob ich solche Männer irgendwie anziehen würde. Wieso kann mir nicht mal ein netter, ehrlicher Mann über den Weg laufen?« Traurig spielte sie mit einem Bierdeckel.

»Irgendwann wird so ein Mann dir schon noch begegnen. Woher hättest du außerdem wissen sollen, dass der Typ verheiratet ist und so eine Art Doppelleben führt? So oft habt ihr euch ja nicht gesehen.«

»Mag sein, aber trotzdem! Ich habe mit einem verheirateten Mann geschlafen und eine Ehe zerstört.« Niedergeschlagen schaute sie in ihr Glas.

»Hast du nicht. Ich könnte mir vorstellen, dass du nicht seine erste Affäre warst.«

Konsterniert starrte sie mich an. »Danke. Jetzt gehts mir gleich viel besser.«

Mist, manchmal war mein Mund eben schneller als der Kopf. Ich versuchte es mit Humor.

»Kein Problem, ich helfe doch immer gern.«

Immerhin erntete ich ein schwaches Lächeln.

»Wie geht es dir jetzt?«, fragte ich, nachdem ich einen Schluck von meinem Bier genommen hatte.

»Im Moment bin ich einfach nur wütend auf ihn. Und heute Abend hatte ich ihn auch von einer ganz anderen Seite kennengelernt, also schon bevor ich rausgefunden hatte, was für ein Spiel er spielt. Es tut mir übrigens sehr leid, wie er dich behandelt hat. So von oben herab hatte ich ihn vorher noch nie erlebt. Vielleicht lag das ja am Alkohol. Auf jeden Fall hat er sich unmöglich benommen, und ich habe deswegen ohnehin gezweifelt, ob er der Richtige für mich ist.«

Bei diesen Worten machte mein Herz einen kleinen Hüpfer.

Dreißig Minuten und etliche Kurze später, zogen wir ordentlich über den Kerl her.

»Und weißt du, was mich am meisten genervt hat?« Bei der Frage bohrte sie mir ihren Finger in die Brust. »Ständig hat er mich *Kleines* genannt. Das hat mich so genervt. Als ob ich ein kleines, dummes Kind wäre!«

»Ja, das ist echt das Letzte. Was wird das denn?«

Obwohl Sarah schon leicht lallte, hob sie ihre Hand Richtung Rita, um sich noch mehr zu bestellen. Zum Glück war ich auf Wasser umgestiegen und hatte einen einigermaßen klaren Kopf. »Sarah, ich glaube, du hattest genug für heute Abend. Lass uns langsam nach Hause gehen.«

»Mann, Sievers, sei nicht so ein Spielverderber! Ich feiere hier schließlich den Geburtstag meiner Oma!«

»Erzähl keinen Quatsch, Sommerfeld, mit Geburtstag feiern bist du schon längst fertig. Du ertränkst nur noch deinen Frust im Alkohol. Lass uns gehen, bevor ich dich nachher gar nicht mehr nach Hause kriege.«

»Na gut«, seufzte sie beleidigt.

Wie aufs Stichwort kamen in diesem Moment Magda und Florentine zu uns. Magda warf einen kritischen Blick auf ihre Enkelin, die gerade auf sehr umständliche Weise versuchte, ihre Jacke anzuziehen.

»Vielleicht solltest du erst einmal deinen Schal aus dem Ärmel ziehen, mein Schatz.«

»Oh, hab gar nich gemerkt, dass er da drin ist. Danke, Omi.«

»Gerne. Ole, würdest du sie bitte nach Hause bringen?«, wandte sie sich im Flüsterton an mich.

»Ich war sowieso gerade dabei.« Ich zog mir Jacke und Mütze an.

»Danke dir. Gehe ich recht in der Annahme, dass Hanno Geschichte ist?«, flüsterte sie weiter.

Ich nickte nur zur Bestätigung. Sarah bekam davon zum Glück nichts mit, sie kämpfte immer noch mit ihrem Schal. Flo beobachtete die Szene amüsiert.

»Also die jungen Leute von heute vertragen auch gar nichts mehr. Magda, genehmigen wir uns noch ein Likörchen?«, fragte sie vergnügt.

»Vielleicht einen letzten, Flo. Kommt gut nach Hause, ihr beiden.«

Kaum waren wir draußen, fing Sarah an zu stöhnen.

»Oh mein Gott, die frische Luft tut mir gar nicht gut. Mein Schädel brummt, als hätte ich einen Vorschlaghammer abbekommen.« Im Slalom lief sie neben mir her. Den Idiotentest hätte sie in diesem Moment garantiert nicht geschafft. Zum Glück war es vom Dorfkrug kein weiter Fußmarsch zur Pension. Zumindest theoretisch.

»Komm her, hak dich bei mir unter, sonst kommen wir nie an. Hey, nicht einschlafen.« Ich schüttelte sie leicht.

»Tschuldigung«, murmelte sie und lehnte ihren Kopf gegen meine Schulter, was das Gehen nicht einfacher machte.

Inzwischen war es stockdunkel und ziemlich kalt draußen. Auf den Pfützen, die der letzte Regen hinterlassen hatte, bildete sich eine dünne Eisschicht. Trotzdem kam ich ordentlich ins Schwitzen, weil ich Sarah halb trug.

»Schaffst du es die Treppe hoch?«, fragte ich, als wir uns durch die Eingangstür der Pension gequetscht hatten. Unsere Zimmer befanden sich in der ersten Etage.

»Weiß nich ...«

Ich stöhnte einmal leise, denn ich wollte die anderen Gäste nicht wecken. »Na schön, dann halt dich gut fest, ich trag dich hoch.«

Im Halbschlaf klammerte sie ihre Arme um meinen Nacken. Kaum dass ich ihre Beine hochhob, quiekte sie auf.

»Hey, du nimmst mich ja hoch, als wäre ich ein Fliegengewicht.«

»Das bist du ja auch, aber jetzt hör mal auf, so rumzuzappeln. Ich habe keine Lust, gleich die Treppenstufen zu knutschen«, schnaufte ich.

Nach zwanzig Stufen hatten wir es geschafft, und ich setzte sie vor dem Zimmer *Treibgut* ab. Mit schlafwandlerischer Sicherheit zog sie den Schlüssel aus ihrer Jackentasche und versuchte aufzuschließen. Leider war sie zu betrunken, um das Schloss zu treffen.

»Gib mal her.«

Kommentarlos überreichte sie mir den Schlüssel und ich öffnete die Tür.

»Danke, *hicks*, Ole«, nuschelte sie und trat ein.

Unsicher blieb ich hinter ihr stehen. Ob sie von hier an alleine klarkam?

»Ole?«

»Ja?«

»Mir ist schlecht.«

Schnell stürzte ich ins Zimmer und ließ die Tür mit dem Fuß zufallen. »Na komm, meine kleine Schnapsdrossel.« Ich nahm ihr die Mütze vom Kopf und half ihr, zur Toilette zu gehen. Kaum hatte ich den Klodeckel hochgeklappt, übergab sie sich. Zwischen den Würgegeräuschen röchelte sie ein »Tut mir leid.«

»Schon gut.«

Mit einer Hand hielt ich ihre Haare, mit der anderen strich ich ihr sanft über ihren schmalen Rücken. Hoffentlich würde diese Enttäuschung ihre Fortschritte nicht wieder zunichtemachen. Ich hatte den Eindruck, dass es ihr in den letzten Wochen langsam besserging.

»Gehts?«

Sie spülte, klappte den Deckel herunter und stützte sich darauf ab. »Hmm. Gott, so hab ich mich schon ewig nicht abgeschossen. Danke.« Sie nahm den Wasserbecher, den ich ihr entgegenhielt, und spülte einmal ihren Mund aus, bevor sie sich gegen die Wand sinken ließ und ihren Kopf auf die Knie legte.

»Na los, ich helfe dir noch schnell beim Zähneputzen und dann gehts ab ins Bett.« Die Zahnbürste lag auf dem Regal beim Spiegel. Ich tat etwas Zahnpasta darauf und hockte mich zu ihr herunter.

»Wir machen auch ganz schnell.« Mit geschlossenen Augen öffnete sie ihren Mund. Sobald ich fertig war, reichte ich ihr noch einmal einen Schluck Wasser. Sie sah mich an, als würde sie mich heute zum ersten Mal wahrnehmen. Ihr intensiver Blick bescherte mir eine Gänsehaut.

»Ole?«

»Ja?«, antwortete ich heiser.

»Weißt du, vielleicht sollte ich einfach *dich* heiraten.«

Wow, sie musste betrunkener sein, als ich dachte. Trotzdem: Der Gedanke ließ für einen kurzen Moment ein Feuer in meinem Bauch aufflammen.

»Obwohl das wahrscheinlich der romantischte Heiratsantrag aller Zeiten ist, muss ich leider Nein sagen.«

»Wieso?«, grummelte sie.

»Weil ich eben meine Prinzipien habe, Sommerfeld. Dazu gehört, dass ich grundsätzlich nur Heiratsanträge von nüchternen Frauen annehme.«

»Du Spießer.«

Ich lachte und half ihr wieder hoch. »Tja, so bin ich eben. Und jetzt ab ins Bett mit dir.« Ich zog ihr die Schuhe aus und kuschelte sie dann unter die Bettdecke. Als ich so neben ihr lag, den Kopf auf einem Arm abgestützt, betrachtete ich sie und strich ihr ein letztes Mal die Haare aus dem Gesicht. Es war so schön, sie als Freundin wiederzuhaben. So wie früher. Erst jetzt wurde mir klar, wie mir unsere kleinen Neckereien gefehlt hatten.

»Gute Nacht, *Kleines*.« Ich konnte mir ein Grinsen nicht verkneifen.

Ihr Mund verzog sich zu einem Lächeln. »Ach, halt die Klappe, Sievers.«

Und dann verließ ich das Zimmer. Irgendwie fand ich den Abend gar nicht mehr so mies wie noch vor ein paar Stunden.

»Na, wie ist es gelaufen?« Lässig und mit verschränkten Armen lehnte Sarah sich gegen die Beifahrertür von Julias Auto und blickte mich erwartungsvoll an. Ihre schlanken Beine steckten in einer engen dunkelblauen Jeans und braunen Stiefeln, und ihre blonden Haare hatte sie zu einem lockeren Dutt gebunden.

»Ziemlich gut. Wir haben uns über eine halbe Stunde über die Forschungsstelle unterhalten, das Projekt ist wirklich richtig spannend! Nächste Woche melden sie sich, aber ich hab ein gutes Gefühl.« Das hatte ich wirklich, ich war regelrecht heiß auf diesen Job, was meine gute Laune wohl widerspiegelte.

»Wow, so begeistert habe ich dich ja noch nie erlebt.«

»Lachst du mich etwa aus?« Gespielt empört stemmte ich die Hände in die Hüften.

Sie lachte. »Würde ich nie wagen! Ich freue mich einfach nur für dich.«

Ich stellte mich neben sie und lehnte mich ebenfalls gegen das Auto. »Und wie lief es bei dir?«

Ihr Lächeln fiel wie ein Kartenhaus in sich zusammen. »Die Ärztin, die Julia mir empfohlen hat, war sehr nett und verständnisvoll. Sie hatte sich auch schon mit meinem behandelnden Arzt in Hamburg ausgetauscht. Als sie mich gefragt hat, wie ich mich bei dem Gedanken fühlen würde, ab nächster Woche wieder zur Arbeit zu gehen, bin ich in Tränen ausgebrochen.«

»Oha, so schlimm?« Ich legte einen Arm um ihre Schultern und zog sie an meine Brust.

»Irgendwie schon. Sie hat mich gleich weitere vier Wochen krankgeschrieben. Ich werde also bis nach Weihnachten in Appenkuhl verbringen.«

Ich zuckte mit den Schultern. »Na ja, es gibt Schlimmeres. Wenn das mit dem Job hier klappt, dann suche ich mir in Kiel eine Wohnung. Und dann schlendern wir zwei über den berühmt-berüchtigten Appenkuhler Weihnachtsmarkt.«

Ich spürte, wie sie vor Lachen leicht bebte, ehe sie mit ihren großen blauen Augen zu mir aufsah. »Dann hoffe ich, dass du den Job bekommst. Wollen wir?« Sie ging zur Fahrerseite und sah mich fragend an. Irgendwie hatte ich noch keine Lust, wieder nach Hause zu fahren. Stattdessen warf ich einen Blick auf meine Armbanduhr.

»Hast du vielleicht Lust, noch was essen zu gehen? Du magst doch das *Peter Pane* so gerne.«

Sie war so süß, wenn sie skeptisch schaute! Dann kräuselte sich jedes Mal ihre Nase, auf der die Sommersprossen tanzten.

»Eigentlich hätte ich schon Lust, aber in der Innenstadt reiht sich eine Baustelle an die nächste. Es dauert ewig, bis wir da einen Parkplatz gefunden haben.«

»Dann lass uns doch einen Roller nehmen.« Ein paar Meter entfernt standen vier E-Scooter auf dem Gehweg bereit. Sofort hellte sich Sarahs Gesicht auf.

»Gute Idee.« Sie schwang sich ihre Tasche über die Schulter, und wir marschierten auf die Roller zu. Nachdem wir sie per App aktiviert hatten, grinsten wir uns an.

»Wer als Erster am Bootshafen ist, Sommerfeld?«

»Der Verlierer gibt das Essen aus!«

Und dann sausten wir los. Sarah war eine Nasenspitze voraus.

»Wo bleibst du denn, Sievers?«

Der Wind peitschte uns ins Gesicht, wir lachten wie kleine Kinder, und einige Passanten sahen uns missbilligend hinterher. Mir war das vollkommen egal. An der roten Fußgängerampel hielten wir kurz an. In der Innenstadt wurden bereits die Buden für den Weihnachtsmarkt aufgebaut.

»Erste, Yeah!« Sarah reckte ihre Siegerfaust, als wir am Bootshafen ankamen.

»Nicht schlecht, Sommerfeld. Also mal abgesehen davon, dass du fast eine ältere Dame umgehauen hättest.«

Wir parkten die Roller und gingen ins Peter Pane, dessen breite Glasfront eine tolle Aussicht auf den Bootshafen bot.

»Ja, das war ganz schön knapp.« Mit schuldbewusster Miene hielt sie mir die Tür auf. »Letztendlich ist es aber deine Schuld.«

»Meine?« Ungläubig zeigte ich auf mich selbst.

»Klar, wer hatte denn die Idee zum Wettrennen? Du weißt doch, dass ich nicht verlieren kann.« Grinsend streckte sie mir die Zunge heraus.

Unser Geplänkel wurde kurz von einem Mitarbeiter unterbrochen. Wir hatten Glück. Obwohl es recht voll war, hatten sie noch zwei Plätze für uns frei. Normalerweise musste man einige Zeit auf einen freien Tisch warten, wenn man ohne Reservierung hier auftauchte.

»Stimmt, ich glaube, du bist die mieseste Verliererin, die ich kenne.« Wir nahmen Platz und legten unsere Mäntel auf die Bank. »Ich weiß noch, wie einmal das Spielbrett von Monopoly Junior durch die Gegend geflogen ist, nur weil ich *einmal* gewonnen hatte. Damals hatte ich regelrecht Angst vor dir.«

»Ich weiß nicht, was du meinst«, sagte sie pikiert und griff nach der Speisekarte. Das Funkeln in ihren Augen verriet mir, dass sie genau wusste, wovon ich redete.

»Ja, ja, tu nur so.« Grinsend warf ich ebenfalls einen Blick in die Karte. Zum Glück war die Auswahl an vegetarischen und veganen Speisen riesig.

Nachdem wir die Getränke und das Essen bestellt hatten, sahen wir uns an.

»Also, was hast du heute Nachmittag noch vor?«, wollte ich wissen.

Die Stimmung am Tisch änderte sich schlagartig. Sarah seufzte einmal so tief, als läge das Gewicht der ganzen Welt auf ihren Schultern. »Ich werde nachher Nora, also meine Chefin, anrufen und ihr sagen, dass ich noch weitere vier Wochen ausfalle.«

Mitfühlend strich ich ihr einmal über den Arm. »Du könntest doch einfach nur die Krankmeldung schicken.«

Traurig schüttelte sie den Kopf. »Nein, das wäre feige. Ich möchte es ihr schon persönlich sagen. Solange ich noch nicht weiß, ob ich in die Agentur zurückkehre oder etwas anderes mache, möchte ich mir die Option offenhalten.«

»Das verstehe ich natürlich. Aber ich habe ehrlich gesagt nicht den Eindruck, dass du zurück möchtest. Und das solltest du auch nicht, wenn der Stress dich so krank macht.«

»Schon. Aber weißt du, manchmal frage ich mich, ob es irgendwie an mir liegt. Vielleicht bin ich einfach nicht stressresistent genug und sollte einfach lernen, mir ein dickeres Fell zuzulegen. Ich meine, der Rest des Teams hat doch auch nicht solche Probleme.«

»Also erstens: Woher willst du das wissen? Vielleicht zeigt es sich bei denen nur anders. Vielleicht trinkt der eine abends dadurch mehr Alkohol, während die andere lieber Tabletten oder Aufputschmittel nimmt. Oder das Privatleben leidet so darunter, dass Beziehungen in die Brüche gehen. Und zweitens: Selbst wenn die anderen es einfach so wegstecken, was ich nicht glaube, du bist du, und es geht hier einzig und allein um dich.«

Ihre Augen schweiften einen Moment durch den Raum, als sie über meine Worte nachdachte. »Da hast du nicht unrecht. Was mir persönlich auch schwer zusetzt, ist der Konkurrenzkampf, den Nora indirekt sogar befeuert. Du kannst nie sicher sein, dass einer der Kolleginnen oder Kollegen dich nicht bei der erstbesten Gelegenheit in die Pfanne haut.«

Ich schüttelte den Kopf. »Deine Chefin scheint ja ein richtiger Drache zu sein.«

»Das könnte man so sagen. Sie hat ziemlich genaue Vorstellungen davon, wie es in der Agentur zu laufen hat und erwartet von allen, dass der Beruf an erster

Stelle steht. Deshalb stellt sie auch niemanden ein, der schon Kinder hat.«

Diese Eröffnung versetzte mir einen regelrechten Schock. »Was? Das ist Diskriminierung, das darf sie gar nicht.«

Sarah hob nur die Schultern. »Natürlich hat sie das nie offiziell gesagt. Aber inoffiziell weiß es jeder in der Agentur.«

»Ganz ehrlich, Sarah, du solltest dich nach einem neuen Job umsehen. Vielleicht sogar hier in Kiel? Die Nähe zu deiner Familie scheint dir ganz gutzutun.«

Verträumt spielte sie mit dem Salzstreuer. »Ja, die Vorstellung ist schon verlockend, vor allem, da ich ja wieder Tante werde.«

»Was? Das wusste ich ja noch gar nicht.«

Erschrocken schlug sie sich die Hand vor den Mund. »Mist! Das durfte ich dir eigentlich noch gar nicht erzählen. Versprich mir, dass du dichthältst!«

Grinsend streckte ich zwei Finger zum Schwur. »Ich verspreche es dir. Das sind ja aufregende Neuigkeiten. Ging ganz schön schnell zwischen den beiden.«

»Ja, so ist das anscheinend, wenn man auf seine große Liebe trifft.«

In diesem Moment kamen unsere Getränke.

»Vielen Dank. Na dann ...« Sarah nahm ihr Glas Eistee und prostete mir zu. »Auf die Zukunft. Was auch immer sie bringen mag.«

»Auf die Zukunft.«

Wir plauderten über dies und das, bis das Essen kam.

»Lecker.« Sarah leckte sich beim Anblick ihrer Pommes über die Lippen, was bei mir sofort ein erotisches Kopfkino mit ihrer Zunge in der Hauptrolle auslöste.

Wo kam das denn auf einmal her? Schnell schüttelte ich das Bild ab und konzentrierte mich auf meinen Burger.

»Was ist los? Schmeckt es dir nicht?« Sie warf mir einen irritierten Blick zu, nachdem sie einen ersten Bissen gegessen hatte. Mist, hoffentlich lief ich nicht rot an.

»Doch, ist lecker. Oh Mann, hör mal. Jetzt geht es schon los mit dem Weihnachtsgedudel.«

Sie hielt einen Moment inne, um zu lauschen, und verzog dann die Schnute. »Ich kann *Last Christmas* nicht ausstehen. Sag mal, wie soll es jetzt eigentlich zwischen dir und deinem Vater weitergehen?«

Dieser Themenwechsel wirkte wie eine kalte Dusche – Gott sei Dank. Ich zuckte nur mit den Schultern. Ich hatte keine Ahnung. Etwas in mir weigerte sich, den ersten Schritt zu tun. Ich hatte doch nichts falsch gemacht und definitiv keinen Grund, mich zu entschuldigen. Manchmal kam mir der bittere Gedanke, dass meine Eltern überhaupt nur ein Kind bekommen hatten, damit es mal jemanden gab, der den Laden später übernahm. Einen Erben.

Der Eingang einer Nachricht riss mich aus meinen Grübeleien und ersparte mir eine Antwort. Doch kaum hatte ich die Zeilen gelesen, breitete sich die Panik bis in meine Zehen aus.

Dear Ole,

I know, you said we were over. But I cannot let you go without at least fight for us. I am on my way to the airport now, I will arrive at Hamburg at 4 am. Please pick me up there.

Love, Kate

Kate war auf dem Weg zu mir? Das durfte doch nicht wahr sein! Und was sollte das eigentlich heißen, sie wird um mich kämpfen? Fieberhaft überlegte ich, was ich jetzt tun sollte. Großartig, noch mehr Stress war genau das, was ich jetzt brauchte.

»Hey, ist was passiert?« Alarmiert starrte Sarah mich an.

»Nein, nein, mir ist nur gerade eingefallen, dass ich heute Nachmittag noch einen wichtigen Termin habe. Lass uns schnell essen und dann wieder nach Appenkuhl fahren.«

»Ach so? Was denn für einen Termin?«, fragte sie mit gekräuselter Stirn.

»Äh, Zahnarzt.«

»Oh, du Armer. Na dann lass uns schnell reinhauen.« Und damit machte sie sich über die Pommes her.

Verdammt! Obwohl sich ein kleiner Teil von mir darauf freute, Kate wiederzusehen, hatte ich doch Angst vor der bevorstehenden Auseinandersetzung mit ihr. Ich hatte gehofft, dass wir irgendwann Freunde sein könnten. Stattdessen würde ich ihr Herz nun zum zweiten Mal brechen müssen. An meinen Gefühlen hatte sich nichts geändert. Ich mochte sie wie eine Schwester, aber ich hatte keine romantischen Empfindungen mehr. Dafür sehnte sich mein Herz immer mehr nach einer anderen Frau.

Kapitel 14

Sarah

Ruhig, du schaffst das, Sarah. Diesen Satz wiederholte ich mantraartig in meinem Kopf, bevor ich nach dem Telefon griff und mit zitternden Fingern Noras Nummer wählte. Im Stillen betete ich, dass sie sich gerade in einem Meeting befand, aber natürlich hatte ich kein Glück.

»Nora Maschmann, hallo.« Ihre Stimme klang gehetzt. Wie immer.

»Hallo Nora, hier ist Sarah.« Ich saß auf dem Bett und klammerte mich an das Kissen, das auf meinem Schoß lag. Nora sog am anderen Ende der Leitung scharf die Luft ein.

»Na wie schön, dass du dich auch mal wieder meldest. Wie läuft es in Bullerbü? Ich gehe doch davon aus, dich nächste Woche wieder in der Agentur zu sehen?«

Ich schluckte und ärgerte mich gleichzeitig über mich selbst. Ich war eine erwachsene Frau und hatte Angst vor meiner Chefin!

»Appenkuhl, nicht Bullerbü. Und leider geht es mir noch nicht so besonders gut, weshalb ich weitere vier Wochen krankgeschrieben bin.«

»Das ist jetzt nicht dein Ernst! Wir ersticken hier in Arbeit, und du machst dir einen Lenz irgendwo am Arsch der Welt!«

Langsam wurde ich wütend. Ihre Vorwürfe waren so unfair und außerdem das Letzte, was ich gebrauchen konnte.

»Ich mache mir hier keinen Lenz, Nora, ich habe mir während der letzten Monate für dich und die Agentur den Arsch aufgerissen. Ich bin einfach ausgelaugt!«

»Entschuldige, aber dann hast du einfach den falschen Job!«, fauchte sie mich an. »Ich kann es mir nicht leisten, Aufträge abzulehnen, nur weil meine Mitarbeiter keine Lust haben, hundert Prozent zu geben.«

»Nora, das ist nicht fair! Ich habe immer alles für den Job gegeben, aber ich bin einfach nicht mehr bereit, mir meine Gesundheit für dich zu ruinieren«, sagte ich ruhig, aber mit fester Stimme. Ich durfte mir einfach nicht mehr alles gefallen lassen. Job hin, Job her.

»Keine Sorge, deine *Krankheit* ...«, bei der Art und Weise, wie sie das Wort betonte, sah ich förmlich vor meinem inneren Auge, wie sie an dieser Stelle die Finger hob, »... hat mir gezeigt, dass du richtig anspruchsvollen und stressigen Positionen nicht gewachsen bist. Deshalb übernimmt Tobias die Leitung der Grafikabteilung, sobald Caro weg ist.«

Ich hatte es nicht wirklich anders erwartet. Trotzdem kamen mir in diesem Moment die Tränen. »Wie gesagt, ich komme wahrscheinlich erst im neuen Jahr wieder. Die Krankmeldung schicke ich nachher per Mail. Machs gut, Nora«, verabschiedete ich mich schnell. Ich würde mir garantiert nicht die Blöße geben, vor Nora am Telefon zu heulen, also tippte ich einmal auf den roten Hörer des Displays, warf das Handy aufs Bett und ließ den Tränen freien Lauf.

Dabei war ich gar nicht überrascht. Eigentlich hatte ich doch schon die ganze Zeit geahnt, dass dieser Zusammenbruch das Ende meiner Karriere bedeuten würde. Ich hatte mir die Gesundheit ruiniert und wofür? Unter Nora zu arbeiten war, als säße man tief in einem Loch fest, und egal wie sehr man sich anstrengte, um dem Licht entgegenzuklettern – man erreichte es doch nie.

Ich wischte mir einmal über die Augen und starrte dann die Decke an. Meine Zukunft war ein einziges großes Fragezeichen. Erst jetzt hatte ich eine Ahnung, wie es Julia damals gegangen sein musste, als ihre Pension auf der Kippe stand. Kurzentschlossen sprang ich auf, holte meine Zeichensachen aus dem Schrank und begab mich damit ins Kaminzimmer.

»Oh, ich hoffe, ich störe nicht.« Die Lämmerts, ein nettes Ehepärchen aus der Pfalz, hatten es sich in den ausladenden Sesseln bei prasselndem Kaminofenfeuer gemütlich gemacht. Ich schätzte die beiden auf Mitte bis Ende fünfzig.

»Überhaupt nicht, Frau Sommerfeld, immer herein mit Ihnen.«

Ich kuschelte mich in einen der insgesamt sechs grauen Ohrensessel und schaute ihnen eine Weile beim Schachspielen zu, ehe ich meinen Bleistift zückte. Sie lieferten mir das perfekte Motiv. So unauffällig wie möglich beobachtete ich sie und hielt die Szene auf dem Papier fest.

»Zeichnen Sie etwa uns, Frau Sommerfeld?«, fragte Herr Lämmert, ohne dabei vom Spielbrett aufzusehen. Anscheinend war ich nicht so unauffällig, wie ich gedacht hatte.

»Sind Sie etwa Künstlerin?« Interessiert schielte Frau Lämmert zu mir herüber und merkte gar nicht, wie ihr Mann einen ihrer Springer vom Brett fegte.

»Oh nein, das ist nur ein Hobby, das bekommt außer mir niemand zu sehen. Wäre es denn in Ordnung, wenn ich Sie zeichne? Ich finde, Sie beide geben ein schönes Motiv ab«, sagte ich mit meinem breitesten Lächeln.

»Nur wenn wir das Ergebnis dann einmal zu sehen bekommen.«

»Natürlich.«

Frau Lämmert wandte sich wieder dem Spiel zu. »Nanu, wo ist denn mein Springer geblieben?«

»Das kommt davon, wenn du dich nicht aufs Spiel konzentrierst, Marlies.«

Ich kicherte in mich hinein und ließ den Bleistift auf dem Papier tanzen. Sofort entspannten sich meine Schultern, und ich atmete innerlich auf. Eines war mir nun glasklar: Ich würde nicht in die Agentur zurückkehren, sondern mir eine andere Stelle suchen. Vielleicht sogar wirklich in Kiel. Das Leben war zu kurz, um seine Energie an Menschen wie Nora zu verschwenden. Durch den Zusammenbruch war mir außerdem wieder einmal bewusst geworden, wie wichtig die Familie war. Man wusste nie, wie viel gemeinsame Zeit einem noch blieb. Der Tod meiner Mutter hatte mir das damals deutlich vor Augen geführt. Ich könnte eine Menge mit

Leon unternehmen und mit Zwerg Nummer zwei, sobald er oder sie auf der Welt war. Die Vorstellung, wieder in der Nähe meiner Familie zu wohnen – und vielleicht sogar in Oles, falls er bleiben würde – verursachte mir eine Gänsehaut.

Ole. Er hatte sich vorhin echt seltsam verhalten. Auf der Rückfahrt hatten wir fast kein Wort miteinander gewechselt. Er schien die ganze Zeit über tief in Gedanken versunken zu sein. Kaum waren wir zu Hause angekommen, hatte er sich hastig verabschiedet, um zum Zahnarzt zu gehen. Neben Neugierde (eine Eigenschaft, die nahezu jeder Appenkuhler besaß) sorgte ich mich auch ein bisschen. Die Nachricht, die er vorhin erhalten hatte, hatte ihn wohl aus der Bahn geworfen. Ob er sich mir noch anvertrauen würde?

Die nächste halbe Stunde verbrachte ich damit, das Bild des schachspielenden Ehepaares zu beenden. Zwei Minuten später setzte Herr Lämmert seine Frau schachmatt.

»Och Mann, Martin! Das war so knapp.« Ärgerlich verstaute sie die Schachfiguren in der hölzernen Spielebox.

»Stimmt, es war wieder eine spannende Partie.« An mich gewandt, fuhr er fort: »Dürfen wir jetzt mal sehen?« Neugierig kam Herr Lämmert zu mir herüber, dicht gefolgt von seiner Frau.

Nervös hielt ich ihnen die Zeichnung entgegen, mit der ich selbst nicht zu hundert Prozent zufrieden war.

»Oh, das ist Ihnen aber wirklich gut gelungen, Frau Sommerfeld.« Ehrfürchtig strich Frau Lämmert einmal die Linien entlang, und ich freute mich wie ein Honigkuchenpferd über das Lob.

Herr Lämmert nickte zustimmend. »Sie haben wirklich Talent. Was möchten Sie dafür?«

»Oh, gar nichts. Wenn Sie es gerne haben möchten, dann bitte sehr.« Ich überreichte den beiden das Bild.

»Vielen Dank, Frau Sommerfeld, das ist sehr freundlich von Ihnen. Bitte tun Sie uns doch noch den Gefallen und schreiben Sie Ihren Namen unten aufs Bild.«

»Ähm, gerne.« Während ich schnell in schwungvollen Buchstaben *Sarah Sommerfeld* aufs Papier schrieb, spürte ich förmlich, wie meine Wangen glühten. Meine Zeichnungen hatte ich bisher noch nie jemandem präsentiert, und es war ein wenig unangenehm, so über den Klee gelobt zu werden. Gleichzeitig freute ich mich darüber.

»Das hängen wir uns zu Hause ins Wohnzimmer.« Zufrieden betrachtete Frau Lämmert das Bild.

»Es freut mich riesig, wenn Ihnen das Bild gefällt. Oh, bitte entschuldigen Sie mich.« Ich warf ihnen ein letztes Lächeln zu, ehe ich mein vibrierendes Handy aus der Gesäßtasche meiner Jeans zog.

Hey, habe Kuchen gebacken. Möchtest du vorbeikommen?
Knutschi, Julia

Da brauchte sie nicht lange zu fragen. Ich brachte Block und Bleistiftbox aufs Zimmer und machte mich auf den Weg zu Julia. Als ich die wenigen Meter zwischen Pension und Haupthaus entlangschlenderte, parkte Ole das Auto seiner Mutter auf dem Parkplatz. Einem ersten Impuls folgend, wechselte ich die Richtung, um ihn zu begrüßen, doch dann entdeckte ich, dass er nicht alleine war. Die Beifahrerseite öffnete sich, und eine junge Frau stieg aus dem Auto. Sie hatte lockiges feuerrotes Haar und einen beneidenswerten Porzellanteint. Unsicher sah sie sich um, bis ihr Blick mich streifte. Bestimmt wunderte sie sich darüber, warum ich dort stand – offenbar festgefroren – und sie anstarrte wie einen Geist.

Ole hievte einen Trolley aus dem Kofferraum und nahm mich daher erst verspätet wahr. Seine Miene wirkte einen Moment, als hätte ich ihn beim Klauen erwischt – unangenehm berührt. Er wandte sich kurz an seine hübsche Begleiterin und kam dann mit ihr zu mir herüber. Die Rollen des Trolleys knirschten auf dem Kiesweg.

»Hallo Sarah, darf ich dir Kate vorstellen? Sie ist eine Freundin aus England.« Dann wandte er sich seiner Begleiterin zu: »Kate, this is Sarah, an old friend of mine. She's currently visiting her family here.«

»Schön, dich zu treffen«, sagte sie mit einem süßen Akzent. Ich war zu baff, um irgendetwas zu erwidern, also schüttelte ich nur lächelnd ihre zierliche Hand.

»Na dann ... entschuldige uns bitte, Sarah. Wir bringen jetzt erst mal Kates Sachen auf mein Zimmer.«

»Okay. Have a nice stay.« Ich schaute den beiden einen Moment hinterher, bevor sich meine Füße endlich wieder in Bewegung setzten.

»Ole hat Besuch von einer Frau«, sagte ich statt einer Begrüßung, kaum dass Julia die Tür geöffnet hatte.

»Okaay. Komm doch erst einmal rein und erzähl mir alles genauer.«

Ich trat ins Haus, hing meine Jacke an die Garderobe und folgte meiner Schwester in die Küche, wo bereits ein liebevoll gedeckter Tisch auf uns wartete.

»Wo ist denn mein kleiner süßer Wirbelwind?« Ich hatte mich schon darauf gefreut, meine Wut auf Nora und die seltsame Laune wegen Ole ein bisschen beim Toben mit Leon auszuleben. Doch ich wurde enttäuscht.

»Er ist bei Clemens und kommt erst morgen wieder.«

»Oh wie schade, obwohl es mich ja freut, dass Clemens sich in letzter Zeit wieder mehr um seinen Sohn kümmert.«

»Das stimmt. Ich glaube, er ist ein bisschen eifersüchtig, weil Leon so viel von Sebastian erzählt.«

Ich erwiderte Julias süffisantes Grinsen. »Tja, selbst schuld. Der Kuchen duftet übrigens himmlisch, Julia. Dein Spezialschokoladenkuchen?«

»Ganz genau. Latte Macchiato, wie immer?« Sie stand vor ihrem Kaffeevollautomaten und drückte den Knopf, bevor ich antworten konnte.

»Ja genau, danke. Darfst du denn jetzt überhaupt noch Kaffee trinken?« Ich hatte mal irgendwo gelesen, dass das während der Schwangerschaft keine gute Idee wäre.

Julia wiegelte ab. »Ein, zwei Tassen am Tag gehen schon in Ordnung, sagt meine Frauenärztin.«

Einen Moment sahen wir der Milch eine Weile dabei zu, wie sie als Milchschaum im Glas landete, ehe der Kaffee in zwei dünnen Strahlen hinzufloss. Formvollendet stellte Julia den Latte Macchiato vor mir ab.

»Danke. Erwartest du noch jemanden?« Erst jetzt fiel mir auf, dass der Tisch für drei Personen gedeckt war.

»Ja, Esther macht gerade netterweise ein paar Besorgungen für mich, aber sie müsste eigentlich jede Minute wieder hier hereinschneien.«

Sobald Julia neben mir Platz nahm, trank ich einen Schluck. Obwohl mir das Ole-fremde Frau-Thema auf der Zunge lag, wollte ich auf unsere Tante warten. Sicher würde es sie auch brennend interessieren. Und vielleicht wussten die beiden von Magda und Hinnerk ja etwas, was ich nicht wusste? Ich hatte die letzten Wochen eine Menge Zeit mit Ole verbracht und so viele Gespräche geführt – eine Kate hatte er dabei nie erwähnt. Wenn sie seine feste Freundin wäre, hätte er sicher mal ein Wort über sie fallenlassen. Oder?

»Was gibt es bei euch Neues?«, fragte ich Julia, um mich abzulenken. Sie zuckte nur leicht mit den Schultern, während sie einen Schluck ihres Kaffees genoss.

»Eigentlich nicht viel. Die Vorbereitungen für den alljährlichen Appenkuhler Weihnachtsmarkt sind in vollem Gange. Ich übernehme wieder den Stand mit Kuchen und Waffeln. Die Einnahmen gehen in diesem Jahr an die örtliche Kita und das Seniorenheim.«

»Wann genau gehts denn los? Ich habe noch gar keine Plakate gesehen.«

»Am zweiten Adventswochenende. Ja, normalerweise kümmert sich ein Freund von Hauke um die Werbung.«

Ich nickte wissend. Hauke Petersen, unser Bürgermeister, kannte unzählige Menschen, die er gerne für Appenkuhler Zwecke einspannte.

»Aber leider hatte dieser Freund einen Herzinfarkt und befindet sich nun auf Reha. Wie auch immer, jedenfalls treffen wir uns heute Abend wieder im Gemeindehaus, um die weitere Orga zu planen.«

»Hallo, ihr Süßen! Sarah, schön, dass du da bist«, platzte Esther herein. Mit roten Wangen gab sie jeder von uns einen Kuss zur Begrüßung.

Sofort holte Julia eine weitere Tasse hervor und schenkte ihr ein, während ich meiner Tante dabei half, die Einkäufe in den Schränken zu verstauen. Der Kuchen wartete auf unseren Tellern nur darauf, vernascht zu werden. Zum Glück kam Julia gleich auf das Thema zu sprechen, das mir im Moment am meisten unter den Nägeln brannte.

»Also, wie war das mit Ole? Er hat eine Frau hier?«

»Ach, hat er denn eine Freundin?« Esther, die ihre Gabel zum Mund führen wollte, hielt mitten in der Bewegung inne und starrte mich mit weit aufgerissen Augen an.

»Keine Ahnung, ob sie seine Freundin ist. Er hat sie vorhin hier angeschleppt, mit Gepäck und allem. Sie heißt Kate und kommt aus England. Ich hatte eigentlich gehofft, dass ihr beide vielleicht von Hinnerk oder Magda irgendwas wisst?«

Die beiden schüttelten unisono die Köpfe.

»Nein, überhaupt nichts. Ich glaube auch nicht, dass Ole ihnen irgendwas erzählt hat. Was solche Dinge angeht, war er schon immer eher der verschlossene Typ. Aber eines weiß ich sicher: Wenn diese Kate seine feste Freundin wäre, dann hätte er sie auch so vorgestellt.«

»Meinst du?«, fragte ich hoffnungsvoll. Irgendwie gefiel mir die Vorstellung nicht, dass zwischen den beiden was lief. Es war egoistisch von mir, aber ich wollte Ole nicht teilen. Neben Julia war er in den letzten Wochen zu meinem wichtigsten Ankerpunkt hier in Appenkuhl geworden.

»Ich weiß nicht … wenn ich mich recht erinnere, war Ole in der Vergangenheit eher ein Geheimniskrämer in Sachen Beziehung. Außerdem ist wirklich ein sehr hübscher Mann aus ihm geworden. Könnte mir vorstellen, dass er gar nicht mal merkt, wie er auf Frauen wirkt. Wieso interessiert dich das überhaupt so?« Kauend schielte Esther in meine Richtung und hatte dabei so ein selbstgefälliges Grinsen im Gesicht.

»Nur so, ich bin eben neugierig. Ihr etwa nicht?« Eine rein rhetorische Frage.

»Schon ein bisschen«, gab Julia zu.

»Er wird sie uns schon noch vorstellen«, war Esther sicher.

»Sag mal, Sarah, wie war es heute eigentlich bei der Ärztin? Das wollte ich dich schon längst gefragt haben«, sagte Julia in entschuldigendem Tonfall.

Meine Laune, die ohnehin nicht sonderlich gut war, sank nun endgültig in den Keller, obwohl ich mir Mühe gab, es vor den anderen zu verbergen.

»Na ja, es war ernüchternd. Ich bin für weitere vier Wochen krankgeschrieben. Vorhin habe ich auch schon mit meiner Chefin gesprochen. Erfreut war sie nicht gerade, und dann hat sie mir eröffnet, dass ein Kollege den Posten der Grafikleitung übernimmt, obwohl ich mir echt ein Bein ausgerissen habe, um diese

Stelle zu übernehmen.« Sofort erntete ich mitfühlende Blicke.

»Ach Süße, das tut mir so leid.«

»Ja, was solls ...« Ich zuckte mit den Schultern. »Jedenfalls habe ich beschlossen, mir etwas Neues zu suchen.«

»Sehr vernünftig, mein Schatz.« Mit einem zustimmenden Nicken trank Esther einen Schluck von ihrem Kaffee, ehe sie fortfuhr. »Weißt du, am Ende dankt es dir sowieso niemand, wenn du dich für den Beruf aufopferst.«

»Da hast du sicherlich recht. Trotzdem mache ich mir natürlich Gedanken, wie es beruflich für mich weitergehen soll.«

Den Rest des Nachmittags sprachen wir erneut über den bevorstehenden Weihnachtsmarkt, Leon und die Arbeit in der Pension.

»Na, wo wollt ihr hin?«, fragte ich bemüht locker, als Ole und Kate mir im Frühstücksraum des Küstentraums entgegenkamen. In meinem Kopf klang die Frage eher nach *wo, verdammt nochmal, wollt ihr zusammen hin?* Fragend blickte Kate zwischen Ole und mir hin und her.

»Wir gehen ein bisschen an den Strand.«

»Verstehe. Dann viel Spaß.« Es sollte ehrlich klingen, aber da war ich grandios gescheitert. Offenbar besaß Ole dafür, im Gegensatz zu vielen anderen Männern, feine Antennen, die witterten, dass Kates Anwesenheit mir gegen den Strich ging.

»Kate, würdest du kurz draußen warten, bitte? Ich bin in einer Minute da.«

Kate schien im ersten Moment verdutzt, nickte dann aber und ließ uns allein. Allerdings nicht, ohne mich im

Vorbeigehen genau ins Visier zu nehmen. Kaum hatte sie die Eingangstür hinter sich geschlossen, legte Ole los.

»Sag mal, hast du irgendein Problem? Wieso benimmst du dich so komisch?«, zischte er.

»Wieso hast du mir nicht gesagt, dass du eine Freundin hast, hä?«, giftete ich zurück. Zu meinem Unmut machte Ole sich jetzt auch noch über mich lustig.

»Du bist ja eifersüchtig«, grinste er.

»Pfff, bin ich überhaupt nicht.« Empört verschränkte ich die Arme vor der Brust. Eifersüchtig, so ein Blödsinn! »Ich dachte nur, wir wären Freunde und dass du mir so wichtige Dinge wie eine Beziehung nicht vorenthältst.«

Oles Gesichtsausdruck wurde weicher, er kam einen Schritt auf mich zu, sodass höchstens ein Blatt zwischen uns gepasst hätte. Ich hielt seinem intensiven Blick stand und verlor mich einen Moment in dem tiefen Blau seiner Augen.

»Ich habe mich vor ein paar Wochen von Kate getrennt.«

Ich blinzelte. »Bist du sicher, dass sie das auch so verstanden hat?«, hauchte ich. Ich traute meiner Stimme nicht.

Sein selbstsicheres Grinsen kehrte zurück. »Du *bist* eifersüchtig«, flüsterte er und ließ mich einfach stehen.

Die Versuchung, mich nach ihm umzudrehen und den beiden hinterherzustarren, war groß, aber so weit wollte ich es dann doch nicht kommen lassen. Schnell spurtete ich die Treppe hoch und verschwand im Zimmer. Wütend hing ich meine Sachen an die Garderobe und fiel seufzend in den Sessel. Ich und eifersüchtig, das war lächerlich! Oder nicht? Vielleicht ein klitzekleines Bisschen? Nein, Quatsch. Ich hatte mich nur daran gewöhnt, ihn immer für mich allein zu haben. Und jetzt kam diese Kate, und ich war abgeschrieben. Wie lange sie wohl bleiben würde? Und was wollte sie überhaupt hier, wenn Ole doch mit ihr Schluss gemacht hatte?

Um mich von meinen Grübeleien abzulenken, zog ich mein Smartphone hervor und warf einen Blick in die aktuellen Stellenanzeigen. Schließlich hatte ich in meinem Leben schon genug Baustellen, auch ohne Ole Sievers.

Kapitel 15

Ole

»Warum lächelst du?« Kate sah mich fragend an.

»Oh, tue ich das?« Ich fühlte mich ertappt. Ich hatte an Sarahs Blick gedacht, als wir uns vorhin in der Pension begegnet waren. Auch wenn sie es abstritt – sie war eindeutig eifersüchtig. Der Gedanke gefiel mir irgendwie. Trotzdem konzentrierte ich mich sofort wieder auf das Hier und Jetzt. Ausgerechnet vor Kate an eine andere zu denken, war absolut unsensibel. Ich wollte ihr nicht noch mehr wehtun. So gerne ich sie auch immer noch hatte, eine Beziehung kam für mich nicht mehr infrage.

»Es ist schön, dich wiederzusehen Du siehst gut aus.« Ein scheues Lächeln umspielte ihre Lippen.

»Danke, du auch.«

Wir gingen am Strand spazieren. Der Wind war inzwischen eisig, und ich hielt meine Hände in den Jackentaschen versteckt. Ich hatte keine Ahnung, was ich sagen sollte.

»Hör mal, Ole, sorry, dass ich einfach hergekommen bin. Aber die letzte Zeit war hart für mich. Ich vermisse dich und würde uns gerne eine letzte Chance geben.«

Wir blieben stehen und Kate bohrte mit ihren Stiefelspitzen ein kleines Loch in den Sand. Ich spürte, wie nervös sie war und wollte sie nicht länger hinhalten.

»Schon gut, Kate. Es ist schön, dich zu sehen. Und es tut mir leid, dass ich dir so wehgetan habe. Aber an meinen Gefühlen hat sich nichts geändert. Alles, was ich dir anbieten kann, ist meine Freundschaft.«

Ihre Unterlippe bebte, und es brach mir das Herz, sie so zu sehen. Ich hätte sie gerne in den Arm genommen, aber ich traute mich nicht.

Sie wischte sich einmal über die Augen und versuchte sich dann an einem tapferen Lächeln. »Nun, du warst immer ehrlich. Ich mache dir keine Vorwürfe. Und ich hoffe, du wirst glücklich mit ihr.«

Ich stutzte. »Wen meinst du?«

»Die Blonde. Wie war ihr Name? Sarah?«

»Oh nein, wir sind gute Freunde«, versicherte ich ihr schnell. Obwohl ich mir da selbst nicht so sicher war. Es kannten mich eben nur wenige Menschen so gut wie sie. Ihr Blick glitt über die tobende Ostsee, bevor sie mich mit nachsichtiger Miene ansah. »Ich habe gesehen, wie du sie ansiehst. Und sie dich. Vielleicht wisst ihr zwei es noch nicht, aber ich spüre, du magst sie.«

Ihre Worte lösten die widersprüchlichsten Gefühle in mir aus: Trauer, weil ich ihr das Herz zum zweiten Mal gebrochen hatte. Hilflosigkeit, weil ich sie nicht trösten konnte. Und Freude, weil sie glaubte, dass Sarah auch etwas für mich empfinden könnte.

»I'm sorry«, flüsterte ich.

Sie zuckte mit den Schultern. »It's okay. Ich habs versucht. Es ist spät, ich fliege morgen nach Hause. Fährst du mich zum Flughafen?«

»Klar.«

»Danke. Ist übrigens ein schönes Hotel.« Schweigend setzten wir unseren Weg fort.

Die Stimmung war für den Rest des Tages angespannt und merkwürdig. Wir versuchten, so normal wie möglich miteinander umzugehen, aber es fiel mir nicht leicht. Ich wusste, dass Kate sich mehr von mir erhofft hatte, als ich ihr geben konnte. Wir gingen abends zusammen in Kiel eine Pizza essen und unterhielten uns über unverfängliche Themen. Ich erzählte ihr von meinem Vorstellungsgespräch und sie mir von ihren beruflichen Zukunftsplänen. Als wir in der Pension waren, bereitete ich uns im Frühstücksraum einen Tee zu, während Kate ihre Sachen packte. In dem Moment platze Sarah herein. Als sie mich sah, blieb sie wie angewurzelt stehen.

»Hey.«

»Hey. Na, warst du bei Julia?«

Sie schüttelte den Kopf. »Nein, bei Magda und Hinnerk. Und ihr?«

»In Kiel, einen Happen essen.« Ich redete etwas lauter, weil der Wasserkocher inzwischen ordentlich vor sich hin blubberte.

»Kann ich einen Moment mit dir sprechen?« Sie zeigte in Richtung Kaminzimmer.

»Okay.« Gespannt folgte ich ihr.

Sie schloss die Tür hinter uns und drehte nervös an dem Ring an ihrem Finger.

»Also? Ich möchte nicht hetzen, aber Kate wartet auf mich.« Endlich sah sie mir in die Augen. »Ich wollte mich nur bei dir entschuldigen. Für mein Verhalten vorhin, das war nicht in Ordnung. Ich war nur irgendwie so ... verwundert und auch ein bisschen enttäuscht, dass du nie ein Wort über sie verloren hast. Ich dachte ... keine Ahnung ... dass wir uns inzwischen näherstehen würden. Aber anscheinend hattest du nicht genug Vertrauen zu mir, um mir von Kate zu erzählen. Ich dachte, ich würde dich kennen, aber durch diese Geschichte ist mir klar geworden, dass ich viel zu wenig über dich weiß.«

Ich schluckte und ließ meine Schultern hängen. Da hatte sie nicht unrecht. »Ja, vielleicht hätte ich dir von ihr erzählen sollen. Aber die Trennung ist noch relativ frisch, und ich musste erst einmal selbst damit fertig werden. Ehrlich gesagt war ich froh, nicht darüber reden und nachdenken zu müssen.«

Sie verschränkte die Arme vor ihrer Brust und sah mich mitleidig an. »Verstehe, du bist also noch nicht über sie hinweg. Ich weiß, es geht mich nichts an, aber warum habt ihr euch getrennt?«

Mit einem tiefen Seufzer setzte ich mich in einen der Sessel und fuhr mir durchs Haar. »Kate und ich haben uns kennengelernt, als wir beide als Ehrenamtliche bei der Foodbank Southampton tätig waren. Das sind quasi die englischen Tafeln. Wir waren über zwei Jahre zusammen. Vor ein paar Monaten habe ich gemerkt, dass ich sie nicht mehr so liebte wie früher. Ich hatte nur noch freundschaftliche Gefühle für sie, also habe ich die Reißleine gezogen.«

Sarah hatte sich mir gegenüber auf eine Sessellehne gesetzt. »Aber sie möchte dich gerne zurückhaben. Deshalb ist sie hier, oder?«

Ich nickte nur.

»Und ... möchtest du das auch?«

»Nein. Ich kann ihr nicht mehr als Freundschaft an-bieten. Morgen reist sie wieder ab.«

»Okay. Danke für deine Offenheit.«

Bildete ich es mir nur ein, oder klang sie erleichtert?

»Gerne. Ich muss jetzt, Kate wartet.«

Kapitel 16

Sarah

Es war verrückt. Ich saß in meinem Zimmer und lauschte auf jedes Geräusch von nebenan. Hören konnte ich nichts. Zum Glück. Es war inzwischen fast zehn Uhr abends, und ich tigerte unruhig durch den Raum. Julia wollte ich um diese Zeit nicht mehr nerven, aber ich musste definitiv hier raus. Außer Oles und meinem waren derzeit nur zwei weitere Zimmer besetzt. Um diese Jahreszeit war hier nicht viel los. Ich beschloss, mir im Kaminzimmer ein wenig leise Musik anzumachen und zu zeichnen. So würde es mir sicher gelingen, mein wildes Gedankenkarussell für eine Weile zu beruhigen. Es war kein schöner Zug von mir, aber ich war erleichtert und froh darüber, dass Ole nicht mehr in Kate verliebt war. Leid tat sie mir trotzdem. Es war mutig von ihr gewesen, hierher zu kommen. Ich grübelte so vor mich hin, dass ich sie erst bemerkte, als sie im Sessel neben mir Platz nahm.

»Hello.«

Vor Schreck sprang ich auf, sodass mein Block und die Bleistifte auf den eichefarbenen Vinylboden fielen, und fasste mir filmreif ans Herz.

»Sorry, ich wollte dich nicht erschrecken«, sagte sie auf Englisch mit niedlicher Stimme.

Es dauerte einen kleinen Moment, bis der Schreck wieder aus meinen Gliedern verschwunden war. Ich kramte im Gedächtnis nach meinem Schulenglisch. »It's okay. Nichts passiert. Soll ich wieder gehen?« Ich hob die Sachen vom Boden auf und war bereit, den Rückzug anzutreten, doch Kate fasste mir an den Arm. »No, bleib gerne. Ich wollte nur noch ein bisschen den Raum hier genießen. Ist so gemütlich.«

»Ja, da hast du recht. Ich finde ihn auch sehr schön.«

»Ole sagt, das Hotel gehört deiner Schwester?«

Wieder nickte ich. »Das stimmt.«

»By the way: Ich wünsche dir und Ole viel Glück.«

»Was?« Irritiert über den plötzlichen Themenwechsel blinzelte ich sie an. Da war sie aber auf dem völlig falschen Dampfer. »Oh nein, Ole und ich sind kein Paar.«

Sie lächelte traurig-mitleidig. So, als ob sie etwas wüsste, was ich nicht wusste.

»Ole hat das gesagt auch. Aber ich glaube, er hat dich gern. Ich kenne ihn gut.«

Vorsichtig setzte ich mich, obwohl ich am liebsten sofort wieder auf mein Zimmer geflüchtet wäre. Dieses Gespräch war mir wahnsinnig unangenehm. »Ich habe ihn auch mal gut gekannt … früher. Dann haben wir uns aus den Augen verloren und erst vor ein paar Wochen hier wiedergetroffen.«

»Wir haben uns bei der Foodbank kennengelernt und haben zusammen Essen für arme Leute ausgegeben. Ich habe mich sofort in ihn verliebt. Er ist so großzügig und immer für andere da.« Verträumt schaute sie in das knisternde Kaminfeuer.

»Er ist ein so wundervoller Mann, ich wollte einfach eine letzte Chance wahrnehmen. Verstehst du?«

»Ja«, hauchte ich.

Ich verstand nur zu gut. Alle Dinge, die sie eben über Ole gesagt hatte, konnte ich nur so unterschreiben. Er war warmherzig, immer hilfsbereit, witzig. Er war wirklich ein toller Mann. Empfand ich vielleicht mehr für ihn, als ich geahnt hatte?

»Well, ich muss früh raus morgen. Gute Nacht.« Flink stand sie auf und legte die Decke, in die sie ihren zierlichen Körper gehüllt hatte, wieder ordentlich zusammen über die Sessellehne. Ihr rotes lockiges Haar fiel ihr sanft über die Schultern. Dann verließ sie das Zimmer und ließ mich völlig irritiert zurück.

War ich dabei, mich in Ole Sievers zu verlieben? Einen Mann, der zwei Jahre jünger war als ich? Eigentlich kein gutes Beziehungsmaterial, zumindest hatte ich das bisher immer gedacht. Aber die Erfahrung mit Hanno hatte mir gezeigt, dass es in jedem Alter Mistkerle gab. Andererseits passten wir nicht zusammen. Ole war so selbstlos und sozial engagiert. Mein soziales Engagement hatte sich bisher darauf beschränkt, hin und wieder mal ein paar Euro zu spenden. Kate hatte er bei der Tafel kennengelernt, also schien sie ein genauso guter Mensch zu sein wie er. Kein Wunder, dass er sich in sie verliebt hatte. Ich kam mir dagegen oberflächlich und selbstsüchtig vor. Sicher, für meine Familie würde ich alles tun. Ansonsten hatte ich nie viel für andere getan. Im Gegensatz zu Julia, die für jeden Basar Kuchen buk, Elternsprecherin im Kindergarten war oder jährlich einen Stand auf dem Appenkuhler Weihnachtsmarkt betreute.

Während ich mit dem Bleistift auf meinem Block herumtrommelte, kam mir eine Idee: Ich könnte mich doch um die Werbung für den Weihnachtsmarkt kümmern! Dann würde ich mal etwas Gutes tun, wäre obendrein beschäftigt und würde nicht ständig über mein verkorkstes Leben nachdenken. Und Ole würde mich mal von einer anderen Seite kennenlernen. Ich wollte nicht, dass er mich für verwöhnt und oberflächlich hielt. Sofort kritzelte ich die ersten Ideen für ein Plakat aufs Papier.

»Was haltet ihr davon?« Ich breitete die Entwürfe auf Julias Küchentisch aus und sie, Tante Esther und Magda warfen einen Blick darauf. Nervös wickelte ich mir eine Haarsträhne um den Finger, gespannt auf das Urteil der drei. Ich wollte mir erst andere Meinungen einholen, bevor ich das Ganze unserem Bürgermeister und Organisator Hauke Petersen präsentierte.

»Ich finde die Plakate wunderschön.« Stolz strahlte Julia mich an.

»Ich auch«, pflichtete Esther ihr bei. »Genau die richtige Mischung aus nostalgischen und modernen Elementen. Was meinst du, Mutti?«

Magda strich mit ihren Fingern einmal über das Papier. »Sehr schön. Ich denke, das dürfte Hauke auch gefallen.«

Sofort breitete sich ein zufriedenes Grinsen auf meinem Gesicht aus.

»Ich freue mich riesig, dass du bei der Planung des Weihnachtsbasars mithelfen möchtest, zumal wir in diesem Jahr echt spät dran sind. Heute Abend treffen sich übrigens alle Helfer im Gemeindehaus, um mal den Stand der Dinge zu besprechen. Möchtest du mitkommen? Dann könntest du die Plakate gleich in großer Runde zeigen.« Erwartungsvoll sah Julia mich an.

»Ja, gute Idee.« Ich freute mich auf diese Gelegenheit, denn die Gestaltung des Plakats hatte mir unglaublichen Spaß gemacht und sich gar nicht nach Arbeit angefühlt.

Julia stellte ein paar Tassen auf den Tisch und schenkte uns aus der Teekanne ein. Ein herrlicher Duft nach Pflaume und Zimt breitete sich in der Küche aus, die dank Kerzen in ein gemütliches Licht getaucht war, obwohl es draußen dämmerte. An den Fenstern hatte Julia hübsche Fensterbilder mit weihnachtlichen Motiven wie Rentieren, Weihnachtsbäumen, Geschenken und Weihnachtsmännern geklebt, und zwei Lichterbögen erleuchteten die Fensterbänke. Beim Blick in den Garten konnte man zwischen den Beeten LED-Leuchtstäbe in Form von Sternen und Tannenbäumen entdecken. Ich genoss diese Behaglichkeit inmitten meiner Familie, und eine Welle von Vorfreude auf Weihnachten durchströmte mich, wie ich sie zuletzt als Kind verspürt hatte. In Hamburg war ich trotz der zahlreichen Weihnachtsmärkte nie wirklich in Stimmung gekommen. Dafür war mein Leben dort einfach zu stressig gewesen.

»Habt ihr eigentlich was von Ole gehört?«, fragte Esther in die Runde. »Was ist denn jetzt mit dieser Kate? Ob er sie uns mal vorstellt?«

»Ach, Kate ist hier?« Magda hätte sich fast an ihrem Tee verschluckt.

»Du kennst sie?«, fragte Julia und nahm mir damit die Worte aus dem Mund.

Meine Oma zuckte mit den Schultern. »Nicht persönlich. Hinnerk hat mir von ihr erzählt. Ole war wohl einige Zeit mit ihr zusammen. Aber da Ole sie nie erwähnt hatte, seit er hier ist, waren wir eigentlich davon ausgegangen, dass sich die Sache erledigt hätte.«

»Ja, hat sie auch. Ole hat sie vorhin wieder zum Flughafen gefahren.« Ich hatte gehört, wie sie mit ihrem Trolley an meinem Zimmer vorbeigerollt war und musste zugeben, dass Kate mir ehrlich leidtat. Sie musste Ole wirklich lieben.

»Ach so? Das war dann aber ein kurzer Besuch. Sind sie denn jetzt noch zusammen oder nicht?«, fragte Esther neugierig.

Ich schüttelte den Kopf. Ich wusste zwar ein bisschen mehr, aber es wäre mir nicht richtig vorgekommen, von meinem Gespräch mit Kate zu erzählen.

»Na schön, ich werde dann mal das Zimmer *Ostseeblick* auf Vordermann bringen, Familie Kotlowski hat vorhin ausgecheckt.« Schwungvoll erhob meine Tante sich vom Stuhl, nahm ihre schwarzen Locken zu einem Zopf zusammen und ließ uns in der Küche zurück.

»Ich gehe dann auch mal wieder. Ich muss nachher noch zum Yoga, und heute Abend kommen Flo und Wilma zum Spieleabend vorbei.« Unglaublich, der Terminkalender meiner Oma war voller als mein eigener.

»Bist du heute nicht beim Treffen im Gemeindehaus dabei?« Julia, die gerade dabei war, die leeren Teetassen vom Tisch zu räumen, blickte unsere Oma fragend an.

»Nein, ich werde ein paar Kuchen backen, so wie jedes Jahr, und Punsch zubereiten. Aber ich habe ehrlich gesagt keine Lust mehr, mir in meinem Alter in einer der Buden bei der Kälte die Beine in den Bauch zu stehen. Dafür werde ich langsam wirklich zu alt, das überlasse ich den jungen Leuten, nicht wahr, mein Schatz?« Liebevoll kniff sie mir bei diesen Worten in die Wange.

»Dass ich das noch mal erlebe! Unsere Oma gibt zu, dass sie für manche Dinge langsam zu alt wird.« Julia und ich brachen in Gelächter aus.

»Gewöhnt euch nicht dran, die Seniorenkarte spiele ich nur aus, wenns passt.« Verschwörerisch zwinkerte sie uns zu. Julia begleitete sie zur Tür, während ich meine Entwürfe, die immer noch auf einem Stapel auf dem Tisch lagen, wieder in der Mappe verstaute.

»Sag mal, wo ist Leon eigentlich?« Es war so verdächtig ruhig, dass der kleine Wirbelwind sicherlich nicht im Haus war.

»Der ist bei Max. Apropos, ich wollte dich noch um einen Gefallen bitten. Ich hoffe, es ist nicht zu kurzfristig.«

»Klar, schieß los.«

»Könntest du morgen Nachmittag auf Leon aufpassen? Sebastian und ich haben einen gemeinsamen Termin beim Frauenarzt.« Die Vorfreude darauf war aus jedem Wort herauszuhören.

»Na klar, gar kein Problem. Vielleicht hat er ja Lust, mit mir Plätzchen zu backen, was meinst du?«

»Da ist er bestimmt dabei, aber ich muss dich warnen: Beim Plätzchenbacken läuft *In der Weihnachtsbäckerei* hier immer in Endlosschleife«, lachte Julia.

»Ach, es gibt schlimmere Weihnachtslieder.«

»Sarah, Herzchen. Was machst du denn hier?« Verwundert schaute Wilma mich an, als ich mit Julia um sieben Uhr abends das Gemeindehaus betrat. Hier hatte man ebenfalls damit angefangen, weihnachtliche Deko auf den Fensterbrettern zu verteilen. Der obligatorische Weihnachtsbaum stand schon fertig geschmückt im Eingangsbereich.

»Hallo, Wilma, ich kümmere mich in diesem Jahr um die Werbung für den Weihnachtsmarkt.« Dabei wedelte ich kurz mit meiner Präsentationsmappe, in der ich die Entwürfe verstaut hatte. Sofort strahlte Wilma mit den LED-Kerzen im Fensterbrett um die Wette und klatschte vor Begeisterung.

»Ach, das finde ich ja großartig! Hauke wird sich freuen.« Verschwörerisch hielt sie sich die Hand vor den Mund. »Weißt du, er wollte sich schon selbst drum kümmern. Nachdem er letztes Jahr diesen Malkurs an der VHS gemacht hat, hält er sich ja für Picasso. Nur leider ist er vollkommen talentfrei.«

Ich kicherte und folgte Julia, die für uns beide schon zwei Plätze in der zweiten Reihe ergattert hatte.

»Na, aufgeregt?« Sie legte Jacke und Schal auf ihrem Schoß ab und grinste mich an.

»Es geht, ist ja nicht meine erste Präsentation. Aber ich bin gespannt, wie es den anderen gefallen wird.«

Neugierig schaute ich mich um, wer alles dazustoßen würde. Kai vom Reiterhof saß rechts in der ersten Reihe und steckte den Kopf mit einer Blondine zusammen, die ich nicht kannte. Bestimmt seine neue Flamme. Er half fast jedes Jahr mit, die Buden aufzubauen. Außerdem entdeckte ich Frau Vollmer von der Bäckerei. Sicher würde sie wieder leckere Mutzen anbieten. Schon allein bei dem Gedanken lief mir das Wasser im Mund zusammen. Es waren eine Menge

Leute dabei, die mit anpackten. Das liebte ich so an Appenkuhl, und das fehlte mir in Hamburg. Die Vorstellung, der Großstadt den Rücken zu kehren und mir etwas in der Nähe zu suchen, wurde immer verlockender. Zuletzt betrat Britta, Oles Mutter, den Saal – mit ihrem Sohn im Schlepptau. Die beiden grüßten einmal in die Runde und setzten sich auf die letzten zwei freien Stühle. Genau neben uns.

»Na, Sommerfeld-Mädchen, schön euch zu sehen«, flüsterte Britta und lächelte. So nannte sie Julia und mich schon seit Kindertagen.

»Hallo Britta, na, übernehmt ihr dieses Jahr wieder den Bratwurststand?«

»Genau, in diesem Jahr auch mit hausgemachtem Ketchup.«

»Klingt lecker«, flüsterte Julia zurück.

Ich sagte gar nichts, denn ich war damit beschäftigt, mich durch Oles Anwesenheit nicht durcheinanderbringen zu lassen. Das war doch bescheuert! Da verbrachte ich so viel Zeit mit ihm, und plötzlich sorgte seine Nähe bei mir für feuchte Hände. Alles nur wegen Kate! Hätte sie nicht behauptet, dass Ole und ich mehr wären als nur Freunde, wäre ich sicher nie auf diesen Gedanken gekommen, und alles wäre fein.

So unauffällig wie möglich ließ ich den Blick zu Ole schweifen. Erwischt! Ich blickte direkt in seine blaue Augen, um die sich in diesem Moment kleine Lachfalten bildeten. Auch mein Mund verzog sich unwillkürlich zu einem Lächeln. Schnell sah ich wieder nach vorne. Zum Glück erforderte jemand anderer nun meine Aufmerksamkeit.

Hauke, unser Bürgermeister mit klassischem Schnauzbart, trat vor und erklärte die Versammlung für eröffnet.

»Hallo zusammen, schön, dass ihr es einrichten konntet. Also, in drei Wochen ist es soweit und unser Appenkuhler Weihnachtsmarkt wird wieder für ein Wochenende seine Buden öffnen. Jeder von euch weiß, was er oder sie zu tun hat, und nun legen wir auch endlich mit der Werbung los! Liebe Sarah, komm doch gerne nach vorne und zeig mal, was du dir für uns ausgedacht hast.«

Gut, dass er gleich zum Punkt kam – dann hatte ich es wenigstens hinter mir. Mit der Mappe unterm Arm quetschte ich mich durch die Stuhlreihen und stellte mich zu Hauke.

»Hallo zusammen, ich habe mir mal ein paar Motive für die Plakatwerbung überlegt, die ich euch heute einmal präsentieren möchte.« Ich nahm die drei Entwürfe aus der Mappe und befestigte sie an der Magnetleiste an der Wand.

»Motiv eins ist eher klassisch und zeigt, wie ihr seht, den Appenkuhler Weihnachtsmarkt im Lichterglanz und mit Schnee. Motiv zwei ist eher maritim und Motiv drei eher schlicht, mit großer Schrift und einzelnen weihnachtlichen Elementen. Wenn eines der Motive für euch alle infrage kommt, würde ich mich um den Druck kümmern und könnte die Plakate entsprechend verteilen.«

Einige der Besucher traten nach vorne, um die Bilder besser betrachten zu können.

»Herzchen, die sehen ja alle ganz großartig aus! Also ich kann mich gar nicht entscheiden«, lachte Wilma.

Mir fiel ein Stein vom Herzen. Ich hatte zwar schon positive Rückmeldungen von meiner Familie erhalten, aber etwas vor einer größeren Gruppe zu präsentieren, sorgte nach wie vor für ziemliches Lampenfieber. Natürlich versuchte ich, mir nichts anmerken zu lassen und äußerlich cool zu bleiben.

Auch Ole kam nach vorne, besah die Bilder genau und stellte sich neben mich. »Gut gemacht, Sarah. Mir gefällt Nummer drei am besten.«

»Ja, mir auch«, pflichtete Oles Mutter ihm bei.

»Danke. Ich wusste gar nicht, dass du in diesem Jahr auch im Planungskomitee bist.«

Lässig zuckte er mit den Schultern. »Na ja, wenn ich Weihnachten schon mal hier bin, kann ich auch mit anpacken.«

»Ja, genau den Gedanken hatte ich auch. Was wirst du tun? Betreust du den Bratwurststand?«

»Nein, da käme ich mir als Vegetarier irgendwie blöd vor. Ich werde nur dabei helfen, die Buden aufzubauen und ein bisschen den Hammer schwingen.«

»Also, wenn alle einen Blick auf Sarahs Vorschläge geworfen haben, dann setzt euch bitte wieder und lasst uns einmal abstimmen«, forderte Hauke die Runde auf.

Mit einem letzten Lächeln in meine Richtung setzte sich Ole wieder auf seinen Platz und unser Bürgermeister trat ans Pult. »Also, lasst uns abstimmen: Wer ist für Motiv eins?«

Die Spannung stieg, am Ende machte Variante drei das Rennen. Ich nahm alle Bilder von der Magnetleiste ab, verstaute sie wieder in der Mappe und setzte mich zurück zu Julia, die mir ihre Daumen entgegenstreckte.

»Super gemacht, mein Schatz.«

»Danke.« Mann, war ich froh. Über das Lob der anderen freute ich mich riesig.

In den nächsten Minuten ging es ums Aufbauen der Buden. Bei dem Thema war ich zum Glück raus. Ein IKEA-Regal zusammenzuschustern, war schon das höchste der Gefühle. Genug Zeit also, mich zurückzulehnen und Ole zu beobachten. Obwohl er sich konzentriert an der aufbrandenden Diskussion um den Aufbau beteiligte, warf er mir immer wieder mal verstohlene Blicke zu. Es war schon komisch. Als ich ihm im Zug nach Kiel begegnet war, hatte seine Gegenwart nur unangenehme Erinnerungen an die Vergangenheit ausgelöst. Und jetzt verursachte seine bloße Nähe ein seltsames Hochgefühl in mir, das mich vom Bauch bis in die Zehenspitzen kribbeln ließ.

Kapitel 17

Ole

Der Abschied von Kate am Flughafen war schmerzhaft gewesen. Für uns beide. Nach wie vor war sie ein wichtiger Mensch für mich, und ich hoffte, dass wir eines Tages zu einem freundschaftlichen Verhältnis finden würden. Doch im Moment war ich da nicht allzu optimistisch. Ich hatte Kates Herz gebrochen, und das tat mir so unglaublich leid. Trotzdem war die Trennung für mich die richtige Entscheidung gewesen, und ich wünschte ihr inständig, dass sie bald jemand Besonderem begegnen würde.

Außerdem hatte ihr Besuch bei mir viele Fragezeichen hinterlassen – in Bezug auf Sarah. Ich konnte nicht abstreiten, dass ich mich gerne in ihrer Nähe aufhielt. Obwohl wir recht verschieden waren, fühlte sich mit ihr alles so leicht an. Wir konnten zusammen lachen, zusammen schweigen und wir konnten reden. Anscheinend nahm sie es mir auch nicht mehr übel, dass ich ihr nichts von Kate erzählt hatte. Zumindest hatte ich gestern Abend im Gemeindehaus nicht den Eindruck gehabt, dass sie sauer auf mich wäre. Im Gegenteil, ich hatte sie mehrmals dabei erwischt, wie sie mich - mit einem Lächeln auf den Lippen – beobachtet hatte. Ich war ehrlich überrascht gewesen, sie dort anzutreffen. Früher hatte sie sich selten an den Vorbereitungen der zahlreichen Appenkuhler Veranstaltungen beteiligt. Bei mir sah das ganz anders aus. Mein Vater hatte von mir erwartet, mich ins Dorfleben einzubringen. Manchmal war es echt nervig gewesen, wenn meine Freunde sich zum Fußballspielen trafen oder um die Häuser zogen, und ich musste brav beim Aufbau der Buden oder beim Verkauf irgendwelcher Tombolalose helfen. Ich hatte den Altersdurchschnitt damals weit nach unten gezogen. Auf der anderen Seite hatten wir Helfer immer eine Menge Spaß zusammen gehabt, und ich hatte mich kostenlos durch die vielen Stände schlemmen können.

Ich war so in Gedanken gewesen, dass ich erschrocken zusammenzuckte, als es plötzlich an meiner Tür klopfte. Schnell sprang ich von dem kleinen gemütlichen Sofa auf und öffnete.

»Hier. Das soll ich dir von Leon geben.« Grinsend überreichte Sarah mir einen Umschlag, auf dem ein paar Strichmännchen gezeichnet waren, die um eine Art großen Topf standen. Neugierig zog ich den Brief heraus.

Liber Ole,
ich lade dich zum Kekkse baken ein.
Dein Leon

»Wie nett. Womit habe ich denn diese Ehre verdient?«, lachte ich.

»Um ehrlich zu sein, bist du nur die zweite Wahl. Eigentlich wollte Leon seinen Freund Max noch einladen, aber der hat heute keine Zeit. Also musst du als männliche Verstärkung einspringen.« Verschmitzt zwinkerte sie mir zu.

Eine kleine Geste, die riesige Wirkung auf mich hatte. Es war, als ob ein Feuerwerk in meinem Bauch explodieren würde. Kate hatte recht. Ich war auf dem besten Weg, mich Hals über Kopf in Sarah zu verlieben.

»Ach so ist das. Aber egal, ich bin dabei, hier geht es schließlich um Plätzchen. Soll ich noch irgendwas mitbringen? Irgendwelche Zutaten oder so?«

Sarah schnaubte. »Nicht nötig, bei Julias Vorratsschrank und Küchenausstattung würden sogar die Weihnachtswichtel vor Neid erblassen. Sei einfach pünktlich um sechzehn Uhr da. Bis später!« Sie winkte mir kurz zum Abschied, lief leichtfüßig die Treppe herunter und ließ mich mit einem Lächeln zurück. Noch nie hatte ich mich so aufs Plätzchenbacken gefreut.

Pünktlich um sechzehn Uhr stand ich vor Julias Haustür. Um nicht mit leeren Händen dazustehen, hatte ich das Rezeptbuch meiner Mutter dabei. Vorher hatte ich ihr hoch und heilig versprechen müssen, dass da nichts drankommt, schließlich stammten die Rezepte teilweise noch von meiner Urgroßmutter.

Leon öffnete mir nach einem kurzen Moment die Tür. »Hallo, Ole, komm rein, Tante Sarah hat schon angefangen, den Teig zu machen, und ich darf die Schüssel gleich auskratzen«, sprudelte es sofort aus ihm heraus, bevor er blitzartig wieder in der Küche verschwand.

Ich schloss die Tür hinter mir, hing meine Jacke an die Garderobe und folgte ihm. Sarah stand gutgelaunt in der Küche, den Mixer in der Hand, und schmetterte *In der Weihnachtsbäckerei* mit.

»Hey, du kommst gerade richtig. Wenn du willst, kannst du gleich den Teig ausrollen.«

»Jaaa! Dann kann ich endlich die Plätzchen ausstechen«, jubelte Leon.

»Alles klar. Ich habe auch noch ein paar Rezepte mitgebracht.« Zur Demonstration hielt ich kurz das Buch in die Höhe, legte es auf die Anrichte und krempelte die Ärmel hoch.

»Super, mal sehen, wie viel wir heute schaffen«, sagte Sarah und schob mir die Schüssel mit dem Teig zu. Das Nudelholz wartete bereits auf seinen Einsatz.

»Wir müssen mindestens einhundert Plätzchen backen, damit sie auch reichen, bis der Weihnachtsmann kommt. Wann bist du denn endlich fertig mit Ausrollen?« Aufgeregt zappelte Leon neben mir auf seinem Stuhl, in jeder Hand eine Ausstechform.

»Hey, ein bisschen Geduld bitte, junger Mann. Wir wollen das ja auch ordentlich machen, oder?«, lachte ich.

Es war herrlich, mit welcher Begeisterung Leon bei der Sache war. Mit geübten Griffen rollte ich den Teig zu einem Rechteck aus.

»So, ist zum Ausstechen freigegeben.«

»Jaaa!« Eifrig machte Leon sich an die Arbeit, während Sarah sich mein Backbuch schnappte und durch die vergilbten und teilweise lockeren Seiten blätterte.

»Wow, wie alt ist dieses Buch? Da stehen ja sogar noch Rezepte in Sütterlinschrift drin.«

»Ich glaube, es stammt noch von meiner Urgroßmutter. Es hat also schon ein paar Jahre auf dem Buckel. Einige Seiten liegen auch nur lose drin, also bitte mit Vorsicht behandeln. Ansonsten macht meine Mutter mich einen Kopf kürzer«, witzelte ich.

»Na, das wollen wir doch auf keinen Fall.« Frech grinste sie mich an, bevor sie weiterblätterte und bei einer Seite innehielt. »Fördeplätzchen – die klingen doch lecker. Hab ich noch nie von gehört. Ist das eine Eigenkreation deiner Mutter?«

Ich nahm ihr das Buch aus der Hand und warf einen Blick auf das Rezept. »Nein, das stammt noch von meiner Oma. Und ja, sie hat gerne experimentiert und sich selbst Rezepte ausgedacht«, sagte ich nicht ohne Stolz in der Stimme. Meine Oma war eine talentierte und begeisterte Hobbybäckerin gewesen. Das hatte sie an meine Mutter weitergegeben, die momentan in ihrer Freizeit eifrig mit Brotbacken beschäftigt war.

»Wow, heute könnte sie damit wahrscheinlich Karriere als Instagram-Influencerin machen.« Mit gekräuselter Stirn überflog Sarah die Zutatenliste. »Ich glaube, wir haben alles dafür hier. Dann lass uns die doch auch gleich noch machen.« Sie blies sich eine lose Strähne ihres blonden Haares aus dem Gesicht, klatschte in die Hände und machte sich daran, Leon beim Ausstechen der Plätzchen zu helfen.

»Schau mal, Ole, wir haben auch richtig coole Ausstecher von den Minions. Willst du auch mal?«

»Unbedingt.«

Und so standen wir drei einige Minuten gemeinsam an der Arbeitsfläche und stachen Plätzchen aus. Im Radio dudelte Weihnachtsmusik, und wir summten die

Melodien mit. Sarah schob mir ungefragt einen Becher mit Kakao hin. Dankbar lächelte ich ihr zu. Beim Ausstechen berührten sich unsere Schultern und Hände hin und wieder, was jedes Mal einen leichten Stromschlag durch meinen Körper jagte. Ob es Sarah genauso ging?

Nachdem Leon sein ungefähr zehntes Plätzchen ausstach, erlitt seine anfängliche Motivation bereits einen deutlichen Dämpfer. »Ich hab keine Lust mehr, ich gehe Hände waschen.« Damit ließ er sich vom Stuhl gleiten und marschierte Richtung Badezimmer.

»Hey, wir haben doch gerade erst angefangen. Du kannst doch nicht jetzt schon das Handtuch werfen! Wir wollten doch hunderttausend Plätzchen backen, damit sie bis Weihnachten reichen, weißt du noch?«, rief sie ihm hinterher.

»Das ist mir aber zu anstrengend«, hallte seine hohe Kinderstimme durchs Haus. »Ich spiele jetzt lieber mit meiner Rennbahn. Du kannst mich ja rufen, wenn die Plätzchen fertig sind.«

Gespielt empört stemmte Sarah die Hände in ihre schmalen Hüften und schüttelte den Kopf. »Die Jugend von heute hat wirklich überhaupt keine Ausdauer mehr.«

»Von wem er das wohl hat?«, neckte ich sie. Sofort verengten sich ihre blauen Augen zu gefährlich kleinen Schlitzen. »Was soll das denn heißen, hä?«

»Erinnerst du dich noch, als Magda mal auf mich aufgepasst hat und wir zusammen zum Erdbeerpflücken gegangen sind? Damals hast du auch gesagt, dass du eine Tonne Erdbeeren sammeln möchtest, und nach fünf Minuten hast du gequengelt und hattest keine Lust mehr.«

Völlig unbeeindruckt grinste Sarah mich an. »Ich *habe* eine Tonne Erdbeeren gepflückt, das hast du nur nicht gesehen, weil ich sie sofort aufgefuttert habe, anstatt sie in die Schüssel zu tun.«

»Ach, und trotzdem hast du die Dreistigkeit besessen, mir die Hälfte meiner hart erarbeiteten Erdbeeren abzuquatschen?«

Sarah schnappte nach Luft: »Ich habe sie dir nicht abgequatscht, ich habe dir dafür zwei Mark Taschengeld versprochen!« Sie warf mir einen triumphierenden Blick zu.

»Die ich bis heute nie gesehen habe«, unterbrach ich sie. »Wenn man die Inflation und die Zinsen berücksichtigt, schuldest du mir also zwei Euro!«

»Gott, Sievers, ich hatte ja gar keine Ahnung, wie nachtragend du bist!« Lachend nahm sie eine Handvoll bunter Streusel und warf sie mir mit einem diabolischen Grinsen wie Konfetti über den Kopf.

»Na warte, das wird dir noch leidtun!«

Jetzt gab es kein Halten mehr. Ich griff das Erstbeste, was ich zu fassen bekam – eine Ladung Mehl – und warf damit nach Sarah, die die Attacke kommen sah und blitzschnell auswich.

»Ha! Daneben, Sievers.« Sie lief einmal um den Küchenblock, schnappte sich ein paar Rosinen aus einer kleinen Schüssel und zielte damit auf mich. Dieses Mal war ich vorbereitet und hechtete zur Seite.

»Du musst das Zielen auch noch mal üben, Sommerfeld.«

Während der nächsten Minuten tobten wir ausgelassen und kichernd wie zwei kleine Kinder durch die Küche und hinterließen dabei eine Spur der Verwüstung: von Mehl über Rosinen und Ausstechförmchen bis hin zu Mandeln herrschte auf dem Küchenboden und der Arbeitsfläche ein einziges Chaos. Der Höhepunkt war aber, als ich eine Flasche Sprühsahne zu fassen bekam.

»Komm her, Sommerfeld«, rief ich und schüttelte dabei schon mal die Flasche.

Sie warf mir einen frechen Blick über die Schulter hinweg zu. »Pff, wovon träumst du eigentlich nachts?«

Von dir wäre mir fast herausgerutscht. Aber das hätte der ausgelassenen Stimmung sicherlich sofort ein Ende gesetzt.

Endlich hatte ich es geschafft, Sarah zwischen Esstisch und Wand in die Enge zu treiben.

»Wage es ja nicht, Ole!«, quiekte sie mit Blick auf die Sprühsahne. Abwehrend hob sie ihre Hände.

Ich schnappte mir ihren Arm und zog sie zu mir heran, sodass ihr Rücken gegen meine Brust lehnte und der Duft ihres Shampoos mir in die Nase drang. Die plötzliche Nähe sorgte für ein ordentliches Kribbeln und einen Moment lang lockerte ich meinen Griff. Sarah nutzte die Gelegenheit sofort und entriss mir die Schlagsahne.

»Ha!« Mit triumphierender Miene zielte sie auf mich – und drückte ab. »Das hast du jetzt davon, Sievers!«

Die Sahne war praktisch überall in meinem Gesicht, und Sarah brach in schallendes Gelächter aus.

»Mal sehen, ob du das Echo verträgst.« Schnell wischte ich mir das klebrige Zeug aus den Augenwinkeln, schnappte mir die Flasche und zahlte es ihr heim.

»Nein!« Sie schaffte es kaum, mir zu entkommen, da sie sich vor Lachen halb kringelte. Ich verpasste ihr einen schönen Schnurrbart und stimmte in ihr Gelächter mit ein. So ausgelassen und unbeschwert hatte ich mich schon ewig nicht mehr gefühlt.

»Du Mistkerl!«, prustete sie.

»Du hast noch nie besser ausgesehen, Sommerfeld. Der Schnurrbart steht dir.« Ich stellte mich dicht vor sie und strich mit meinem Finger sanft durch die Sahnespuren auf ihrem Gesicht. Ohne den Blick von ihr abzuwenden, steckte ich mir den Sahnefinger einmal in den Mund.

Die Stimmung änderte sich schlagartig. Ihr Lachen verstummte, und ihre blauen Augen schauten wachsam und intensiv zu mir auf, aber sie wich keinen Millimeter vor mir zurück. Mein Herz hing irgendwo in der Gegend meiner Knie, und wie von selbst umfassten meine Hände ihr sahneverschmiertes Gesicht. Aus dem Radio dudelte *Alle Jahre wieder*, doch das Blut rauschte so laut durch meine Ohren, dass ich die Musik kaum wahrnahm. Langsam beugte ich mich zu ihr hinunter, bis unsere Lippen sich berührten. Zögerlich gewährte sie meiner Zunge Einlass. Es war der sanfteste Kuss meines Lebens. Bis Sarah ihre Hände auf meinen Brustkorb legte und mich von sich schob. Ihre ernste Miene machte mir Angst.

»Ich glaub, das wäre keine gute Idee, Ole. Ich habe mich doch gerade erst von Hanno getrennt und ...« Sie wandte den Blick von mir ab und fixierte irgendeinen Punkt auf dem Fußboden.

»Du hast recht, tut mir leid, Sarah, da sind wohl einfach die Pferde mit mir durchgegangen.«

Sie warf mir ein Lächeln zu, das ihre Augen nicht erreichte. »Schon gut. Jetzt lass uns hier lieber mal klar Schiff machen, bevor Julia und Sebastian nach Hause kommen.« Damit verschwand sie im Flur, und ich hörte, wie sie den Staubsauger aus dem Hauswirtschaftsraum zerrte.

Verdammt! Das war ja mal gründlich schiefgegangen. Ich hatte nicht geplant, sie zu küssen. Es war quasi von alleine passiert. Und um ehrlich zu sein, hatte ich den Eindruck, dass sie es genauso wollte.

»Also, du machst den Abwasch, und ich kümmere mich um die Schweinerei auf dem Fußboden.« Mit Staubsauger bewaffnet, stand Sarah in der Tür und wartete auf eine Reaktion von mir.

»Okay.« Ich atmete einmal tief durch und versuchte, meine Enttäuschung herunterzuschlucken.

Nach nur zwanzig Minuten sah die Küche wieder vorzeigbar aus. Die Plätzchen, die wir gebacken hatten, füllte Sarah in verschiedene Keksdosen. Danach spielten wir ein paar Runden Uno mit Leon, aber die unbeschwerte Leichtigkeit zwischen uns war verschwunden. Stattdessen achtete sie darauf, genügend Abstand zu mir zu halten und zufällige Berührungen zu vermeiden. Ich war regelrecht froh, als Julia und Sebastian endlich nach Hause kamen.

»Hallo, ihr Lieben«, sagten sie gut gelaunt, als wir in der Küche am Esstisch saßen und Leon zum wiederholten Mal dabei war, uns abzuziehen.

»Mami!« Sofort fiel der kleine Blondschopf seiner Mutter um den Hals, bevor er sich um Sebastians Beine schlang, der gleich hinter Julia auftauchte.

»Na, ihr Süßen, habt ihr fleißig Plätzchen gebacken?«

»Ja, Mama, soll ich sie dir mal zeigen?« Er ließ von seinem zukünftigen Stiefvater ab, flitzte zum Küchenblock und nahm eine von den Keksdosen in die Hand. »Schaut mal.«

»Oh, die sehen aber lecker aus, aber die sind ja noch gar nicht verziert.«

Leon zog eine Unschuldsmiene. »Das wollte ich lieber mit dir zusammen machen.«

»Von wegen«, prustete Sarah. »Der Herr hatte nach zehn Minuten keine Lust mehr, und dann mussten Ole und ich die ganze Arbeit alleine machen.« Sie stand auf und wuschelte ihrem Neffen einmal liebevoll durchs Haar.

Ich nutzte die Gelegenheit, um mich zu verabschieden. »So, ich werde mich dann mal wieder losmachen. Danke für die Einladung, Leon, hat Spaß gemacht.« Ich gab ihm ein Highfive und umarmte Julia.

»Ciao, Sarah.« Sie hob nur kurz ihre Hand.

»Moment mal, Ole, möchtest du nicht noch zum Abendessen bleiben?«

»Das ist lieb, aber ich bin noch verabredet«, log ich schnell. »Also, machts gut.«

»Warte, ich bringe dich noch zur Tür.« Sebastian wartete geduldig, bis ich die Jacke angezogen hatte und hielt mir dann die Tür auf.

»Sag mal, ist alles in Ordnung?«, murmelte er leise, sodass die anderen es nicht hörten.

Oh Gott, dann hatten wir die miese Stimmung wohl doch nicht so gut überspielen können.

»Ehrlich gesagt nicht wirklich, aber ich möchte jetzt nicht darüber reden.«

Sebastian nickte wissend. »Okay, aber wenn du dir das mal anders überlegst, können wir zwei uns ja mal auf ein Bier treffen. Glaub mir, was komplizierte Beziehungen angeht, kenne ich mich aus. Julia und ich hatten auch so unsere Startschwierigkeiten.«

Ich klopfte Sebastian einmal auf die Schulter. »Danke dir, auf das Angebot komme ich sicher mal zurück.« Und damit machte ich mich auf den Weg.

In der Pension angekommen, legte ich mich aufs Bett. Die Beziehung zu meinem Vater war auf dem Tiefpunkt, Kate hatte ich schon zum zweiten Mal das Herz gebrochen, und jetzt sah es so aus, als ob ich auch Sarah als Freundin verloren hätte. Der einzige Lichtblick war der Job im Geomar, ich wartete sehnsüchtig auf den Anruf. Doch so toll ich diese Stelle fand, so langsam kamen Zweifel, ob ich wirklich im Norden bleiben wollte.

Kapitel 18

Sarah

»Wow, unglaublich, wie voll es hier ist.« Staunend drehte ich mich einmal um die eigene Achse und bewunderte die liebevoll gestalteten kleinen Buden auf dem Appenkuhler Weihnachtsmarkt, der gleich auf dem Platz hinter dem Gemeindehaus aufgebaut worden war. Obwohl es erst zehn Uhr vormittags war und der Markt vor ein paar Minuten eröffnet hatte, tummelte sich bereits das halbe Dorf hier und einige fremde Gesichter, vermutlich Touristen, die sich nach leckerem Essen und den schönen Kunsthandwerksgegenständen umsahen. Die Plakatwerbung und die Beiträge auf Social Media, um die ich mich gekümmert hatte, hatten sich offenbar gelohnt. Wenn der Besucherandrang so bleiben würde, könnten wir einiges für die Kita und die Erneuerung der Seebrücke einnehmen. Während der vergangenen fünf Jahre hatte ich es nie geschafft, dabei zu sein, und deshalb freute ich mich umso mehr darauf, mit Julia zusammen den Kuchenstand zu betreuen und ein bisschen Klönschnack mit den Besuchern zu halten. Die urigen Holzbuden waren zum Teil kunstvoll bemalt, kleine elektrische

Teelichter sorgten für eine behagliche Atmosphäre, und von den vielen verschiedenen Düften nach Kuchen, Bratwurst, Punsch, Champignonpfanne und gebrannten Mandeln lief mir das Wasser im Mund zusammen. Hauke hatte es sogar geschafft, eine kleine dreiköpfige Band zu organisieren, die mit Gitarre, Mundharmonika und einem Sänger mit tiefer Stimme klassische Weihnachtslieder zum Besten gab. Ich konnte es kaum erwarten, dass es endlich dunkel wurde und die stimmungsvolle Beleuchtung zum Einsatz kam.

»Ja, es ist jedes Jahr aufs Neue einfach bezaubernd! Ist das Waffeleisen schon heiß?«

»Jawohl, ist einsatzbereit, und der Teig ist auch fertig. Es kann also losgehen.«

Zufrieden nickte Julia mir zu und ließ den Blick einmal über die vor uns ausgestellten Kuchen- und Tortenplatten schweifen. Es gab Butterkuchen, Apfelkuchen vom Blech mit Zimt, Bratapfelkuchen und Schokoladentorte. Außerdem hatte Julia schokolierte Bananen und Trauben kredenzt. Und dann hatten wir noch Waffeln im Angebot. Dazu gab es Kaffee und Tee. Nach diesem Wochenende würde ich bestimmt fünf Kilo mehr wiegen. Seit ich hier war, hatte Julia mich genötigt, regelmäßig zu essen, und so langsam saßen meine Hosen nicht mehr ganz so locker auf den Hüften. Ein gutes Zeichen, gesundheitlich ging es mit mir auf jeden Fall bergauf.

Nur die Sache mit Ole zerrte an meiner Stimmung wie ein schwerer Stein. Seit dem Kuss in Julias Küche hatten wir kaum ein Wort miteinander gewechselt, und das war schon ein paar Tage her. Entweder war ich mit der Familie beschäftigt, oder Ole war bei seiner Mutter oder in Kiel unterwegs. Ich hatte das Gefühl, dass er mir aus dem Weg ging. Und das war mir, offen gestanden, ganz recht. In meinem Bauch herrschte das totale Gefühlschaos. Ich hatte ihn schrecklich gern, und im ersten Moment hatte ich den Kuss sogar genossen. Aber dann hatte sich mein Verstand in die Sache eingeschaltet. Ich hatte gerade diese desaströse Geschichte mit Hanno beendet, war auf der Suche nach einem neuen Job und bekämpfte das Burnout. Kurz: Ich hatte genug mit mir selbst zu tun, und mich gleich ins nächste Liebesabenteuer zu stürzen, wäre sicher nicht hilfreich. Außerdem – und dieser Punkt störte mich ehrlich gesagt am meisten – war Ole zwei Jahre jünger als ich. Nicht die Welt, aber wenn ich mein Leben schon nicht auf die Reihe bekam, wie sollte er es dann schaffen? Hinzu kam, dass er sich erst kürzlich von seiner Freundin getrennt hatte. Ja, ich fühlte mich zu ihm hingezogen. Aber war das echt? Oder lag es nur daran, dass ich ihn mit so vielen schönen Erinnerungen an meine Jugend (abgesehen von der Sache am Strand) verband? Fakt war, dass er mir momentan guttat. Wahrscheinlich war dieser Kuss der heiteren Stimmung geschuldet gewesen und hatte überhaupt nichts zu bedeuten.

»Oh mein Gott, haben wir den Puderzuckerstreuer dabei?« Panisch sah Julia sich in der Bude um und riss mich so aus der Grübelei.

»Meine Güte, Julia, deinetwegen hätte ich fast einen Herzinfarkt erlitten«, japste ich erschrocken. »Hier.« Ich holte den Streuer aus der Kiste zu meinen Füßen und hielt ihn ihr hin.

Sofort entspannten sich ihre Gesichtszüge wieder. »Gott sei Dank! Ich dachte schon, wir hätten ihn vergessen.«

»Selbst wenn, du wohnst nur fünf Minuten von hier, also entspann dich mal, Schwesterherz«, neckte ich sie.

Sie trug einen dicken Wintermantel, der nichts von ihrer Schwangerschaft erahnen ließ, aber unter ihren Shirts und Pullovern zeichnete sich langsam eine kleine Kugel ab.

»Ich freue mich übrigens wahnsinnig auf meine kleine Nichte«, flüsterte ich ihr ins Ohr. Sofort strahlte sie.

»Ja, ich auch«, flüsterte sie verzückt zurück.

Nur Leon war anfangs ein wenig enttäuscht gewesen, dass es ein Mädchen werden würde. »Na gut, Max und ich werden ihr trotzdem das Fußballspielen und alles über Ninjago beibringen«, hatte er letztendlich großzügig beschlossen. Ich wettete, dass er, spätestens wenn die Lütte auf der Welt war, ganz verrückt nach seiner kleinen Schwester sein würde.

»Na, meine Herzchen, was grinst ihr denn so?« Wilma kam kurz vorbeigeschlendert. Sie war hier auf dem Weihnachtsmarkt praktisch unsere Nachbarin und betreute den Punschstand nebenan.

»Ach, wir freuen uns einfach über den Appenkuhler Nachwuchs im nächsten Jahr.« Zur Untermalung legte Julia einmal sanft ihre Hand auf den Bauch.

Wilma lächelte und entblößte dabei zwei Goldzähne. »Ja, Herzchen, wir können es alle kaum erwarten! Magda hat sich schon eine Unmenge an Wolle besorgt, um eine schöne Babydecke zu stricken.« Verträumt schlug sie ihre behandschuhten Hände ineinander und ihre Armreifen, die sie stets trug, waren unter ihrem dicken Mantel nur zu hören, als sie gegeneinander klirrten.

»Ja, ich weiß«, sagte ich konsterniert. »Vielen Dank, Wilma, das sollte eigentlich eine Überraschung für Julia werden«, murmelte ich.

Julia kicherte. »Na dann habe ich ja noch mehr, worauf ich mich freuen kann.«

»Nun gut, ihr Lieben, mein Punsch ruft. Ihr kommt doch nachher auf einen Becher vorbei? Für dich habe ich auch etwas ohne Schuss«, sagte sie zwinkernd an Julia gewandt.

»Gerne, Wilma, bis später und gute Geschäfte!«

»Danke, das wünsche ich euch auch, Herzchen.« Winkend zog sie von dannen.

»Also von Wilmas Punsch werde ich auf jeden Fall die Finger lassen, sonst liege ich morgen im Koma.«

»Ja, davon würde ich auch abraten.« Lachend rührte Julia den Waffelteig, während ich schon einmal das Waffeleisen fettete und einschaltete. Bei der Menschenmenge würden wir sicher bald die ersten Kunden haben.

»Kai ist jetzt ungefähr zwei Monate mit seiner neuen Freundin zusammen, das ist ja schon fast Rekord«, sagte ich mit Blick auf den Stand gegenüber, wo er gemeinsam mit besagter Dame eine Auswahl an Pferdezubehör wie Zaumzeug und Bürsten anbot. Er betrieb hier einen Reiterhof, der vor allem im Sommer viele Besucher anlockte und damit auch Julia immer mal wieder Gäste bescherte.

»Ja, dieses Mal scheint es wirklich etwas Ernstes zu sein. Oh, schau mal, da hinten kommt Ole.«

»Was?« Schnell schaute ich in die Richtung, in die Julia nickte. Zum Glück kam er nicht auf uns zu, sondern ging zum Bratwurststand, den seine Mutter Britta betreute. Offenbar übernahm er die Schicht zusammen mit ihr. Merkwürdig, er hatte doch gesagt, er würde nur beim Aufbau helfen. Sein Vater stand samstags bis dreizehn Uhr in der Fleischerei, und Hinnerk hatte es langsam zu sehr in den Knochen, um bei den Temperaturen den ganzen Tag mit anzupacken.

Als könnte er unsere Blicke in seinem Rücken spüren, drehte Ole sich einmal um und nickte uns kurz zu. Julia hob fröhlich die Hand zum Gruß. Ich tat schnell so, als sei ich hochkonzentriert mit dem Waffeleisen beschäftigt, was meiner Schwester leider nicht entging.

»Sag mal, ist alles in Ordnung zwischen dir und Ole? Mir ist in letzter Zeit aufgefallen, dass ihr euch irgendwie merkwürdig verhaltet.«

Eigentlich war das jetzt nicht der richtige Moment, um Julia die Sache mit dem Kuss zu beichten, aber wenn wir schon einmal bei dem Thema waren ...

»Ehrlich gesagt, nicht so richtig.«

Sofort zog Julia besorgt die Stirn kraus. »Was ist denn passiert? Habt ihr euch gestritten?«

Ich schüttelte den Kopf und erzählte ihr kurz und knapp, was vorgefallen war. Sie sah mich nur mit großen Augen und zuckenden Mundwinkeln an. »Okay, willst du meine Meinung dazu hören?«

»Da bin ich mir nicht so sicher ... und hör auf zu lachen!«

»Ach, jetzt schmoll nicht, Sarah. Für mich ist ganz klar, dass ihr beiden euch ineinander verliebt habt.

Und jetzt, wo dir das langsam selbst klar wird, hast du
Schiss.«

Seit wann war meine Schwester zur Psychologin mutiert?

»Er ist zwei Jahre jünger als ich! In dem Alter sind
Männer doch noch total unreif.«

Julia schnaubte. »Na ja, so allgemein kann man das
gar nicht sagen. Und gerade Ole fand ich schon immer
sehr reif und bodenständig. Dass ältere Männer nicht
immer das Gelbe vom Ei sind, hat dein Hanno ja bewiesen. Da ist Ole mir wesentlich sympathischer.«

Ich winkte ab. »Verglichen mit Hanno ist sogar Lord
Voldemort sympathischer. Aber seit dem Kuss gehen
wir uns gegenseitig irgendwie aus dem Weg. Und das,
obwohl wir momentan unter einem Dach wohnen«, äußerte ich meine Bedenken.

Doch Julia konnte diese Zweifel nicht nachvollziehen.
»Dazu gehören immer zwei, meine Süße. Du könntest
ja genauso gut auf ihn zugehen. Das müsstest du sogar,
du warst diejenige, die ihm einen Korb gegeben hat. An
seiner Stelle würde ich dir auch nicht hinterherlaufen.
Ole hat schließlich seinen Stolz.«

»Ja, da hast du sicher recht.«

Unsere Unterhaltung wurde von den ersten Kunden
unterbrochen, Frau und Herrn Gebhardt aus Hannover. Sie waren seit drei Tagen Gäste im Küstentraum.

»Ach, hallo Frau Sommerfeld. Dieser kleine Markt ist
ja schnucklig.« Freundlich schaute Frau Gebhardt uns
an.

»Dankeschön, das freut mich! Vielleicht finden Sie
hier ja noch ein schönes Mitbringsel«, rührte Julia unauffällig die Werbetrommel für die anderen Stände.

Ihr Mann bekam von dem Gespräch nicht viel mit, da er zu sehr damit beschäftigt war, unser Angebot zu studieren. »Puh, am liebsten würde ich ja von allem ein Stück probieren. Na gut, fürs Erste nehme ich ein Stück von dem Bratapfelkuchen und einen Kaffee. Was möchtest du, Karin?«

Mit zusammengekniffenen Lippen ließ sie ihren Blick über die Auslagen schweifen. »Ich nehme auch einen Kaffee und eine Waffel mit Puderzucker, bitte.«

»Gerne.« Julia übernahm die Kuchenbestellung, und ich konzentrierte mich darauf, den Waffelteig ohne Kleckern in das Waffeleisen zu befördern. Keine leichte Aufgabe. Was Backen, Kochen und Handarbeit anging, hatte ich eindeutig zwei linke Hände. Während das Waffeleisen vor sich hin zischte, nippten die Gebhardts schon einmal an ihrem Kaffee. Nachdem ich Frau Gebhardt endlich ihre Waffel überreicht hatte, schlenderten die beiden weiter.

Zu meinem Leidwesen nahm Julia den Faden sofort wieder auf. »Also, was wirst du jetzt tun wegen Ole?«

Ich zuckte mit den Schultern. »Keine Ahnung. Ich möchte ihn als Freund nicht verlieren, aber ich bezweifle, dass wir wieder ganz unbefangen miteinander umgehen können. Zumindest nicht in absehbarer Zukunft.« So langsam wurde es kalt in unserer Bude, sodass ich meine Hände ineinander rieb.

»Na gut, vielleicht solltest du dir erst einmal darüber klar werden, was du eigentlich willst, und dann sehen wir weiter. Es ist wirklich kalt heute.« Sie pustete einmal in die Hände.

»Ja, zum Glück übernimmt nachher Sebastian für dich. Ich finde es im Übrigen gar nicht gut, dass du in deinem Zustand hier mehrere Stunden herumstehst.«

Wie erwartet winkte sie ab. »Du hörst dich schon genau so an wie Sebastian. Ich bin doch nur schwanger, nicht krank! Außerdem ist die Kugel noch so klein, das stört überhaupt nicht.«

Ich schüttelte den Kopf über ihren Sturkopf. Sebastian hatte ihr angeboten, die komplette Schicht zu übernehmen, aber Julia hatte darauf bestanden, das selbst in die Hand zu nehmen, wenigstens für den Vormittag.

Die Zeit verging wie im Flug, am frühen Nachmittag verabschiedete sich Julia, und Sebastian stieß gut gelaunt zu mir in die Kuchenbude. Nicht ohne ihr vorher einen ordentlichen Abschiedskuss gegeben zu haben.

»Nehmt euch doch ein Zimmer«, witzelte ich zwinkernd.

»Nur kein Neid.« Schwungvoll band er sich die Schürze um, die Julia zuvor wieder an den Haken gehängt hatte, und prüfte, wie viel Kaffee wir noch hatten. »Wie läufts bisher mit dem Verkauf?«

»Sehr gut.« Zur Bestätigung schlug ich einmal leicht auf die kleine blaue Geldkassette, die auf dem Regal hinter uns platziert war. »Wenn die anderen auch so viel eingenommen haben, kommt bestimmt ordentlich was zusammen. Gegen Abend wird es sicher etwas ruhiger, da wollen die Leute dann lieber was Herzhaftes.«

»Verstehe, dann kannst du nachher ja mal bei Ole an der Bratwurstbude vorbeischauen.«

Irritiert zog ich eine Braue hoch. »Wieso sollte ich?«
Verwundert erwiderte er meinen Blick. »Ich dachte, ihr
zwei wärt das neue Appenkuhler Traumpaar.«

»Was? Wie kommst du denn darauf?«, schnappte ich
empört nach Luft.

Abwehrend hob Sebastian seine Hände. »Sorry, das
ist das, was man sich bei den Kaffeeklatschrunden bei
Magda gerade so erzählt. Hab ich aufgeschnappt, als
ich neulich Leon von ihr abgeholt habe.«

Aha. Meine eigene Oma beteiligte sich also an Gerüch-
ten über mich. Das war ja unglaublich!

»Das ist vollkommener Blödsinn! Zwischen Ole und
mir läuft nichts. Wer hat das behauptet?« Gott, ich
klang wie eine Oberzicke. Langsam atmete ich einmal
tief ein und aus, um mich zu beruhigen. Sebastian
konnte ja nichts dafür, und außerdem wollte ich die
Leute nicht mit meiner schlechten Laune vergraulen.

»Hey, reg dich nicht auf, du kennst die Truppe doch
viel besser als ich. Sie meinen es ja nicht böse.« Aufmunternd klopfte er mir auf die Schulter. Und aus seinen braunen Augen meldete sich der Schalk. »Außerdem, wenn du mich fragst: Ihr beide würdet wirklich
ein tolles Paar abgeben.«

Ich seufzte einmal und ersparte mir die Antwort. Offenbar wussten alle besser über Ole und mich Bescheid
als wir selbst.

»Ich weiß, sie meinen es nie böse. Trotzdem nervt es,
wenn man sich ständig gegen irgendwelche blöden Ge-
rüchte wehren muss.« Ich rührte ein bisschen im Waffelteig herum.

»Wem sagst du das. Jedes Mal, wenn ich sonntags mal zum Bäcker gehe und nicht jeden grüße, der mir unterwegs begegnet, kriegt Julia es wenig später gleich von irgendwem aufs Brot geschmiert.«

Ich kicherte. »Hier auf dem Dorf musst du jeden grüßen, sonst giltst du als arrogant.«

»Ja, ich gebe mir ja auch Mühe, aber als ehemalige Stadtpflanze vergesse ich es eben manchmal. Meinst du, ich werde hier irgendwann nicht mehr als Außenseiter angesehen?«

Ich zuckte mit den Schultern. Als alteingesessene Appenkuhlerin hatte ich es natürlich leichter. »Keine Ahnung, vielleicht in zwanzig Jahren. Die Leute sind zwar manchmal etwas anstrengend, aber gegen die Anonymität in Hamburg möchte ich sie nicht eintauschen.«

»Ach, manchmal fände ich es nicht schlecht. Ich hab beschlossen, die Hecken um unseren Garten mal ein bisschen höher wachsen zu lassen. Zumindest so hoch, dass Wilma nicht mehr drüberschauen und mir jedes Mal hinterherpfeifen kann, wenn ich mal in Shorts auf der Terrasse bin.«

Bei der Vorstellung brach ich in Gelächter aus. »Wie gemein! Gönn ihr doch mal ein bisschen Spaß.«

Am Nachmittag zur klassischen Kaffeezeit hatten wir am meisten zu tun. Sebastian und ich waren ein gutes Team. Der alte Charmeur kam vor allem bei den Damen an, wie ich feststellte. Gegen siebzehn Uhr ließ der Andrang dann merklich nach. Die Leute hatten jetzt mehr Lust auf Bratwurst und Champignonpfanne.

»Willst du dir nicht auch mal eine Pause gönnen und ein bisschen die Beine vertreten?«

Eine verlockende Idee. »Okay, danke. Soll ich dir vielleicht irgendwas mitbringen?«

»Gerne, ich hätte nichts gegen eine Bratwurst, mit Senf, bitte.«

Ich band mir die Schürze ab und schüttelte einmal die Beine durch. »Wird gemacht.« Dann müsste ich zwar Ole gegenübertreten, aber egal. Was tat man nicht alles für seinen Schwager in spe?

Kaum hatte ich die Tür der Kuchenbude hinter mir zugeschlagen, steuerte ich erst einmal Wilmas Punschstand an und reihte mich in die Schlange ein. Als ich an der Reihe war, strahlte sie mit den inzwischen erleuchteten Lichterketten um die Wette. »Herzchen, wie schön! Na, wie läufts denn so bei euch?«

»Danke, wir können uns nicht beklagen. Und selber?«

»Du weißt ja, meinem Punsch kann niemand widerstehen. Auch einen Becher?«

»Lieber einen ohne Schuss, okay? Ich muss morgen schließlich wieder hier stehen.« Schmunzelnd schob ich ihr das Geld über den Tresen.

Lachend schüttelte sie den Kopf, sodass ihre rot gefärbten Locken wackelten. »Du übertreibst, Herzchen.«

Mit Wilmas Punsch hatte ich so meine Erfahrungen gesammelt. Meistens endete der Genuss über der Kloschüssel. Das musste ich mir nicht noch einmal antun, zumal ich mir erst zu Magdas Geburtstag ordentlich die Kante gegeben hatte.

»Danke.« Vorsichtig nahm ich den heißen Becher entgegen, umschloss ihn mit meinen steif gefrorenen Fingern und genoss für einen Moment die Wärme. Vor mich hin pustend und schlürfend, erkundete ich den Markt endlich genauer. Frau Vollmer von der Bäckerei strickte und häkelte leidenschaftlich gerne und bot allerhand Selbstgemachtes an.

»Na, min Deern, ist etwas für dich dabei?« Sie saß in ihrem Häuschen, strickte einen Schal (oder was auch immer) und musste nicht einmal hinschauen. Stattdessen schauten ihre grau-blauen Augen mich hinter ihrer Brille aufmerksam an. Die Auswahl war erstaunlich: von Mützen, Schals und Handschuhen in sämtlichen Farben über kleine Taschen bis hin zu süßen Häkeltieren.

»Ja, ich denke, ich nehme diese hier.« Ich stellte meinen Becher kurz ab und reichte ihr ein paar hübsche türkisfarbene fingerlose Handschuhe sowie einen kleinen Elefanten für Leon. »Oh, und die nehme ich auch noch«, rief ich entzückt, als ich ein paar niedliche Babyschühchen in Rosa entdeckte. Perfekt, so hatte ich schon mal ein Geschenk fürs Baby.

»Gerne. Soll ich dir das noch in eine kleine Tüte packen?«

»Ja, bitte.«

Nach dem Bezahlen gab ich den inzwischen leeren Becher wieder bei Wilma ab, verstaute die Einkäufe in der Kuchenbude und schlenderte an den restlichen Verkaufsständen vorbei, bis ich es nicht mehr vor mir herschieben konnte und Sebastian sein Essen besorgte.

»Hallo, ihr beiden.« Gott, wieso war ich denn jetzt so aufgeregt? Es waren doch nur Britta und Ole.

Ole nickte mir nur kurz zu und warf seiner Mutter einen bangen Blick zu.

»Hallo, Sarah.« Brittas Gesicht wirkte angespannt.

»Ist alles in Ordnung?« Besorgt beobachtete ich, wie sie sich einen Moment vorne am Tresen abstützte.

»Mama, bitte geh jetzt nach Hause, ich schaffe das schon.«

»Ich kann dich doch jetzt nicht alleine lassen, mein Schatz.« Sie fasste sich an den Kopf. »Oh Gott, diese Migräne bringt mich noch um. Ich hoffe, dein Vater ist fertig mit dem Einkochen der Wurstgläser. Dann muss er eben übernehmen.«

An dieser Stelle schluckte Ole.

»Ich könnte doch übernehmen – bei uns am Kuchenstand ist eh bald Schluss. Den Rest schafft Sebastian sicher alleine«, bot ich schnell an, bevor ich es mir anders überlegen konnte.

»Oh, wirklich, Sarah? Das wäre wundervoll.« Dankbar lächelte sie mir zu, ehe ihr Gesicht sich wieder vor Schmerz verzog.

»Nicht nötig, ich schaffe das auch alleine.«

Mist, Ole war wohl immer noch eingeschnappt wegen neulich.

»Sei doch nicht so, du siehst doch, was hier los ist.« In der Tat, hinter mir bildete sich eine Schlange.

Oles Laune würde mich nicht abschrecken. Ich wollte meinen guten Freund wiederhaben, basta!

»Ich sag nur schnell Sebastian Bescheid. Könntest du mir vielleicht eine Bratwurst mit Senf für ihn mitgeben?«

Ole tat wie geheißen, und Britta verabschiedete sich schnell von uns. Mit dem Essen bewaffnet, kehrte ich kurz zum Kuchenstand zurück.

»Sebastian, ich muss für heute leider kündigen. Britta hat Migräne, und ich helfe Ole aus.« Wortlos überreichte ich ihm seine Bestellung.

»Kein Problem, hier ist eh nicht mehr viel los.« Hungrig biss er von der Wurst ab. »Ich wünsche dir viel Spaß mit Ole«, sagte er in süffisantem Ton und mit verheißungsvoll zuckenden Augenbrauen.

»Ha ha.« Genervt rollte ich die Augen. Sebastian passte besser hierher, als ihm bewusst war.

Der Andrang an der Bude nahm kein Ende. Das machte es einfacher für Ole, mich zu ignorieren, aber so leicht würde er nicht davonkommen. Sobald es wieder etwas ruhiger zuging, würde ich die Chance nutzen. Zumindest war mir dank des Grills nicht mehr so kalt.

»Bitte sehr.« Ich reichte einer Gruppe Jugendlicher ihr Essen, und damit hatten wir es vorerst einmal geschafft.

»Also: Was hast du in letzter Zeit so getrieben? In der Pension habe ich dich kaum gesehen.«

Statt mich anzusehen, wischte er ewig auf der Arbeitsfläche herum und zuckte mit den Schultern. »Nichts Besonderes, mal ein Ausflug hierhin und dahin. Ich brauchte mal 'ne Auszeit von Appenkuhl.«

»Von Appenkuhl oder von mir?«, flüsterte ich, obwohl ich die Antwort gar nicht wissen wollte.

Wenigstens sah er mir endlich in die Augen. »Von beidem.«

Nun war ich diejenige, die seinen Blick mied. Ich hatte ihn tiefer verletzt, als ich geahnt hatte.

»Ole, können wir nicht einfach so weitermachen wie bisher? Ich meine, wir hatten doch viel Spaß zusammen – als Freunde.«

»Ja, hatten wir, aber weißt du … es reicht mir eben nicht mehr, nur ein guter Freund zu sein, bei dem du dich ausheulen kannst.« Seine blauen Augen nagelten mich regelrecht fest.

Was sollte ich darauf erwidern? Ja, ich hatte Gefühle für Ole, aber irgendetwas in mir weigerte sich, uns als Paar zu sehen. Julia hatte recht: Ich hatte keine Ahnung, was ich wollte. Nur dass ich Ole auf keinen Fall wehtun wollte.

»Hast du eigentlich schon was vom Geomar gehört?«, wechselte ich das Thema.

»Ja, ich hab den Job, wenn ich will.«

»Heißt das, du hast noch gar nicht zugesagt? Du warst nach dem Vorstellungsgespräch doch so begeistert.«

Abermals zuckte er mit den Schultern. »Ja, war ich auch. Ich bin mir nur nicht mehr sicher, ob es eine gute Idee wäre, quasi wieder zu Hause zu wohnen oder ob ich nicht besser doch noch mal ins Ausland gehe.«

Er sagte es, als wäre es nichts, doch in mir zog sich bei dem Gedanken alles zusammen. Andererseits wusste ich selbst nicht, wo ich einmal landen würde. Die Vorstellung, in Appenkuhl zu bleiben, war verlockend, aber nicht realistisch. Zum Glück war neue Kundschaft im Anmarsch.

»Eine Bratwurst mit Senf, bitte.« Der Mann kam mir vage bekannt vor – und ich ihm offenbar ebenso. Mit zusammengekniffenen Augen und gefurchter Stirn sah er mich an.

»Sarah? Bist du es? Mensch, dich habe ich ja eine Ewigkeit nicht gesehen!«

In diesem Moment machte es endlich Klick in meinem Kopf. Vor mir stand Lasse Börnsen. Vor Schreck hätte ich fast die Grillzange fallenlassen.

»Lasse? Wow, ich hab dich gar nicht gleich erkannt.«
Das war die Wahrheit. Obwohl er erst Anfang dreißig
war, hatten sich schon so einige graue Strähnen in sein
dunkles Haar geschlichen, und sein Gesicht wirkte etwas fülliger als damals mit achtzehn. Trotzdem war er
nach wie vor ein attraktiver Mann – nur hatte das überhaupt keine Wirkung mehr auf mich. Zum Glück. Anscheinend hatte er vergessen, dass er sich damals wie
das letzte Arschloch verhalten hatte und fing mit Small
Talk an.

»Wohnst du jetzt wieder hier? Ich dachte, du wärst in
Hamburg oder so.«

»Ja, stimmt, ich bin nur zu Besuch hier«, antwortete
ich kurz angebunden und ohne die Fragerei zu erwidern. Schnell bereitete ich die Bestellung zu und reichte
ihm das Essen, damit er endlich weiterzog.

Ole beugte sich zu meinem Ohr. »Alles okay?«

»Ja, alles bestens«, flüsterte ich zurück und an Lasse
gewandt: »Das macht drei Euro.«

Er legte die Bratwurst kurz ab, kramte in seiner Brief-
tasche und reichte mir das Geld.

»Wann hast du Feierabend? Vielleicht könnten wir ja
später noch einen Glühwein zusammen trinken.«

Bisher war ich erstaunlich beherrscht gewesen, aber
das brachte das Fass zum Überlaufen. »Wieso sollte ich
was mit dir trinken wollen?« Das kam jetzt zickiger
raus als beabsichtigt. Egal, er hatte mir das Herz in tau-
send Stücke zerrissen – und mein Selbstbewusstsein
gleich mit. Und nun tat er so, als wären wir gute alte
Freunde.

Lasse sah mich mit großen Augen an. »Ich dachte ja
nur, der alten Zeiten willen ...«, murmelte er verlegen.

Er war wohl genauso überrascht von meiner heftigen Reaktion wie ich selbst.

»Nein, danke Lasse. Die Zeiten mit dir sind nichts, an das ich mich gerne erinnere. Ich wünsche dir noch einen schönen Abend!«

»Ja, dir auch.« Mit einem letzten verwirrten Blick auf mich trollte er sich endlich.

»Hey, geht es dir gut?« Beschützend legte Ole seinen linken Arm um mich. Dass er momentan nicht gut auf mich zu sprechen war, verdrängte er offenbar gerade.

Sofort fühlte ich mich geborgener und lehnte kurz meinen Kopf gegen seine Schulter. »Ja, ist schon okay. Es hat mich nur so wütend gemacht, wie er sich aufgeführt hat. Als ob das alles damals nie passiert wäre.«

Oles Finger glitten über meinen Rücken, was ich durch die dicke Jacke aber kaum wahrnahm. »Er ist ein Idiot, ich konnte ihn noch nie leiden. Ich hoffe nur, dass das Wiedersehen mit ihm keine alten Wunden aufreißt.«

An dieser Stelle lächelte ich ihn an und schüttelte dabei den Kopf. »Nein, im Gegenteil. Ich habe mich nicht klein und unbedeutend gefühlt wie früher, sondern war einfach nur wütend auf ihn.«

Und das wiederum war ein gutes Gefühl. Es schien, als hätte ich zumindest dieses eine Trauma meiner Jugend endlich überwunden.

Kapitel 19

Ole

»Papa kommt gleich nach Hause. Möchtest du vielleicht mit uns Abendessen?« Hoffnungsvoll lächelte meine Mutter mich an.

Ich seufzte einmal tief. »Na gut, dann helfe ich dir gleich beim Tisch decken.«

»Sehr schön.« Vergnügt klatschte sie in die Hände und machte sich daran, Butter, Käse und Wurst aus dem Kühlschrank zu holen. Ich kümmerte mich um die Teller und das Besteck.

»Gibt es eigentlich sonst etwas Neues bei dir? Du hast mir noch gar nicht erzählt, ob du nun diese Stelle bekommen hast, auf die du dich beworben hattest.«

»Ähm … ja, ich habe den Job angenommen. Am ersten Januar fange ich an.«

Ich hatte lange darüber nachgedacht und war zu dem Schluss gekommen, dass das Projekt mich zu sehr reizte, als dass ich darauf verzichten wollte. Ich würde in Kiel wohnen und meine Eltern daher nicht übermäßig oft sehen. Und Sarah würde früher oder später sowieso wieder in Hamburg sein.

»Das freut mich so, mein Schatz. Es ist schön, dich in der Nähe zu haben.« Sie kam auf mich zu und umarmte mich einmal fest. In dem Moment hörten wir die Haustür. Mein Vater kam nach Hause.

»Ach, Ole, auch mal wieder da.« Er steckte kurz seinen Kopf in die Küche.

»Hallo, Papa.« Ich hatte ihn schon seit zwei Wochen nicht mehr gesehen. Er wirkte seltsam blass, kraftlos und erschöpft.

»Ich gehe mich mal schnell frischmachen, bin gleich wieder da.«

Ich stellte mich an die Küchentür und beobachtete, wie er die Treppe hoch Richtung Badezimmer schlurfte.

»Sag mal, ist alles okay mit Papa? Er wirkt irgendwie ein bisschen fertig.«

»Ach, er hatte in letzter Zeit eben etwas Stress. In der Fleischerei ist gerade so kurz vor Weihnachten viel los, weißt du. Außerdem ist er eben auch nicht mehr der Jüngste. Mach dir keine Sorgen.«

Fünf Minuten später gesellte sich mein Vater wieder zu uns, und wir aßen eine Weile, ohne ein Wort zu wechseln.

»Stell dir vor, Malte: Ole hat die Stelle in Kiel erhalten! Ist das nicht wunderbar?«

Kauend nickte er, doch von der Begeisterung meiner Mutter konnte ich nichts bei ihm entdecken. »Freut mich, Junge.« Seine ausdruckslose Miene strafte seine Worte Lügen, aber ich ging nicht weiter darauf ein. Ich wäre unglücklich geworden, wenn ich meine eigenen Bedürfnisse hintenangestellt und stattdessen eine Metzgerlehre begonnen hätte. So, wie mein Vater es sich gewünscht hatte. Wieso nagte dann das schlechte Gewissen derart an mir?

»Wirst du dann in Kiel wohnen? Oder willst du ewig in der Pension bleiben?«

Den Vorwurf in seiner Stimme ignorierte ich. »Ja, ich werde mir was Kleines in Kiel suchen.«

»Darüber wird dein Opa sich auch sehr freuen. Hast du ihn übrigens mal wieder besucht?« Dankbar nahm ich den Themenwechsel meiner Mutter an.

»Ja, Magda lädt mich gefühlt jeden zweiten Tag zum Kuchenessen ein. Heute Abend sehe ich sie auch. Julia veranstaltet eine kleine Weihnachtsfeier für die Gäste im Kaminzimmer. Mama, gibst du mir bitte mal den Käse?«

»Aber Magda und Hinnerk sind doch gar keine Gäste«, motzte Papa, während er mir den Käse reichte.

»Nein, aber gestern sind Freunde von Julia angereist, die Magda auch unbedingt sehen möchte: Ute und Konrad Jakobi. Die beiden sind wohl jedes Jahr einmal bei Julia.« Schulterzuckend belegte ich das Brot.

Für den Rest des Abends unterhielten wir uns über den Weihnachtsmarkt (der ein voller Erfolg gewesen war) und allgemeine Dinge. Zwar warf mein Vater mir immer mal eine Spitze zu, insgesamt lief das Essen für unsere Verhältnisse aber zivilisiert ab. Trotzdem war ich froh, um kurz nach Sieben endlich Tschüss zu sagen. Obwohl der Gedanke an den bevorstehenden Abend auch nicht für Begeisterung sorgte. Ich hatte Ute und Konrad gestern kennengelernt, und die beiden schienen wirklich nett zu sein. Das Problem war, dass Sarah anwesend sein würde. Wie sollte ich mich am besten verhalten? Freundschaft reichte mir nicht mehr, und sie hatte mir einen Korb gegeben. Viel lieber hätte ich mich irgendwohin geflüchtet; vielleicht zu Mats nach Hamburg, aber das wäre Julia gegenüber unhöflich gewesen.

Ich hielt kurz inne und sah mich um. Eigentlich war es schon viel zu dunkel, um an den Strand zu gehen. Trotzdem schlug ich den kleinen Schleichweg zum Wasser ein. Der Wind blies mir so kalt ins Gesicht, dass ich meine Muskeln kaum spürte. Der Himmel war vollkommen bedeckt. Egal, ich musste einen klaren Kopf bekommen, und das klappte nirgends so gut wie am Strand. Zuzusehen, wie das Wasser ans Ufer gepustet wurde, hatte eine beruhigende Wirkung auf mich.

»Ole, wie schön, dass du auch da bist. Setz dich doch. Möchtest du was trinken?« Julia bugsierte mich regelrecht auf das ausladende Sofa im Kaminzimmer und drückte mir, ohne meine Antwort abzuwarten, einen Becher Glühwein in die Hand. Suchend sah ich mich um. »Ist Leon gar nicht da?«

»Nein, er verbringt ein paar Tage bei seinem Vater.«

»Oh, wie schade. Ich hatte mich schon darauf gefreut, mit ihm eine Partie Uno zu spielen.« Und mich damit vor den Gesprächen mit den Erwachsenen zu drücken.

»Tut mir leid, ein andermal.« Mit einem entschuldigenden Nicken kümmerte sie sich direkt um die nächsten Gäste, die im Kaminzimmer vorbeischauten. Den Namen des Paares hatte ich schon wieder vergessen, aber sie bewohnten das Zimmer *Ostseeblick*. Das Feuer knisterte ordentlich, und eine behagliche Wärme erfüllte den Raum. Aus den Lautsprechern, die in den Ecken des Zimmers angebracht waren, drang leise Weihnachtsmusik.

»Ach Ole, nett, dass wir jetzt ein bisschen mehr Zeit haben, uns zu unterhalten.« Ute setzte sich auf den Schemel neben mir, eine Tasse dampfend heißen Tees in der Hand. »Auf Konrad wirst du wohl verzichten müssen.« Mit einem Kopfnicken zeigte sie Richtung Fenster, wo er sich im Schein einer Stehlampe offenbar ein Schachduell mit Sebastian lieferte. »Jetzt hat er endlich mal einen würdigen Gegner gefunden. Mich setzt er meistens innerhalb von fünf Minuten schon schachmatt«, lachte sie.

»Ja, ich habe die ganzen Manöver auch nicht wirklich drauf, obwohl mein Opa sich alle Mühe gegeben hat, mir das Spiel beizubringen.«

»Ach ja, dein Opa ist jetzt mit Magda zusammen, richtig?«

Ich nickte und nahm dabei vorsichtig einen Schluck meines Glühweins. Nach der Kälte am Wasser tat die heiße Flüssigkeit richtig gut. »Ja, seit ein paar Monaten. Ich freue mich, dass er auf seine alten Tage noch einmal jemanden gefunden hat. Meine Oma ist ja schon lange tot.«

»Wir haben uns auch sehr gefreut, als Julia uns das berichtet hat. Magda ist eben immer für eine Überraschung gut.« Lächelnd strich Ute sich einmal ihr dunkles schulterlanges Haar hinters Ohr und pustete in ihre Tasse.

»Das kann man wohl sagen. Sie tut Hinnerk aber echt gut. Was habt ihr denn jetzt während der nächsten Tage so vor?«

»Wir wollten mal die Weihnachtsmärkte hier erkunden. Der in Lübeck soll ja sehr schön sein. Außerdem wollte ich es mal wagen, die winterliche Ostsee zu malen. Das heißt, wenn es nicht zu stürmisch ist. Ich bin Malerin, weißt du?«

»Ja, das hat Julia mir erzählt. Lass dich nicht wegpusten. Als ich vorhin noch am Strand war, hätte es mir beinahe die Mütze vom Kopf gefegt.«

Ute stellte die Tasse auf einem kleinen Beistelltisch ab und lachte. »Danke für die Vorwarnung.«

»Welche Vorwarnung?« Sarah kam ins Zimmer und setzte sich ohne Umschweife direkt neben mich.

»Neugierig wie alle Appenkuhler! Ole hat mich nur vorgewarnt, dass ich am Strand glatt weggeweht werde.«

»Oha. Ich persönlich liebe ja Strandspaziergänge im Winter. Im Sommer weiß man ja vor lauter Touristen nicht, wo man hintreten soll.« Sarah, die ihr blondes Haar heute ausnahmsweise mal offen trug, machte es sich im Schneidersitz bequem, schnappte sich eines der Zierkissen und legte es sich auf den Schoß.

»Na vielen Dank!«, schnaubte Ute gespielt empört. »Jetzt erzähl mal: Wie läuft es denn bei dir so?«

Sarahs Miene verzog sich zu einem kleinen Flunsch. »Es geht so. Was mein Burnout angeht, geht es mir schon viel besser. Ich hatte ja während der letzten Wochen genug Zeit, mich zu erholen. Außerdem habe ich beschlossen, nicht mehr in meine alte Agentur zurückzukehren und mir etwas Neues zu suchen. Dadurch hat meine innere Anspannung etwas nachgelassen. Ich habe sogar schon zwei Bewerbungen losgeschickt, aber der Gedanke, neu anfangen zu müssen, macht mir echt Angst. Das Agenturleben ist nun mal stressig, und wer weiß, ob ich vom Regen nicht in die Traufe komme.«

»Du hast mir gar nicht erzählt, dass du schon neue Bewerbungen losgeschickt hast.«

Sarah zuckte nur mit den Schultern und warf mir einen ernsten Blick zu. »Du hattest ja in den letzten Tagen keine Zeit für mich.«

Der leise Vorwurf in ihrer Stimme entging mir nicht, ebenso wenig, wie Ute unsere Unterhaltung beobachtete.

»Vielleicht ist die Arbeit in einer Agentur wirklich nicht das Richtige für dich. Hast du schon einmal darüber nachgedacht, dich selbstständig zu machen?«, fragte Ute.

Sarah runzelte die Stirn. »Nein, bisher nicht.«

Ute nickte wissend. »Natürlich geht man damit ein großes Wagnis ein, und man arbeitet selbst und ständig. Ich spreche da schließlich aus Erfahrung. Aber es hat eben auch seine Vorteile: Du kannst dir deine Arbeit einteilen, wie es dir am besten passt. Vor allem musst du dich nicht mit irgendwelchen cholerischen Vorgesetzten rumschlagen.«

Es sah zu niedlich aus, wie Sarah bei Utes Worten die Stirn kraus zog. Ich konnte förmlich sehen, wie es in ihr arbeitete, als sie über den Vorschlag nachdachte.

»Hm«, war alles, was sie darauf erwiderte.

Ute tippte ihr einmal ans Knie. »Übrigens, Julia hat mir erzählt, dass du eine sehr talentierte Zeichnerin bist. Hast du ein paar Entwürfe hier? Ich würde sie mir gerne mal ansehen.«

Sarahs Mund verzog sich sofort zu einer Schnute. »Ach, das ist nur ein Hobby, Julia übertreibt. So besonders ist das nicht«, wich sie aus.

»Ich finde schon«, mischte ich mich ein. »Wieso stellst du dein Licht so unter den Scheffel?«

»Eine sehr gute Frage«, pflichtete Ute mir bei. »Jetzt möchte ich die Skizzen erst recht sehen, also hopp hopp.«

Stöhnend ergab Sarah sich in ihr Schicksal und ging in ihr Zimmer, um die Zeichenmappe zu holen. Selbstzufrieden sah Ute ihr hinterher.

»Wie lange kennt ihr euch eigentlich schon?«, fragte ich. Den Erzählungen nach herrschte eine enge Freundschaft zwischen Julia und den Jakobis.

»Na ja, wir hatten Lust auf Urlaub an der Ostsee und sind im Internet auf den *Küstentraum* gestoßen, der damals gerade eröffnet hatte. Wir waren so begeistert von den Zimmern, der Gegend und natürlich vor allem von Julia, dass wir seitdem jedes Jahr unseren Urlaub hier verbringen, bisher allerdings immer nur im Sommer. Aber dieses Jahr wollten wir mal das winterliche Appenkuhl erleben. Und endlich mal am knisternden Kamin sitzen«, lachte sie.

Ich konnte verstehen, warum Julia die beiden so vergötterte – Ute war einfach sympathisch.

»Ha, schachmatt«, tönte Sebastian!

»Oh oh, hoffentlich gibt das jetzt keine schlechte Laune! Im Verlieren ist Konrad gar nicht gut«, verriet Ute mir im Flüsterton und schielte mit bangem Blick zu ihrem Mann. Von schlechter Laune war jedoch keine Spur, er schüttelte Sebastian anerkennend die Hand.

»Nicht schlecht, mein Junge, nicht schlecht. Natürlich verlange ich eine Revanche - aber jetzt wird erst mal was getrunken.«

»Puh, hier, aber erwarte nicht zu viel.« Sarah kam wieder hereingeschneit, mit einer riesigen pinkfarbenen Mappe in der Hand, die sie Ute reichte, bevor sie neben mir Platz nahm. Ich hatte schon ein paar Zeichnungen von ihr gesehen, aber ich hatte keine Ahnung, wie groß ihre Sammlung war. Ich stellte mich hinter Ute und lugte über ihre Schulter, als sie die Bilder vorsichtig betrachtete. Auf einem lachte Leon mir entgegen, auf einem anderen war eine Gruppe junger Mädchen, die sich auf einem Viererplatz im Zug unterhielt. Neben den menschlichen Momenten fanden sich auch einige Motive aus Hamburg oder vom Strand: ein Schiff auf der Alster, eine Möwe auf einer Seebrücke.

»Also, Sarah, ich finde diese Zeichnungen einfach großartig. Du hast wirklich Talent. Hast du vielleicht schon mal daran gedacht, beruflich in diese Richtung zu gehen?«

»Meinst du? Ich weiß nicht ... davon kann man doch nicht leben, oder?«

Nun stemmte Ute empört die Hände in die Hüften. »Na hör mal, ich lebe sehr gut davon! Aber du hast schon recht, neben Talent braucht man auch immer ein bisschen Glück ... und gute Beziehungen.« An dieser Stelle grinste sie verschmitzt. »Deine Zeichnungen haben einen besonderen Stil. Als Mediendesignerin beherrschst du doch Illustrieren – dann werde doch Illustratorin!«

»Illustratorin ...« Für einen Moment schaute Sarah verträumt ins Feuer. »Das klingt wirklich nach etwas, was mir gefallen könnte. Aber so leicht kommt man sicher nicht in diese Branche, oder?«

»Nein. Zufälligerweise habe ich aber einen guten Freund, der Art Director bei einem Kinderbuchverlag in Köln ist. Wenn du aus deinen Entwürfen ein professionelles Portfolio erstellst, würde ich dafür sorgen, dass Johannes sich das ansieht.«

Jetzt hatte sie Sarah am Haken. Das erkannte ich an dem Funkeln in ihren blauen Augen.

»Echt? Das würdest du tun? Das wäre ja großartig! Dann müsste ich nur noch meinen Mac aus Hamburg holen.«

»Tu das, Liebes. Wichtig ist, dass du am besten genau die Bilder, beziehungsweise den Stil zusammenstellst, den du später auch gerne verwenden möchtest.« Damit gesellte sich Ute zu ihrem Mann, der inzwischen gemeinsam mit Sebastian, Julia und ein paar anderen Gästen am kleinen Buffet stand und plauderte.

Ich setzte mich wieder zu Sarah. »Scheint, als würde sich bei dir jetzt doch alles fügen, oder?«

»Na ja, davon kann noch keine Rede sein. Aber dafür habe ich jetzt eine Perspektive, und die hat mir lange gefehlt. Oh Mann, mir kribbelt es jetzt schon in den Fingern. Am liebsten würde ich sofort loslegen.« Zufrieden ließ sie sich in die Sofakissen sinken. »Was ist eigentlich mit dir? Nimmst du den Job nun an oder nicht?«

Außer meinen Eltern hatte ich bisher mit niemandem darüber gesprochen. Ich wusste nicht wieso, aber ich wollte Sarah eine Weile zappeln lassen.

»Ich habe mich noch nicht endgültig entschieden«, antwortete ich und kam mir dabei ziemlich blöd vor. Es entsprach gar nicht meiner Art, zu lügen. Trotzdem war ich gespannt auf ihre Reaktion.

»Wieso nicht? Diese Chance solltest du dir nicht entgehen lassen, nur weil ...«

»Nur weil was?«, fuhr ich leise dazwischen. »Nur weil mein Vater mir bei jeder Begegnung zeigt, was ich für eine Enttäuschung für ihn bin? Nur weil ich unglücklich verliebt bin? Ich finde, das sind mehr als genug Gründe, nicht in Kiel zu bleiben.«

Sie hätten mich fast dazu bewogen, meine Zelte woanders aufzuschlagen. Aber insgeheim hatte ich doch die Hoffnung, dass sich alles fügen würde – zumindest mit Sarah. Ich konnte spüren, dass sie etwas für mich empfand, auch wenn sie sich gegen diese Erkenntnis wehrte.

»Ole ...« Hilflos schaute sie sich im Raum um, als stünden die passenden Worte hier an der Wand.

»Ist schon gut, Sarah, du musst nichts dazu sagen. Lass einfach gut sein.« Ich stand auf und holte mir einen neuen Glühwein. Als ich zum Sofa zurückkehrte, war der Platz neben mir leer. Sarah hatte sich zu Sebastian an den Tisch gesetzt und versuchte ihr Glück im Schach.

Nach einer halben Stunde tauchten dann endlich Opa und Magda auf.

»Ole, min Jung, wie geiht di dat?«

»Hey Opa, schön, dich zu sehen! Wo hast du Magda gelassen?« Ich legte den Arm um meinen Großvater, bevor er sich schnaufend im Sessel gegenüber niederließ. Gleich hinter ihm kam Magda reingeschneit.

»Moin zusammen!«

Amüsiert beobachtete ich, wie sie ihre Enkelinnen einmal an sich drückte und den anderen Gästen nur zuwinkte, als wäre sie die Queen. Ihre inzwischen weißen

Haare hatte sie wie immer zu einem eleganten Knoten gesteckt.

»Hallo Ole. Na, wie läuft das bei dir?« Wie im Damensitz setzte sie sich zu Opa auf die Lehne. Warum stellten mir eigentlich alle die gleiche Frage?

»Hallo, Magda, kann mich nicht beschweren. Und bei euch?«

»Hach, alles gut. Ich bin derzeit mit Plätzchenbacken beschäftigt und .... «

»Das kann man wohl sagen, wahrscheinlich würde der Vorrat für ganz Appenkuhl reichen«, brummte Opa dazwischen.

Sofort verpasste Magda ihm einen liebevollen Klaps auf die Schulter. »Alter Brummbär, als ob dich das stören würde. Dabei kannst du kaum die Finger von den Keksdosen lassen.«

»Stimmt, deshalb passen mir meine Hosen auch kaum noch.« Zur Bestätigung klopfte Hinnerk sich einmal lachend auf seinen Bauch, an dem sein Hemd ein bisschen spannte.

»Ich zwinge dich ja nicht zum Essen.« Liebevoll strich sie Opa einmal durch sein noch recht volles Haar.

»Weiß ich doch, du bist einfach eine fantastische Köchin und Bäckerin.« Lachend lagen die beiden sich in den Armen. Ein Anblick, bei dem ich regelrecht neidisch wurde, was völlig bescheuert war. Unwillkürlich stellte ich mir Sarah und mich vor, wie wir uns in zwanzig Jahren noch necken würden. Schnell verscheuchte ich den Gedanken.

Eineinhalb Stunden später war die Stimmung dank Glühwein und Punsch schon um einiges ausgelassener – alle unterhielten sich angeregt, es wurde viel gelacht.

Ich war in ein interessantes Gespräch mit Konrad vertieft.

»Ole, du bist ein feiner Kerl.« Väterlich schlug er mir auf die Schulter. »Dein Engagement für die Umwelt finde ich großartig. Junge Leute wie du werden eines Tages die Welt verändern.«

»Ähm ... da bin ich mir nicht so sicher«, lachte ich verlegen. So langsam verstand ich, warum Sarah ihre Zeichnungen nicht zeigen wollte. Auch mir war es unangenehm, im Mittelpunkt zu stehen, weshalb ich schnell das Thema wechselte. Doch da kamen Julia und Ute mit Hinnerk und Magda schon auf uns zu.

»Es ist ein soo schöner Abend«, schwärmte die nicht mehr ganz nüchterne Ute und legte Julia einen Arm um die Schultern. »Aber ich fürchte, ich muss mich nun verabschieden, es war ein langer Tag«, murmelte sie und unterdrückte dabei ein Gähnen.

»Das ist keine schlechte Idee, ich kann auch nicht mehr. Seit der Schwangerschaft könnte ich den ganzen Tag schlafen.«

»Klar, das kann ich verstehen. Dann gute Nacht.«

»Och, ihr seid ja solche Schnarchnasen.« Sarah gesellte sich mit Sebastian im Schlepptau zu uns.

»Komm du erst einmal in unser Alter, mein Fräulein, dann sprechen wir uns noch mal.« Schmunzelnd kniff Ute Sarah in die Wangen.

»Wir machen uns auch auf den Weg. Ute, Konrad ... es war wie immer schön mit euch. Morgen Nachmittag sehen wir uns dann bei mir zum Kaffee.« Magdas Ton duldete keinen Widerspruch.

»Da sind wir natürlich dabei. Gute Nacht.« Händchen haltend schlenderte Konrad mit Ute aus dem Kaminzimmer Richtung erste Etage. Die anderen Gäste der Pension hatten sich bereits frühzeitiger verabschiedet. Nach der allgemeinen Aufbruchsstimmung blieben nur noch Sarah und ich übrig.

»Da warens nur noch zwei.« Seufzend setzte sie sich wieder zu mir aufs Sofa und warf den Kopf in den Nacken.

»Nur noch eine: Ich gehe jetzt auch schlafen.« Ich wollte mich erheben, da hielt sie mich am Arm fest.

»Och nö, ich bin so aufgekratzt wegen des Gesprächs mit Ute, ich kann jetzt unmöglich schlafen, bitte leiste mir noch ein bisschen Gesellschaft, Ole.« Der Blick, mit dem sie mich ansah, erinnerte an einen Hund, der nach einem Knochen bettelte.

»Sarah, ich bin echt kaputt und ich ...«

»Und du möchtest keine Zeit mehr mit mir verbringen«, beendete sie den Satz.

Ihre blauen Augen schauten ungewöhnlich ernst, was meiner Hoffnung wieder neue Nahrung gab. Sie ließ meinen Arm los, und ich stand auf. Doch ich bewegte mich keinen Zentimeter von ihr fort.

»Sarah, was willst du von mir?« Mit einem Hauch Verzweiflung ließ ich die Schultern hängen. Ich wurde aus ihrem Verhalten einfach nicht schlau. Warum mussten Frauen auch immer so kompliziert sein?

»Keine Ahnung. Ich weiß nur, dass ich es nicht ertrage, wenn du nicht mit mir redest, Ole. Du bist in den letzten Wochen zu meinem besten Freund geworden.«

»Ich will aber nicht nur dein bester Freund sein, Sarah«, antwortete ich Haare raufend. »Und sag mir nicht, dass da nichts zwischen uns ist, ich bilde mir das doch nicht ein!«

Hilflos zog sie ihre Strickjacke enger um ihren Körper. »Ole, das ist kompliziert ... ich kann meinen eigenen Gefühlen nicht mehr trauen, ich habe in der Vergangenheit so viele falsche Entscheidungen getroffen. Ich weiß nicht, was ich machen soll.«

Innerlich platzte mir der Kragen. Trotzdem wollte ich nichts mehr, als sie in die Arme zu reißen. »Vielleicht hilft dir das ja bei deiner Entscheidung.« Und dann folgte ich einfach meinem Instinkt, zog sie an mich und küsste sie. Besitzergreifend vergrub ich meine Hand in ihrem Haar und umfasste mit der anderen ihre Hüfte. Sie stieß mich nicht von sich wie ein aufgescheuchtes Fohlen wie beim ersten Mal. Seufzend öffnete sie mir ihre Lippen und hoffentlich endlich ihr Herz. Ich legte alles in diesen Kuss, als wollte ich ihr damit beweisen, dass wir zwei uns zusammen richtig anfühlten, als wollte ich ihr mit diesem Kuss die Augen öffnen.

Ihre Hände gingen auf Wanderschaft, durchkämmten mein Haar, erkundeten meine Muskeln unter dem Shirt. Es war, als legten wir beide alles Unausgesprochene zwischen uns in diese Begegnung unserer Zungen. Nie zuvor hatte ich meinen Herzschlag so deutlich gespürt. Und obwohl mein Körper danach lechzte, sie aufs Sofa zu drücken und den Rest, alles an ihr zu erkunden, unterbrach ich den Kuss irgendwann. Wir waren immer noch im Kaminzimmer, und ich wollte nicht von anderen Gästen überrascht werden.

Mit leicht geöffneten Lippen sah sie mich an, und ich konnte die vielen Fragezeichen in ihren Augen förmlich sehen. Ich nahm ihr Gesicht in meine Hände und strich ihr mit den Daumen über die Wangen.

»Lass uns morgen reden.«

Sie nickte nur. Ich hauchte ihr einen letzten Kuss auf die Nase, bevor ich das Zimmer verließ, ohne zurückzublicken.

Kapitel 20

Sarah

Die halbe Nacht wälzte ich mich im Bett hin und her und dachte die ganze Zeit nur an eines: Ole hatte mich geküsst – und wie! Hatte es sich gut angefühlt? Ja, verdammt! Aber das bedeutete noch lange nicht, dass es richtig war. Manchmal machte der Körper, was er wollte, ohne den Verstand zu fragen. Ich war auch nur eine Frau. Und Ole war ein verflucht attraktiver Mann, das konnte ich nicht leugnen. Eine Sache nagte allerdings an mir: Wieso hatte er mich einfach stehenlassen? Hatte er gehofft, ich würde ihm hinterherlaufen? Sollte das eine Art Rache für meine Zurückweisung neulich sein? Zugegeben, hätte er mich gefragt, ob ich mit auf sein Zimmer komme, hätte ich für nichts garantieren können. Was Beweis genug dafür war, dass ich mir selbst nicht über den Weg trauen konnte. Einem gewissen Teil von mir war das leider total egal. Dieser Teil flüsterte mir nun zu: *Oh, der Kuss war wunderbar! Stell dir vor, was noch alles hätte passieren können …* Woraufhin mein Kopfkino anfing und dafür sorgte, dass mir ziemlich heiß wurde. Was sollte es, die Gedanken waren frei. In der Realität würde das mit uns beiden niemals gutgehen, dafür waren wir zu verschieden. Das fiel in der Appenkuhler Blase, in der wir zurzeit lebten, nur nicht so stark auf. Es hatte eher was von einem Kurschatten oder Urlaubsflirt. Und wann hatte ein Urlaubsflirt im echten Leben je Bestand, wo alltägliche Probleme lauerten? Leider pfiff mein Herz auf diese rationalen Argumente und wäre am liebsten sofort mit Ole durchgebrannt. Mit Anfang zwanzig hätte ich dem vielleicht nachgegeben, jetzt wusste ich es besser. Ich war mit Männern zu oft auf die Schnauze gefallen. Während manche mir nur ein paar oberflächliche Kratzer verpasst hatten, hatten andere wie Lasse Börnsen tiefe Narben hinterlassen, die ewig gebraucht hatten, um zu heilen. Die Begegnung mit ihm neulich auf dem Weihnachtsmarkt hatte mir vor Augen geführt, dass ich endlich über diese Demütigung hinweg war. Auf eine Wiederholung war ich dennoch nicht scharf.

Und damit waren wir wieder bei Ole. Er würde mich nie absichtlich verletzen, so wie Lasse damals, das war mir klar. So wie er Kate ebenso wenig hatte verletzen wollen – und doch hatte er es getan. Ja, er war mir wichtig. Und genau deswegen würde der Aufprall auf dem Boden der Realität umso mehr wehtun. Das würde ich ihm morgen in aller Ruhe erklären. Und mit diesem Gedanken schlief ich gegen vier Uhr endlich ein.

Merkwürdige Geräusche holten mich am nächsten Morgen aus dem Schlaf. Es klang wie … Schneeschippen! Sofort saß ich kerzengerade im Bett, rannte zum Fenster und zog die Vorhänge beiseite. Bei dem Anblick, der sich mir bot, machte das innere Kind in mir

Freudensprünge: Ganz Appenkuhl war unter einer dicken weißen Schneeschicht begraben! Es sah zauberhaft aus, als ob jemand Puderzucker über die Welt gestreut hätte. Der arme Sebastian war damit beschäftigt, den Weg zur Straße und zwischen Pension und Haupthaus freizuschaufeln. Für eine Weile schaute ich wie in Trance den weißen Flocken beim Tanzen zu. Die Freude über die weiße Pracht wurde nur von dem Gedanken an das bevorstehende Gespräch mit Ole gedämpft. Hoffentlich würde das Ganze nicht wieder im Desaster enden. Gestern hatte ich mich noch von ihm küssen lassen und heute ... heute würde ich ihn auf Abstand halten. Das klang ja sogar in meinen eigenen Ohren total schizophren!

Seufzend wandte ich mich vom Fenster ab und hüpfte unter die Dusche. Eine Ladung kaltes Wasser war das perfekte Mittel für einen klaren Kopf.

Eine halbe Stunde später stand ich im Frühstücksraum und bereitete mir einen Pfefferminztee zu. Jedes Mal, wenn ich hörte, wie jemand die Treppen herunterkam, hielt ich den Atem an, aus Angst, es könnte Ole sein. Doch es waren immer nur die anderen Gäste, die sich völlig entspannt und sorglos auf das Frühstücksbuffet stürzten.

»Ach, schau dir das an, Herrmann! Ist es nicht wundervoll?«, schwärmte Frau Köhler mit Blick auf den Schnee.

»Ja, toll, jetzt darf ich erst mal das Auto freischaufeln, damit wir hier mal vom Fleck kommen«, grummelte er in seinen weißen Bart. Offenbar hatte Herrmann Köhler überhaupt keinen Sinn für Romantik.

Ich wartete einen Moment, ob Ute und Konrad auftauchen würden, aber die beiden schliefen wohl noch. Also kämpfte ich mich mit meinem Teebecher in der Hand durch den Schnee zu Julia.

»Das machst du super«, neckte ich Sebastian, der sich trotz der eisigen Temperaturen den Schweiß von der Stirn wischte.

»Jetzt werd mal nicht frech, sonst fliegt gleich ein Schneeball«, konterte er.

»Okay, okay, ich sag nix mehr.« Lachend holte ich meinen Schlüssel aus der Hosentasche und betrat das Haus. »Guten Morgen«, rief ich in die Stille.

»Ich bin hier, im Wohnzimmer«, ertönte Julias Stimme. Vorsichtig umklammerte ich die Teetasse in der Hand und tappte durchs Haus. Julia stand am Esstisch und legte Wäsche zusammen.

»Oh, sind die süß!« Schnell setzte ich die Tasse ab und schnappte mir aus dem Wäschekorb einen süßen mintgrünen Babybody.

Julia lachte. »Ja, wir waren neulich in Kiel, ein bisschen shoppen, und ich konnte einfach nicht widerstehen.«

»Kann ich verstehen. Der ist ja so goldig. Und so klein, ich kann mir gar nicht vorstellen, dass sie da überhaupt je reinpassen wird.«

Ich reichte Julia den Body zurück, die ihn mit einem seligen Lächeln auf den Lippen zusammenfaltete.

»Wo ist eigentlich Esther?«

Meine Tante arbeitete gemeinsam mit Julia in der Pension und wirbelte normalerweise um diese Zeit im Haus herum.

»Sie bringt den *Ostseeblick* in Ordnung, die Lehmanns haben heute Morgen schon ganz früh ausgecheckt.«

Ich nahm mir eines der Wäschestücke und half Julia bei der Arbeit. »Haben sie es weit? So schön ich den Schnee auch finde, Auto fahren macht bei dem Wetter sicher keinen Spaß.«

»Sie sind aus Niedersachsen, das geht also noch. Ich habe ihnen noch ein leckeres Frühstück für unterwegs mitgegeben.«

»Du bist einfach zu gut für diese Welt. Wann kommt Leon eigentlich wieder? Ich kann es kaum erwarten, mit ihm einen Schneemann zu bauen.«

»Clemens wollte ihn gegen Mittag vorbeibringen.«

»Hervorragend!« Vor Vorfreude kribbelte es in meinen Fingern. Vorher musste ich nur das Gespräch mit Ole hinter mich bringen.

Als hätte Julia meine Gedanken gelesen, brachte sie das Thema Ole gleich auf den Tisch. »Ole ist übrigens heute auch schon früh auf den Beinen gewesen und hat bei Hinnerk und Magda sowie bei seinen Eltern Schnee geschippt.«

»Ah, hatte mich schon gewundert, dass er heute gar nicht beim Frühstück war. Ist ja echt nett von ihm.«

»Ja, total. Sag mal ...«, an dieser Stelle wurde ihr Ton leicht süffisant, »... wie wars eigentlich gestern Abend noch? Ihr wart doch die letzten im Kaminzimmer, oder?«

Oh Gott, hoffentlich sah ich jetzt nicht so ertappt aus, wie ich mich fühlte. *Cool bleiben, Sarah.*

»Ach, wir sind dann auch bald auf unsere Zimmer gegangen, es war ja schon spät«, spulte ich schnell herunter.

Zum Glück kaufte Julia mir das ab. Ihr anfängliches Grinsen fiel in sich zusammen wie ein Soufflé, das man zu früh aus dem Ofen geholt hatte. »Ach schade, und ich hatte gehofft, die romantische Stimmung mit dem knisternden Kaminfeuer hätte euch beiden endlich mal ein bisschen auf die Sprünge geholfen.«

Oh nein, offenbar sah nicht nur Magdas Skatrunde uns schon vor dem Traualtar. Den Zahn musste ich Julia ganz behutsam ziehen. Mit gleichgültiger Miene (zumindest hoffte ich, dass ich so rüberkam), lümmelte ich mich auf das Sofa. »Ach Schwesterherz, das zwischen Ole und mir ist nichts weiter als Freundschaft. Wahrscheinlich siehst du momentan nur alles durch die rosarote Brille, weil du selbst gerade so auf Wolke sieben schwebst.«

Julia machte es sich neben mir gemütlich und legte stöhnend ihre Füße auf den Couchtisch. Wenn Leon das machen würde, hätte es aber Ärger gegeben.

»Vielleicht hast du recht. Sebastian ist aber auch wirklich ein Traummann, oder?«

Ich nickte lächelnd und völlig umsonst. Julia schaute eh nur verträumt an die Decke und würdigte mich keines Blickes.

»Seit ich schwanger bin, nimmt er mir beim Kochen und Backen auch fast jeden Handschlag ab. Ist das nicht süß? Obwohl es mich manchmal auch ein wenig nervt. Andererseits ist es schön, mal so umsorgt zu werden. Das kenne ich aus der Schwangerschaft mit Leon überhaupt nicht so.«

»Tja, Sebastian und Clemens, das ist eben ein Unterschied wie Tag und Nacht.«

»Das kann man wohl sagen. Trotzdem, in letzter Zeit kann ich mich über Clemens nicht beschweren, er hält die Verabredungen mit Leon ein und ist sogar meistens pünktlich. Anscheinend läuft es mit seiner Barbiepuppe nicht mehr so gut.«

»Wow, Schwesterherz, höre ich da etwa Schadenfreude heraus?«

Julia grinste und machte eine Geste mit Daumen und Zeigefinger. »Vielleicht ein kleines bisschen.« Wir kicherten wie zwei junge Schulmädchen, bis die Klingel uns aus unserer Plänkelei riss.

»Soll ich aufmachen?«

»Nein, nein, wahrscheinlich ist es eh jemand aus der Pension«, sagte sie und stemmte sich flink hoch. Während Julia zur Tür eilte, ließ ich mich entspannt in die Kissen sinken. Allerdings nicht für lange.

»Hey Sarah, es ist für dich.«

Das Zwinkern und ihr gewisser Unterton ließen mich aufhorchen. Mit einem mulmigen Gefühl im Bauch und im Zeitlupentempo schlurfte ich zur Tür. Es war keine große Überraschung, dass Ole vor mir stand.

»Hi.« Was war denn auf einmal mit meiner Stimme los? Ich klang wie eine Kröte mit Keuchhusten.

»Hey, Sarah. Ich würde gerne etwas mit dir besprechen. Hast du vielleicht Lust auf einen Spaziergang?« Seine rotblonden Locken lugten unter einer dicken Wollmütze hervor, und seine blauen Augen sahen mich erwartungsvoll an.

»In Ordnung.« Schnell nahm ich den Mantel von der Garderobe, klaute mir eine von Julias Mützen sowie

Handschuhe und zog die Haustür hinter mir zu. Meine Zähne klapperten, allerdings nicht vor Kälte, sondern vor Angst. Wie würde Ole reagieren?

»'Tschuldigung, darf ich mal?« Der leicht schnaubende Sebastian zwängte sich zwischen uns, lehnte den Schneeschieber gegen die Hauswand, klopfte sich seine Stiefel ab und verschwand im Haus. Nicht ohne mir vorher unauffällig zuzuzwinkern. Inzwischen hatte es aufgehört zu schneien. Die Schneedecke, die sich vor uns erstreckte, war sicher gute fünf Zentimeter hoch.

»Na dann lass uns gehen. Strand?« Ohne meine Antwort abzuwarten, ging Ole, die Hände in den Hosentaschen versteckt, vor in Richtung Wasser.

Ich folgte ihm auf dem Fuße, und eine Weile marschierten wir schweigend nebeneinander her. Ich würde bei diesem Gespräch sicherlich nicht den Anfang machen. Nach einer gefühlten Stunde erreichten wir den menschenleeren Strand. Nicht einmal die Möwen ließen sich bei dem Wetter blicken.

So unauffällig wie möglich sah ich Ole von der Seite an und wartete darauf, dass er etwas sagte. Ich hatte mir dieses Gespräch heute Nacht ein paarmal in meinem Kopf vorgestellt, aber ich war nicht auf das gefasst, was nun kam.

»Sarah, du kennst mich jetzt schon ewig und weißt, dass ich nicht der Typ für irgendwelche Spielchen bin. Deswegen sage ich dir das jetzt ganz gerade heraus: Ich habe mich in dich verliebt. Und ich bin mir sicher, dass du auch etwas für mich empfindest. Das habe ich spätestens gestern Abend gespürt, als wir uns geküsst haben. Du und ich, das fühlt sich einfach gut an. Lass es uns doch einfach versuchen.« Diese Worte auszusprechen, hatte ihn sicher eine Menge Mut gekostet. Die Anspannung war ihm im Gesicht abzulesen. Seine Miene verfinsterte sich, als ich nicht sofort reagierte.

»Dann habe ich mich wohl zum Idioten gemacht.« Er wollte sich von mir abwenden, doch ich hielt ihn zurück.

»Ole, bitte warte. Du und ich, das fühlt sich wirklich ganz gut an. Aber ich weiß nicht, ob das echt ist. Ich meine … wir zwei befinden uns gerade in einer schwierigen Phase unseres Lebens: Ich mit meinem Burnout, du hast Streit mit deinem Vater, bist relativ frisch getrennt. Vielleicht sind wir derzeit füreinander nichts weiter als der rettende Strohhalm, und sobald unsere Leben wieder weniger stürmisch sind, stellen wir fest, dass wir einander gar nicht so sehr brauchen, wie wir dachten.« Gott, das klang selbst in meinen Ohren schräg.

»Das ist der größte Schwachsinn, den ich je gehört habe.« Kopfschüttelnd und mit mahlendem Unterkiefer blickte er zum Meer.

Mist! Ich wollte ihn nicht so verletzen und wütend machen. Tja, das ist gründlich danebengegangen. Dann konnte ich jetzt auch weiterreden, damit er meinen Standpunkt verstand.

»Ole, hör zu: Du bedeutest mir wirklich viel, aber ich glaube nicht, dass wir beide eine Zukunft hätten. Wir sind so verschieden, außerdem … du hast noch keine Ahnung, wohin es dich verschlägt. Du hast selbst gesagt, dass du vielleicht wieder ins Ausland gehst, während ich lieber in der Nähe meiner Familie bleiben möchte. Ich denke, du solltest erst mal herausfinden, was du wirklich im Leben möchtest.«

»Hör auf, Sarah.« Er knurrte die Worte regelrecht, was mich zusammenzucken ließ.

»Ole, bitte sei nicht sauer ... ich glaube nur, dass du nicht ...«

»Was?«, fuhr er mich an. »Dass ich nicht reif genug bin? Das sagst ausgerechnet du? Hör endlich auf damit, die Leute ständig in Schubladen zu stecken! Jüngere Männer sind nicht automatisch unreife Idioten, die sich nicht ihrer Verantwortung stellen, und ältere Männer sind nicht alle Vorzeigemänner. Du sagst mir nicht, ob ich bereit dafür bin oder nicht. Du weißt nicht, was ich will, weil du mich nicht danach fragst. Du bildest dir deine Vorurteile aufgrund irgendwelcher bescheuerten Klischees und drückst den Männern einen Stempel auf. Du lässt uns doch überhaupt keine Chance!« Er wandte sich ab und stapfte wütend durch den Schnee davon. So hatte ich ihn noch nie erlebt. Verdammt! Genau so hatte ich mir den Gesprächsverlauf nicht vorgestellt. Und seine Worte machten mich sauer, so war das überhaupt nicht.

»Hey!«, brüllte ich ihm hinterher und lief ihm japsend nach. Durch meine schweren Boots kam ich nur langsam voran. Als ich ihn eingeholt hatte, zerrte ich an seinem Arm.

Widerwillig drehte er sich zu mir um. »Was ist jetzt noch?«

»Eine ganze Menge! Du hast kein Recht, mich so runterzuputzen!«

Während wir hier standen und uns stritten, hörte ich in der Ferne ein seltsames Geräusch. Es klang wie ein Martinshorn. Hoffentlich war nichts mit Julia!

»Ach nein? Aber du kannst beurteilen, ob ich reif für eine feste Beziehung bin, oder wie? Gerade du, die sich bisher nur in Arschlöcher wie Lasse Börnsen oder diesen Hanno verliebt hat.«

Ich war zwar sauer über seinen Ton, aber das waren leider zwei Argumente, denen ich nicht viel entgegenzusetzen hatte. »Du hattest in Kate die perfekte Frau, und trotzdem hast du sie in die Wüste geschickt, also erzähl mir bitte nichts!«

Ich sah an seinem Blick, dass ihn die Worte getroffen hatten. »Ich habe Kate nicht in die Wüste geschickt. Ich war nur ehrlich zu ihr.«

»Ach, und ich soll das Risiko eingehen, dass du eines Tages auch ehrlich zu mir bist und mir sagst, dass deine Liebe doch nicht so groß ist, wie du dachtest?«

»Wir zwei sind eine völlig andere Geschichte, gerade weil wir so verschieden sind! Und weißt du was? Ich kann einfach nicht verstehen, dass du dich dem Glück, das wir beide haben könnten, so verschließt. Und das nur, weil du Schiss hast!«

Empört schnappte ich nach Luft. »Ich hab keinen Schiss!«

Ole lachte bitter auf. »Natürlich hast du das. Du hast es doch selbst gesagt: Du hast Angst verlassen zu werden. Aber sich zu verlieben bedeutet nun einmal auch, Risiken einzugehen. Eine Garantie gibt es nun einmal nicht. Eines kann ich dir aber versichern: Ich ...« Er blinzelte kurz irritiert und holte sein vibrierendes Handy aus der Hosentasche. Genervt drückte er den Anrufer weg und sah mich ernst an.

»Ich wäre bereit gewesen, mit dir in die Vollen zu gehen, eines Tages eine Familie zu gründen. Und natürlich wäre ich für dich auch hiergeblieben. Ich mag ja zwei Jahre jünger sein als du, aber ich glaube, ich bin trotzdem der Erwachsenere von uns beiden. Es tut mir leid, dass du noch nicht so weit bist.« Er fasste mir an die Schultern, und von dem eindringlichen Blick aus seinen blauen Augen wurden meine blöden Knie ganz weich. »Bitte Sarah: Werde dir darüber klar, was du möchtest. Ich werde nicht ewig auf dich warten.«

In diesem Moment klingelte sein Handy abermals. Er schloss einmal die Augen und atmete tief durch, bevor er den Anruf entgegennahm und mich völlig durcheinander zurückließ.

»Hey Mama, was ist denn? Es ist gerade wirklich schlecht, weißt ... was?«

Der panische Ton in Oles Stimme ließ sofort meine Alarmglocken schrillen. Ich hörte nicht, was seine Mutter sagte, aber sein Gesicht wurde immer blasser und panischer.

»Alles klar, ich komme sofort!« Er legte auf und starrte mich an, als hätte er mich eben erst bemerkt.

»Was ist passiert?«

»Mein Vater hatte wahrscheinlich einen Herzinfarkt. Er ist jetzt auf dem Weg ins Krankenhaus.«

Oh nein! Malte durfte einfach nichts passieren. Ich kannte ihn doch schon mein komplettes Leben lang! In diesem Moment war der ganze Ärger zwischen uns wie weggeblasen.

»Wo bringen sie ihn hin?«, fragte ich und machte mich schon schnellen Schrittes auf den Weg zurück zur Pension.

»Ins Städtische.« Endlich erwachte Ole aus seiner Schockstarre und folgte mir.

»Ich fahr dich hin, wir können uns sicher Julias Auto leihen. Was ist mit deiner Mutter?«

»Die fährt im Krankenwagen mit.«

Mittlerweile rannten wir. Die kalte Luft drückte unangenehm auf die Lungen, doch es war mir egal.

»Okay, und Hinnerk?«

»Scheiße, ich glaube, meine Mutter hat ihm noch nicht Bescheid gesagt«, schnaufte er, genauso außer Atem wie ich. Langsamer wurden wir trotzdem nicht.

»Dann ruf ihn schnell an.« Er machte kurz halt, um Hinnerk zu erreichen. Ich lief weiter, um ihm Raum zu geben und schon mal den Autoschlüssel zu holen.

»Julia, ich brauche dein Auto: Malte hatte einen Herzinfarkt, und ich fahre Ole schnell ins Krankenhaus«, schnaufte ich, sobald ich die Haustür aufgerissen hatte.

»Was?« Julia kam mit Sebastian aus der Küche gelaufen, blass wie ein Laken.

»Natürlich, hier.« Sie griff nach dem Autoschlüssel im Schlüsselkasten und drückte ihn mir in die Hand. »Können wir irgendwas tun?«

»Ich denke nicht, ich halte euch auf dem Laufenden.«

»Tu das«, nickte Sebastian und legte schützend seinen Arm um Julia.

Schnell lief ich zu Julias rotem Skoda. »Und?«, rief ich Ole entgegen, der mit drei Schritten bei der Beifahrertür war.

»Lass uns schnell Hinnerk noch einsacken und dann los.«

Zehn Minuten später waren wir unterwegs Richtung Kiel, und trotz des Wetters drückte ich ganz schön aufs Gas.

»Langsam, min Deern. Es nützt Malte nichts, wenn wir auch noch auf der Intensivstation landen.« Hinnerk, der neben mir saß, tätschelte mein Knie. Dabei war er selbst alles andere als gelassen. Seine glasigen Augen verrieten, dass er nur mit Mühe die Tränen zurückhielt.

Ole saß auf der Rückbank und sagte kein einziges Wort. Jedes Mal, wenn meine Augen unauffällig zum Rückspiegel huschten, starrte er mit leerem Blick aus dem Fenster oder auf sein Handy. Es tat mir in der Seele weh, ihn so zu sehen und ihm absolut nicht helfen zu können. Hoffentlich würde Malte durchkommen. Ich wusste, was es bedeutete, einen Elternteil zu verlieren.

»Wir sind gleich da«, sagte ich mehr zu mir selbst als zu den anderen.

Kapitel 21

Ole

»Guten Tag, mein Sohn Malte Sievers wurde gerade eingeliefert. Wie geht es ihm? Wo ist er? Können wir zu ihm?« Ich hatte meinen Großvater noch nie so aufgewühlt erlebt, und es machte mir Angst, ihn so zu sehen.

Die junge Frau am Empfang lächelte ihn mitleidig an. »Einen Moment bitte, ich frage mal nach. Sievers war der Name?« Während sie telefonierte, tigerten wir unruhig in der Empfangshalle herum.

»Entschuldigung? Herr Malte Sievers ist auf der internistischen Intensivstation, einmal den Gang entlang und dann nach rechts. Die Station ist auch ausgeschildert.«

»Danke.« Ohne ein weiteres Wort hasteten wir den beschriebenen Weg entlang. Unsere Anspannung wurde immer größer. Ich hatte Angst, was mich dort erwartete. Was, wenn Papa es nicht …? Nein, diesen Gedanken durfte ich nicht zulassen. Wir eilten durch die Gänge wie ferngesteuerte Roboter. Mir war, als stünde ich vollkommen neben mir und würde mich selbst von außen beobachten.

Nach drei Minuten erreichten wir den richtigen Flur. Ich erkannte meine Mutter schon von Weitem. Sie saß auf einem dieser Plastikstühle und hatte die Arme um sich geschlungen. Als sie uns kommen sah, sprang sie auf.

»Britta, was ist passiert? Wie geht es ihm?« Opa sprach sofort das aus, was auch mir auf der Zunge lag.

»Er ist jetzt im OP. Mehr kann ich euch noch nicht sagen. Hallo, Sarah.«

»Hallo, Britta.« Sie warf meiner Mutter ein mitfühlendes kurzes Lächeln zu.

Mamas Stimme zitterte. Sie wischte sich einmal über ihre verheulten Augen und umarmte mich. »Ole, ich bin so froh, dass du da bist«, flüsterte sie mir ins Ohr.

Ich nahm sie einfach nur in den Arm. Sagen konnte ich nichts. Phrasen wie *Er wird schon wieder* oder *Alles wird wieder gut* klangen hohl und abgedroschen.

Opa rieb sich einmal übers Gesicht und setzte sich. Er wirkte einigermaßen gefasst, aber ich konnte mir vorstellen, wie es innerlich bei ihm aussah. Nervös wippte sein rechtes Bein.

Wir setzten uns und starrten die weiße Wand gegenüber an. In meinem Kopf wirbelten die Gedanken durcheinander. Mein Vater war doch noch so jung! Am liebsten hätte ich laut aufgeschrien.

»Was genau ist passiert?«

»Es ging ganz schnell. Er kam gerade vom Laden nach Hause und wollte sich einen Moment hinlegen. Dann fasste er sich plötzlich an seinen linken Arm, wurde kreideweiß und brach zusammen.« An dieser Stelle flossen die Tränen wieder, und ich legte einen Arm um meine Mutter.

»Er hatte in letzter Zeit einfach zu viel Stress. Ich hätte besser auf ihn achten sollen«, schluchzte sie.

Zu viel Stress. Das, was ihn am meisten gestresst hatte, war die Sorge um seinen Laden. Und das war meine Schuld.

»Jetzt hör auf, Britta. Niemand ist hier schuld!«, polterte Opa. »Mit Selbstvorwürfen helfen wir Malte jetzt auch nicht weiter.« Sein Ton ließ keinen Widerspruch zu. Trotzdem fühlte ich mich schuldig.

»Möchte vielleicht jemand etwas zu trinken? Ich könnte schnell etwas aus der Cafeteria holen.« Fragend schaute Sarah uns an, aber wir schüttelten unisono die Köpfe. Ich zuckte regelrecht ein bisschen zusammen, als ich auf einmal ihre Hand auf meiner spürte. Unser Streit schien Jahre her zu sein. Jetzt war ich nur froh, sie an meiner Seite zu haben.

Wir sahen uns für einen Moment tief in die Augen, und ich verschränkte die Finger mit ihren. Sie lehnte ihren Kopf an meine Schulter. Eine Weile saßen wir einfach nur so da. Keine Ahnung, wie lange. Bis endlich ein Arzt auf uns zukam.

Wie auf Kommando schossen wir alle vier augenblicklich von den Stühlen hoch.

»Guten Tag, ich bin Dr. Heller. Sind Sie die Angehörigen von Malte Sievers?« Freundlich gab er uns die Hand.

»Ja, wie geht es meinem Mann?«

Dr. Heller rückte einmal seine Brille zurecht. »Den Umständen entsprechend gut. Es handelte sich tatsächlich um einen Herzinfarkt. Wir haben ihm ein blutverdünnendes Mittel gegeben und anschließend bei lokaler Betäubung einen Stent, also ein gitterförmiges Metallgeflecht, in die Arterie eingeführt, der die Gefäße dehnt, sodass das Blut wieder fließen kann. In zwei Tagen kann er wieder nach Hause.« Kaum hatte Dr. Heller die erlösenden Worte ausgesprochen, fühlte es sich an, als sei ein ganzer Steinbruch von meinem Herzen gefallen.

»Ist ja gut, Mama, hörst du? Er kann bald schon wieder nach Hause.« Schnell zog ich meine Mutter, die erleichtert in ihre Hände schluchzte, an die Brust. Dabei hätte ich am liebsten selbst losgeheult.

»Können wir zu ihm?« Verstohlen wischte Opa sich die Tränen aus den Augenwinkeln.

»Ja, aber bitte erst einmal nur zu zweit.«

Opa und meine Mutter warfen mir sogleich fragende Blicke zu. »Ist schon okay, geht ihr zwei ruhig zuerst.«

»Danke, mein Schatz. Komm, Hinnerk.« Sie folgten Dr. Heller in das Zimmer.

Ich schloss die Augen, atmete einmal tief durch und schickte gedanklich ein großes Danke ins Universum.

»Ach Ole, ich bin so froh. Ich rufe mal schnell Julia und Magda an.« Mit fahrigen Fingern angelte Sarah ihr Handy aus der Jackentasche. »Mist, kein Empfang. Ich bin gleich wieder da.«

»Sarah?«

Sie drehte sich zu mir um, bevor sie Richtung Empfang verschwand, und ich versuchte, alle meine Emotionen ihr gegenüber in ein Wort zu packen. »Danke.«

Für einen wunderbaren Moment lächelte sie mich an. Es fühlte sich an wie eine Umarmung. Dann verschwand ihre blonde Mähne um die Ecke, und ich blieb allein zurück.

Die Tür zum Zimmer meines Vaters öffnete sich, noch bevor Sarah wieder da war.

»Und? Wie geht es ihm?«

Arm in Arm kamen Mama und Hinnerk auf mich zu. Ihren Gesichtern nach zu urteilen war der kurze Besuch bei Papa eine tränenreiche Angelegenheit gewesen. Wortlos reichte ich den beiden eine Packung Tempos aus der Jackentasche. Dankbar zerrte meine Mutter ein Taschentuch heraus und schnäuzte sich erst einmal ausgiebig.

»Er möchte dich gerne sehen«, schniefte sie.

Meine Beine fühlten sich schwer an, während ich die wenigen Schritte auf das Zimmer zuging. Als ich ihn dann in diesem Bett liegen sah, mit all den Schläuchen, die von seinen Armen zum Tropf reichten, konnte ich die Tränen nicht länger zurückhalten. Er war immer der Inbegriff von Stärke für mich gewesen; ihn jetzt so zerbrechlich zu sehen, war vollkommen surreal.

»Ole, komm her.« Seine Stimme klang brüchig und schwach. Wie von selbst trugen meine Beine mich zu seinem Bett und nahmen auf dem Stuhl davor Platz. Er hielt mir seine Hand hin und ich ergriff sie.

»Es tut mir leid, dass du meinetwegen so viel Kummer hast, Papa. Ich wünschte, ich könnte so sein, wie du mich möchtest.« Meine Stimme brach, die Tränen liefen mir ungebremst die Wangen herab. Ich erinnerte mich nicht, wann ich das letzte Mal so geweint hatte. Vermutlich als kleines Kind.

Mein Vater schüttelte langsam den Kopf. »Nein, mein Junge, mir tut es leid. Ich dachte heute wirklich, *das wars jetzt.* Und sofort erschienst du vor meinem inneren Auge.« So warm und liebevoll hatte er mich schon lange nicht mehr angesehen.

Ich rückte näher heran, da er so leise sprach, dass ich ihn kaum verstand.

»Ich hätte heute sterben können und wäre mit dir im Bösen auseinandergegangen. Ohne dass du weißt, dass du das Wichtigste auf der Welt für mich bist.«

Inzwischen waren wir alle beide zu lebenden Zimmerbrunnen geworden, doch das war mir vollkommen egal. Ich war froh und dankbar, immer noch einen Vater zu haben.

»Ole, ich liebe dich, und ich bin sehr stolz auf dich! Es tut mir so leid, dass ich dich wegen des Ladens so unter Druck gesetzt habe. Ich war stur und egoistisch.«

»Ist schon gut, Papa.«

Gott, jetzt wünschte ich mir, ich hätte die Tempos nicht weggegeben. Suchend schaute ich mich im Zimmer um. Es gab ein Waschbecken in der Ecke, mit einem Spender für Papiertücher. Ich ließ seine Hand los, zog zwei Tücher heraus und reichte ihm eines davon. Verlegen grinsten wir uns an.

»Es ist nicht gut, Ole. Ich war einfach ein sturer alter Bock. Dabei wollte ich nie so werden. Ich hoffe, du kannst mir verzeihen, mein Sohn.« Flehend sah er mich an, und eine Sekunde später lagen wir uns heulend in den Armen.

»Ich hab dich lieb, Papa. Und es gibt nichts zu verzeihen.« Nie hätte ich es für möglich gehalten, dass auf so große Angst solch ein Glücksgefühl folgen konnte. Wir hatten uns endlich wieder versöhnt, und das war für

mich das größte Weihnachtsgeschenk, das ich je erhalten hatte.

Kapitel 22

Sarah

»Tante Sarah, du bist dran!« Ungeduldig trommelte Leon auf dem Tisch und wartete darauf, dass ich endlich eine Karte zog und die Spielfigur bewegte. Wir saßen in Julias Wohnzimmer und spielten die hundertste Runde Lotti Karotti.

»'Tschuldige.«

Ich war mit meinen Gedanken Kilometer weit entfernt. Maltes Herzinfarkt war jetzt eineinhalb Wochen her und Ole inzwischen wieder vorübergehend bei seinen Eltern eingezogen. Seitdem hatten wir uns kaum gesehen. Von Magda wusste ich, dass er nun öfters im Laden mithalf und viel Zeit mit seinem Vater verbrachte. Kein Wunder, die beiden hatten sicher einiges nachzuholen. Lustlos nahm ich eine Karte vom Stapel und ließ meinen lilafarbenen Hasen zwei Felder vorhoppeln.

»Na endlich«, motzte Leon und zog eine Karte. »Oh, ich muss an der Karotte drehen.« Mit zusammengekniffenem Mund drehte er einmal an der Möhre in der Mitte – und brach gleich darauf in einen Jubelschrei aus, als mein Hase in einem Loch verschwand. »Reingefallen, hahaha.«

»Seit wann bist du so ein fieser kleiner Zwerg, hm?« Ich stand auf, schnappte mir Leon, warf ihn auf die Couch und kitzelte ihn einmal ordentlich durch.

»Neeiin, lass das, hör auf, Tante Sarah«, stieß er zwischen dem Lachen hervor.

»Ha, vergiss es! Da musst du jetzt durch, Rache ist süß!«

Er trat und schlug wild um sich, bis ich schließlich von ihm abließ. Ich wollte ja nicht, dass er sich vor Lachen in die Hosen machte (wäre nicht das erste Mal gewesen).

»Komm her, du.« Ich zog ihn an mich, und dann bekam er eine ordentliche Ladung Küsse ab.

»Arrgh.«

Kaum hatte ich von ihm abgelassen, wischte er sich meine Knutschis einmal erbarmungslos ab.

»Hach, ich vermisse die Zeit, als du noch ein kleines Baby warst und dich nicht wehren konntest.«

»Dann kannst du ja bald das Baby immer abknutschen, und ich hab meine Ruhe«, grinste er.

»Stimmt, das hast du dir plietsch ausgedacht«, lachte ich. »Was machen wir jetzt?« Angestrengt dachte er nach. »Kennst du schon das neue Hörspiel von den drei Fragezeichen, das ich von Papa bekommen habe? Das könnten wir uns doch zusammen anhören.«

»Na gut.« Ich war zwar immer eher der Bibi und Tina Typ, aber was tat man nicht alles für seinen Neffen? Julia und Sebastian waren unterwegs, um schon mal nach Möbeln und Tapeten zu schauen, bevor das Baby hier einzog.

Leon und ich kuschelten uns zusammen in sein Bett und lauschten der Geschichte. Wobei meine Gedanken immer wieder abdrifteten. Ich hatte die Woche genutzt und ein Portfolio für den Verlegerfreund von Ute erstellt, das sie bei ihrer Abfahrt gleich mit eingesteckt hatte. Ich hatte mir riesige Mühe gegeben und war hoch motiviert an die Sache herangegangen. Die Idee, sich als Illustratorin selbstständig zu machen, begeisterte mich. Gleichzeitig hatte ich großen Respekt davor. Trotzdem versuchte ich, mir nicht zu viele Hoffnungen zu machen, um später nicht enttäuscht zu sein. Konnte ja sein, dass ich ein gewisses Talent besaß – aber das hatten andere auch. Ich schob diese Gedanken beiseite und beschloss, die Sache erst nach Weihnachten richtig in Angriff zu nehmen und bis dahin mal die Feiertage zu genießen.

Ein Gefühl, das ich nicht länger ignorieren konnte, war meine Sehnsucht nach Ole. Wir hatten seit unserem Gespräch am Strand nicht mehr miteinander gesprochen, geschweige denn über uns geredet, und ich fürchtete, ihn mit meiner Unentschlossenheit endgültig in die Flucht geschlagen zu haben. Kein Wunder, dass er sich nicht meldete. Obwohl ich mich unendlich für ihn freute, dass er sich wieder mit seinem Vater versöhnt hatte, fand ich es doch schade, ihn kaum noch zu Gesicht zu bekommen. *Ich werde nicht ewig auf dich warten.*

Diese Worte gingen nicht mehr aus meinem Kopf. Er hatte seine Prinzipien. Und das war nur einer der Gründe, warum ich ihn so sehr schätzte.

»Ist das nicht spannend?«, flüsterte Leon und drückte sein Schaf Mäh vor Aufregung enger an seine Brust.

»Ja, total«, flüsterte ich zurück, obwohl ich kaum etwas von der Geschichte mitbekommen hatte. Aber so langsam konzentrierte ich mich auf das Hörspiel und konnte der Handlung folgen. Wir beide waren irgendwann so vertieft, dass wir gar nicht mitbekamen, wie sich der Hausschlüssel im Schloss drehte. Als Julia dann »Wir sind wieder da« durchs Haus rief, zuckten Leon und ich vor Schreck zusammen.

»Mama!« Sofort hüpfte er aus seinem Bett.

Ich machte das Hörbuch aus und dackelte hinterher.

»Hey, ihr seid ja schon zurück. Habt ihr was Schönes gefunden?« Ich lehnte mich gegen die Wand und sah zu, wie Sebastian Julia aus ihrem Mantel half.

»Jaa!«, strahlte sie »Ich hab das Zimmer schon genau im Kopf und kann es kaum erwarten anzufangen.« Vergnügt klatschte sie in ihre Hände, bevor sie Leon einmal in den Arm nahm.

»Ach Schatz, wir haben doch noch etwas Zeit, bis der Krümel kommt, hm?« Der amüsierte Unterton in Sebastians Stimme ließ mich schmunzeln.

»Ja, aber wenn ich erst einmal eine dicke Kugel habe, kann ich nicht mehr so viel machen, weißt du? Und ich möchte gerne so viel wie möglich selbst machen.«

»Ja, ich weiß, du bist eben unverbesserlich«, grinste er. »Ich bin froh, dass wir wieder zu Hause sind. Der ganze Weihnachtsrummel ist die reinste Hölle.«

Das war Leons Stichwort. »Habt ihr mir auch schon ein Weihnachtsgeschenk mitgebracht?« Wir gingen alle ins Wohnzimmer und machten es uns dort gemütlich. Julia verzog eine geheimnisvolle Miene. »Schon möglich.«

Leon streckte die Siegerfaust. »Also habt ihr mir was« mitgebracht. Juhu!«

»Okay, ich hab Lust auf einen Kaffee. Möchte noch jemand?«

»Oh ja, das wäre lieb. Soll ich dir helfen?« Julia machte sofort Anstalten, wieder aufzustehen. »Nein, Schwesterherz, bleib einfach mal sitzen und entspann dich. Ich kümmere mich um alles.«

Dankbar lächelte Julia mir zu.

»Ich helf dir aber«, bot Sebastian an und folgte mir in die Küche.

»Na, was habt ihr so getrieben, während wir weg waren?«

Schulterzuckend holte ich drei Becher aus dem Schrank und platzierte den ersten unter dem Kaffeeautomaten. »Leon hat mich mehrmals beim Uno und Lotti Karotti abgezogen, und dann haben wir uns die drei Fragezeichen angehört.«

Sebastian lehnte sich locker gegen den Tresen.

»Aha. Und sonst so? Mal wieder was von Ole gehört?«

Genervt rollte ich mit den Augen. Warum schnitt er das Thema jetzt an?

»Nein, außer Hallo und Tschüss haben wir in den letzten Tagen kein Wort miteinander gewechselt.«

Sebastian schüttelte den Kopf. »Tja, Sarah. Ich schätze, jetzt liegt der Ball in deiner Hälfte. Wenn du nicht bald aus den Puschen kommst, wird es zu spät sein.«

Ich reichte ihm den ersten vollen Kaffeebecher und stellte den nächsten unter den Kaffeehahn. »Ach, ich wusste gar nicht, dass du ein Beziehungsexperte bist.«

»Jetzt sei nicht so giftig, ich meins doch nur gut. Aber ich halt ab jetzt die Klappe, wenn dir das lieber ist.«

»Ja, bitte.«

Der Kaffeeautomat war fertig. Wortlos überreichte ich ihm die zweite Tasse. »Geh ruhig schon mal wieder ins Wohnzimmer und bring Julia ihren Kaffee, ich komme gleich nach.«

»Okay.« Damit stiefelte er davon und ließ mich in der Küche zurück.

Lustlos drückte ich abermals auf »Kaffee« und sah zu, wie die heiße schwarze Flüssigkeit dampfend und zischend in die Tasse floss. Ich hatte die letzten Tage mehrmals darüber nachgedacht, mich bei Ole zu melden. Ich hatte nur keine Ahnung, was ich ihm sagen sollte.

In diesem Moment klingelte das Telefon in meiner Jeans. Hastig holte ich es heraus, in der Hoffnung, dass es Ole war. Doch auf dem Display stand *Nummer unbekannt.*

»Hallo, Sarah Sommerfeld.«

»Hallo Sarah, hier ist Johannes, der Freund von Ute.«

Sofort stand ich stramm wie ein Flitzebogen. »Ja, hallo, vielen Dank für den Anruf!«

»Gerne. Ute hat mir dein Portfolio gezeigt, und ich denke, ich habe eine Geschichte, zu der dein Stil gut passen würde. Wir haben eine junge Kinderbuchautorin, Luisa May, die bei uns ihr Debüt veröffentlicht. Die Geschichte heißt *Vom kleinen Frosch, der nicht quaken wollte.* Wenn du Interesse hast, würde ich dir das Manuskript mal zusenden.«

»Ja, sehr gern.« Wie eine Verrückte lief ich in der Küche umher, auf der Suche nach Papier und Stift. Nebenbei gab ich mir Mühe, nicht zu hyperventilieren. Schnell besprachen wir ein paar Details, bevor er sich dann verabschiedete.

Kaum hatte er aufgelegt, legte ich das Smartphone aus der Hand. »Jaaa! Oohhooh.« Mit gestreckten Armen hüpfte ich einmal ausgelassen durch die Küche.

»Was ist denn los?« Julia, Sebastian und Leon kamen angelaufen und schauten mich an, als machten sie sich ernsthaft Sorgen um meinen Geisteszustand.

»Der Verlegerfreund von Ute hat gerade angerufen; ich werde ein Kinderbuch illustrieren.« Überglücklich hüpfte ich auf Julia zu.

»Oh Sarah, das ist ja großartig! Ich freue mich riesig für dich.« Sofort umarmte sie mich und hüpfte kurz mit.

»Glückwunsch, Sarah. Das müssen wir nachher feiern! Ich koche heute meine berühmten Spaghetti Bolognese.«

»Das klingt gut. Boah, ich freue mich so, ich brauche jetzt erst mal ein bisschen Bewegung!«

»Tu das, meine Süße, ich mache gleich ein kleines Nickerchen«, gähnte Julia, die von unserem Freudentanz schon ein bisschen außer Atem war.

»Du hattest doch gerade erst einen Kaffee«, lachte ich.

Sie winkte ab und war schon auf dem Weg nach oben. »Ja, aber Schwangere sind leider gegen Koffein immun.«

»Na komm, Großer. Solange Mami sich ausruht, können wir zwei uns ja einen Film reinziehen.«

»Jaa«, jubelte Leon und flitzte wieder ins Wohnzimmer.

Ich packte mich dick ein. Der Schnee hatte sich inzwischen in ekligen Matsch verwandelt, doch für die nächsten Tage waren wieder kälteres Wetter und eine neue Schneeschicht angekündigt. Normalerweise hasste ich Tauwetter, aber in diesem Moment machte es mir überhaupt nichts aus. Mein erster Auftrag als Illustratorin! Ich hätte platzen können vor Glück. Und dieses Glück musste ich unbedingt mit einem Menschen, der mir wichtig war teilen – mit Ole. Trotz allem würde er sich mit mir freuen. Deshalb marschierte ich eiligen Schrittes zum Haus der Familie Sievers.

In meinem Bauch kribbelte es. Ich fühlte eine eigenartige Vorfreude, die mich immer schneller werden ließ. Der Matsch spritzte unter meinen Stiefeln. Die Häuser zogen an mir vorbei: der Blumenladen von Wilma, dann die Fleischerei, bei der ich einmal einen Blick durch das Schaufenster warf, aber Ole konnte ich nirgends entdecken. Ich lief weiter, bis ich direkt vor der Haustür des schicken Einfamilienhauses stand. Aufgeregt betätigte ich die Klingel und hörte daraufhin das altbekannte *Läuten*. Durch das kleine Glaselement der Tür sah ich, wie Britta auf mich zukam.

»Hallo Sarah, das ist aber eine Überraschung! Du möchtest bestimmt zu Ole, oder?« Ihre blauen Augen, die sie an Ole weitergegeben hatte, schauten mich freundlich an.

»Ja, genau, ist er da?«

Bedauernd schüttelte sie den Kopf. »Nein, tut mir leid, er ist auf dem Weg nach Hamburg.«

Panik ergriff mich. »Hamburg? Heißt das, er fliegt zurück nach England? Oh nein.« Sofort machte ich auf dem Absatz kehrt.

»Halt, Sarah, warte doch mal!«

»Tut mir leid, ich habs jetzt eilig, Britta«, rief ich ihr über die Schulter hinweg zu und lief schleunigst zurück zur Pension. Sebastians Worte geisterten mir im Kopf herum.

Wenn du nicht bald aus den Puschen kommst, wird es zu spät sein.

Wieso, verdammt nochmal, hatte ich so lange gebraucht, um es zu kapieren? Ich war verliebt in Ole!

»Julia, ich muss spontan nach Hamburg. Kann ich dein Auto haben? Danke!« Ohne eine Antwort abzuwarten, schnappte ich mir den Autoschlüssel und fuhr Richtung Kieler Hauptbahnhof. Hoffentlich kam ich nicht zu spät!

»Mann, ich bin so eine Idiotin!« Ich war genervt von mir selbst und von dem zähen Verkehr. Offenbar hatte es hier niemand eilig, außer mir. Ich parkte den Wagen vorm Cap beim Kino, spurtete ins Gebäude und die Rolltreppe hoch zur Bahnhofshalle.

»Tschuldigung.« Ich warf einen kurzen bedauernden Blick auf den jungen Mann, den ich gerade angerempelt hatte und lief weiter. Den Leuten ausweichend reckte ich meinen Hals Richtung Gleise. Der Zug nach Hamburg stand auf Gleis sieben, das schon verdächtig leer war. Kein Wunder, Abfahrt war in fünf Minuten. Mit dem Handy in der Hand stieg ich in den Zug, wählte Oles Nummer und quetschte mich auf der Suche nach ihm an den Reisenden vorbei. Einige starrten mir missbilligend hinterher, aber das war mir egal.

»Komm schon, Ole, wieso gehst du nicht ran?« Ich arbeitete mich von hinten nach vorne durch alle Abteile, aber von Ole keine Spur. Verzweifelt blieb ich bei einem Vierersitz stehen und ließ meine Augen einmal durch den Zug huschen. Dann sah ich seinen Lockenkopf. Er kramte gerade ein paar Kopfhörer aus dem Rucksack, der auf der Ablage verstaut war.

»Ole, Ole!« Wie eine Wahnsinnige winkte ich ihm laut rufend entgegen und drängte in Richtung seines Platzes. Gott, hoffentlich hielten mich die übrigen Gäste nicht für eine verrückte Stalkerin!

»Hey, Ole!«

Endlich sah er sich um und entdeckte mich. Beinahe hätte ich über seine ungläubige Miene gelacht.

»Hi«, hechelte ich, völlig aus der Puste.

»Sehr geehrte Fahrgäste, wir schließen nun den Türen. Bitte steigen Sie ein«, sagte eine nette weibliche Stimme durch die Lautsprecher.

»Sarah, was machst du hier?«

»Ich ...« Gute Frage, was wollte ich genau sagen? »Ich hab vorhin eine gute Nachricht bekommen. Ich werde ein Kinderbuch illustrieren. Und das wollte ich dir unbedingt sagen, deshalb bin ich zu deinen Eltern gegangen. Und dann hat deine Mutter gesagt, dass du auf dem Weg nach Hamburg bist.« Ich holte noch einmal Luft, da ich bis jetzt ohne Pause geredet hatte. »Und da ist mir klar geworden, dass ich auf keinen Fall will, dass du zurück nach England gehst. Oder sonst irgendwohin.«

Immer noch leise nach Atem ringend, schaute ich in seine blauen Augen, die mich musterten, als wüssten sie nicht so recht, was sie von mir halten sollten.

»Wieso nicht?«, flüsterte er heiser.

Okay, für die folgende Ansage sammelte ich all meinen Mut zusammen. Denn die nächsten Worte hatte ich schon seit Jahren zu niemandem mehr gesagt, geschweige denn, sie so empfunden. »Weil ich mich in dich verliebt habe.«

»Meinst du das ernst?«

»Ja. Ich war total bescheuert zu dir, und es tut mir leid, dass ich nicht früher auf meinen Bauch gehört habe. Bitte geh nicht.«

Mit einem Ruck setzte sich der Zug in Bewegung, und ich hielt mich am Sitz fest, um nicht zu fallen. Gespannt wartete ich auf Oles Reaktion. Genauso, wie das halbe Zugabteil. Es war so still, dass man eine Stecknadel hätte fallen hören können. Nach einem quälend langen Moment grinste er und zog mich zu sich heran.

»Wurde auch echt Zeit, Sommerfeld«, murmelte er, bevor er mich endlich küsste.

Schon der Anruf vom Verleger hatte ein Hochgefühl in mir hervorgerufen, doch das war nichts im Vergleich zu dem berauschenden Zustand, in den Oles weiche Lippen mich versetzten. Hätten nicht einige Leute um uns herum geklatscht und gejubelt, hätte ich glatt vergessen, dass wir nicht alleine waren.

Ole ließ wieder von mir ab, und etwas verlegen lächelten wir uns an, bevor er seine Stirn gegen meine lehnte. »Übrigens, eines solltest du noch wissen: Ich habe den Job im Geomar angenommen.«

»Was? Wieso fährst du dann jetzt nach Hamburg?« Mit Blick auf die anderen Fahrgäste setzten wir uns endlich, um zumindest nicht mehr so auf dem Präsentierteller zu stehen.

»Ich wollte nur meinen Kumpel Mats für ein paar Tage besuchen.«

Ich wusste nicht, ob ich lachen oder schreien sollte. Diese Info musste ich erst mal verdauen.

»Sievers, du Idiot.« Ich versetzte ihm einen spielerischen Klaps auf den Arm. »Deinetwegen habe ich mich jetzt voll zum Klops gemacht.«

Er brach in das jungenhafte Gelächter aus, das ich so liebte. »Hey, diese Zugfahrt gefällt mir jetzt schon viel besser als unsere letzte.« Grinsend strich er mir eine verirrte Strähne hinters Ohr.

»Oh Gott, erinnere mich nicht daran.«

Unbekümmert zuckte er mit den Schultern. »Wir zwei haben ja jetzt die Kurve bekommen. Komm her.« Er nahm mich in den Arm, und zusammen genossen wir den Anfang unserer gemeinsamen Reise, die hoffentlich ewig andauern würde.

Epilog

Ole

»Oh, da kommen ja endlich die Brötchen!« Sofort schnappte Sarah sich die Tüte und sog einmal genießerisch den Duft ein. »Was hat denn da so lange gedauert?«

Sie legte uns die Wecken auf die Teller und goss mir einen Kaffee ein. Lächelnd setzte ich mich an den liebevoll gedeckten Tisch – sogar eine kleine Vase mit Blümchen hatte sie mit aufgetischt.

»Ich hab Sebastian beim Bäcker getroffen. Der Arme sieht aus wie ein Statist aus *The Walking Death*. Anscheinend hält Neele noch nicht so viel vom Schlafen.«

Sarah kicherte. »Oha, na ja, sie ist ja auch erst zwei Monate alt. Und sooo süß. Was hältst du davon, wenn wir nachher 'ne Runde mit ihr und Leon spazieren gehen? Dann können Julia und Sebastian mal durchatmen.«

»Klar, gerne.« Wir saßen bei bestem Wetter draußen auf unserem Balkon. Ihre Wohnung in Hamburg hatte Sarah gekündigt, stattdessen hatten wir uns zusammen was Kleines in Appenkuhl genommen.

Entspannt lehnte sie sich zurück und biss einmal herzhaft von ihrem Brötchen ab. »Oh Mann, Omas Marmelade ist so gut.« Genüsslich schloss sie die Augen. Sie hatte keine Ahnung, wie gerne ich sie in diesem Moment vernascht hätte.

»Übrigens, Hauke hat mich vorhin angerufen, als ich gerade auf dem Rückweg war.«

Sofort öffnete Sarah ihre Augen wieder. »Hauke? Wieso das denn?«

»Anscheinend verkauft die alte Frau Gerke ihr Haus und zieht zu ihrer Tochter nach Eckernförde. Ich kenne das Haus, ich musste dort früher öfters zum Rasenmähen antanzen. Es hat einen superschönen großen Garten mit altem Baumbestand. Und aus dem kleinen Schuppen könnte ich dir sicher ein tolles Atelier zimmern. Hey, du kleckerst.«

Erschrocken legte Sarah ihr Brötchen ab, aber zu spät – die Marmelade war schon auf ihrem Shirt gelandet. Schnell nahm sie sich eine Serviette und wischte, ohne hinzusehen, darauf herum.

»Meinst du? Ein Haus? Können wir uns das denn leisten?«

»Ich wüsste nicht, wieso nicht. Ich verdiene nicht schlecht, und du bist doch mittlerweile auch sehr gut im Geschäft. Also, was meinst du?«

Ich liebte die kleinen Grübchen, wenn sie lächelte.

»Der Gedanke ist schon verlockend, aber wir sind doch gerade erst in diese Wohnung gezogen.«

»Stimmt, ist ja auch nett hier. Irgendwann brauchen wir aber sowieso was Größeres.«

»Ach ja?«

Ich nickte und grinste sie an. »Klar, in nicht allzu ferner Zukunft würde ich gerne unser eigenes Kind im Kinderwagen durch die Gegend schieben, Sommerfeld. Also, was sagst du?« Mit einem Ruck schob sie den Stuhl nach hinten, hüpfte auf meinen Schoß und schlang die Arme um mich. »Ich bin dabei, Sievers.«

Und wir versanken in einen Erdbeermarmeladenkuss.

»Ach Kinderchen, ist das schön, euch so verliebt zu sehen.« Erschrocken fuhren wir auseinander. Wilma, die Fiffi an der Leine hatte, winkte uns von der anderen Straßenseite her fröhlich zu.

»Hallo, Wilma.« Verlegen hob Sarah ihre Hand.

»Wie siehts aus? Hat der Garten eine hohe Hecke?«, nuschelte sie mir zu und verzog dabei amüsiert ihren Mund.

»Noch nicht«, grinste ich zurück. Eine tiefe Zufriedenheit erfüllte mich, denn ich war endlich zu Hause.

Personenverzeichnis

Sarah Sommerfeld: Grafikdesignerin aus Hamburg, kommt ursprünglich aus Appenkuhl

Julia Sommerfeld: Schwester von Sarah, betreibt die kleine Pension Küstentraum in Appenkuhl

Leon Sommerfeld: Sohn von Julia Sommerfeld und Neffe von Sarah Sommerfeld, Stiefsohn von Sebastian Christiansen

Sebastian Christiansen: Julias Verlobter und Anwalt

Clemens Reimann: Ex-Partner von Julia Sommerfeld, Vater von Leon Sommerfeld

Magdalena Körtens: Sarahs und Julias Großmutter mütterlicherseits, Urgroßmutter von Leon

Esther Dittmann: Tochter von Magdalena Körtens, Tante von Julia und Sarah Sommerfeld

Hinnerk Sievers: Magdalenas Lebensgefährte, Vater von Malte, Großvater von Ole Sievers

Malte Sievers: Sohn von Hinnerk Sievers, betreibt die örtliche Fleischerei

Ole Sievers: Enkel von Hinnerk, Sohn von Malte Sievers

Britta Sievers: Frau von Malte, Mutter von Ole Sievers

Wilma Hoppe: Appenkuhlerin, Freundin von Magdalena Körtens, Inhaberin des örtlichen Blumenladens

Kai Michelsen: Betreiber des Appenkuhler Reiterhofes

Florentine Graba: beste Freundin von Magdalena Körtens

Hauke Petersen: Bürgermeister von Appenkuhl

Dörte Röder: örtliche Postbotin, Freundin von Madalena Körtens und Wilma

Lasse Börnsen: gebürtiger Appenkuhler und Ex-Freund von Sarah Sommerfeld

Nora Maschmann: Inhaberin einer Werbeagentur und Chefin von Sarah Sommerfeld

Hanno Naumann: Unternehmensberater und Sarahs Freund

Kate Bennet: Oles Ex-Freundin

Frau Vollmer: Inhaberin der örtlichen Bäckerei